以無所得故菩提薩埵依般若波羅蜜多故心無
罣礙無罣礙故無有恐怖遠離一切顛倒夢
想究竟涅槃三世諸仏依般若波羅蜜多故
得阿耨多羅三藐三菩提故知般若波羅蜜
多是大神呪是大明呪是無上呪是無等等
能除一切苦真実不虚故説般若波羅蜜
呪即説呪曰
羯諦羯諦波羅羯諦波羅僧羯諦菩提薩婆訶
般若心経

獄中閑

我木石にあらず

川口和秀

TAO LAB BOOKS

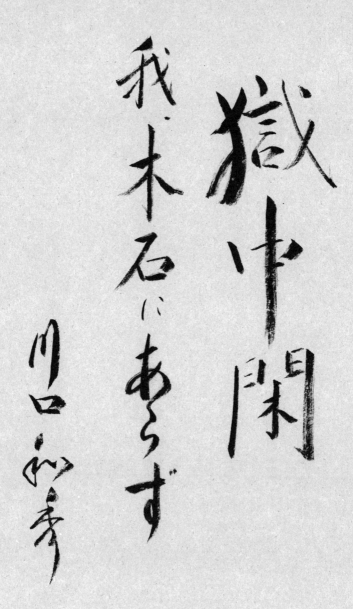

まえがき

平成二十二（２０１０）年十二月十七日、私は二十三年近くという長期に及ぶ不当拘留から久しぶりに大阪西成に帰還しました。私はそのとき、五十七歳になっていました……。

なにゆえ私がそんな長期に渡り、囚《とら》われていたか？　キャッツアイ事件と云われている事件の首謀者として抗争相手組織の者を輩下が勝手に独断で狙撃、流れ弾でホステスが死亡。これを調書改竄《かいざん》、女学生の死亡とし、私はこの事件に一切関わりないにも関わらず、使用者責任のスケープゴートに権力、マスコミ、民暴弁護士が一体となり、結果、二十三年あまりに及ぶ服役となったのです。

当初、私は自分は関係ないとしても一般の方を巻き添えにしたからには潔く刑に服そうと考えていました。が、罪をでっち上げるため、輩下の者をとことん追い詰め、甚振《いたぶ》り、事実を捻じ曲げても構わないという権力の暴力に対し、一歩も引かずに闘いを受けて立ちました。その結果の長期刑ですが、後悔はありません。漢《おとこ》とはそういうものです。詳しくは山平重樹著『闘いいまだ終わらず――現代浪華遊侠伝・川口和秀』（幻冬舎アウトロー文庫）を読んでいただけたらありがたい。

獄中は四面コンクリートで囲まれ、動作にまで制限を強いられる極めて刺激の少ない所です。運動に出てもコート内には雑草一本も生えずが常識。そんな中にもタンポポの芽《め》が出ていたりすることが在り、その一本の芽だけで大きい感動を覚えます。そんなときに自分も、もっとハングリーに根強く生きねばと気力を奮い立たされたことが在りました。自然のエネルギーは生命力そのものです。

「忙中閑」という言葉をご存知ですか？

忙裏、山、我ヲ看ル、
閑中、我、山ヲ看ル、
相以レド、相似ルニ非ズ、

忙ハ、総テ閑ニ及バズ

私は「どんなに忙しくとも〝閑〟を見出し、静寂の中で心を休め瞑想に耽《ふけ》りながら、何が起ころうとも対応し得る胆力を養って行くことも必要だ。」と理解しています。

拘置所でこの言葉を識り、当初、巻き込まれた恨みと獄中にある境遇から心の平安を欠いていたことに気づきました。「忙中閑」の訓《おし》えるところの、己が一方的に山を看《み》ていたのです。恨むことは「忙《ぼう》」だった…巻き込んだ者の立場を慮《おもんぱか》ったとき、「閑《かん》」の境地に至り、心の平安を取り戻せました。意識が変わることですべてが変わる～それから気力が再び湧き出たように思います。

この気力復活の結果の一つとして、習字を、字が上手になりたいという思いが募り、拘置所に申し出るも不許可。然《しか》し、中には心ある現場職員も居り、定年前の森口専門官より「所長に弁護人から手紙を書いて貰え。」とのアドバイスを頂きました。そして、朝田啓祐主任弁護士に所長宛信書を出して貰い、やっと許可されたのです。拘置所と社会との手紙形式の通信教育が始まりました。硬筆だけでは飽き足らず、毛筆を願い出、結果、日本初、筆ペンが拘置所でも販売されるに至ったことも懐かしい思い出の一つです。

獄の中で自然に座禅とともに般若心経の写経を毎日行うようになりました。身体は囚われ、不自由でしたが、その習慣により「身体は囚われていようとも心は限りなく自由だ！」ということも実感。誰もが本来自由なのです。

この言葉を獄中で深く理解することにより、長期に渡る逆境との闘いにおいて精神と身体の健康を保つことができました。よって「忙中閑」を捩《もじ》ってこの書籍のタイトルを『獄中閑』としました。

獄中閑　我、木石にあらず　目次

【第一部】遙かなるひよどり　神戸拘置所にて

【第二部】リバーサイドスピリッツ　大阪拘置所にて

【第三部】　獄道交差点　府中刑務所にて

書＝川口和秀

獄中閑　我、木石にあらず

語尾の変更・表記の統一および明らかな間違い以外は掲載当時のままとしています。

また、各話によって人名表記の仕方が変わっている場合がございますが、こちらもそのままとしました。

二部と三部のあいだは時間が経っており、重複した内容があることをご了承ください。

【第一部】

遥かなるひよどり

神戸拘置所にて

『実話時代』（三和出版）平成八（１９９６）年二月号〜平成九（１９９７）年四月号にて「我、木石にあらず　獄中随想遙かなるひよどり」のタイトルで連載。

平成元（１９８９）年一月二十二日、別件逮捕。その後、共謀共同正犯として再逮捕。当時、三十五歳。同年四月六日、神戸拘置所に移管。

それから七年経過したのち、連載スタート。

薬害と役害

平成七（1995）年の紅白歌合戦もそろそろ終わろうとしています。顧みれば昭和六十三（1988）年暮れ、吉幾三の「酒よ」がよく流れ、今年のレコード大賞はこの曲、と思ったもんです。蓋《ふた》を開けてみると何のことはない。こんな歌がどうして?と、?マークが消え去らぬ曲が受賞、がっかりしたもんです。

歌は思い出深い出逢いや出来事と重なり記憶に残るもので、歳月が経ち歌を聴くことにより、様々の思い出を想起させてくれるものです。私にとって「酒よ」は楽しい記憶を胸に抱かせてくれる印象深い曲です。

その年のレコード大賞の予想が外れた頃より、私の運は尽き、狂い始め出していたのやも知れません。

年も明けた昭和六十四（1989）年一月七日、昭和天皇崩御の報が大々的に報じられました。岡っ引きの足跡を敏感に感知していた私が、天皇崩御で当分は私のような者を追うこともないだろうと、高を括《くく》り気を弛《ゆる》めたことが悪運（?）の尽き。無情にも昭和天皇崩御の二週間後の元号も平成にかわった一月二十二日、博奕を了《お》え、うどん屋で寝酒をひっかけようとコップを口に近づけ、いや、コップに口を近づけようとしたとき、ワッパが両手に食い込んだのです。

昭和五十八（1983）年に逮捕された件で時効ねらい

の逃走中だったため、この逮捕で残念にも援用には肖《あやか》れませんでしたが、昔の人は上手に言ったもんです。「当てと褌《ふんどし》、前から外れる」と。見事に外れた〝当て〟が平成七（１９９５）年の今日も続いておるのです。

それにしても昨今のレコード大賞の選考基準は何なんだ？と、思わずにはいられませんね。レコード大賞なんて結局は力関係の思惑で決まってしまうものなんでしょう。細川たかしが二年連続で受賞しましたが、果たしてどれだけの国民が納得したでしょうか？

前号（『実話時代』平成八年一月号）で森田健介二代目が「健魂一擲《けんこんいってき》」で書かれておられたタバコ。害あって益なしということが医学的に実証、歴然としておりながら野放し。何故《なぜ》と、？マークが消え去りません。何故禁止にしないのか、できないのか？　そりゃ、そうでしょう、できませんよ。日本国家（日本組）がこんな税収（シノギ）を手放す筈ないでしょう。

アメリカでは約六〇％の人間がタバコ禁止に賛成で、世論が高まっているそうではありませんか。旧《もと》に還り、アメリカではタバコが本当に禁止になるやも知れません。昔、アメリカで飲酒が禁止になっていたとき（一九二十年から一九三三年まで）、倉庫に保管された酒を一番先に飲み、禁を破ったのが立法化した官僚というのだから笑ってしまいます。法なんてええ加減なところもあるとは思いませんか。

マリファナなんてタバコより害がないのに、日本では麻薬扱いなんですから。欧米の相当数の国では解禁ですよ。害のないことが証明されているのですから日本でも解禁し、タバコ並みに課税し販売すれば、タバコなんて誰も吸う者がいなくなります。

日本では大麻栽培は都道府県の許可制で、当該役所へ届け出、認可されれば栽培できるということが殆ど膾炙《かいしゃ》されておりませんが、これは本当のことです。

仮にですよ、タバコが禁止となり、その禁を犯せば現在の大麻並みに罪に問われ刑務所行き。「もうパンツは穿かない」なんて言って笑っては済まされません。タバコの害を知りながら販売し続けることは問題だとは思いませんか？　どれほどの人たちが中毒になり、やめられずに困っておるか……。

国が犯した薬害を知っていますか？　サリドマイド、スモン、クロロキン、そして最近では血液製剤によるエイズ感染。

サリドマイド薬害では、昭和三十五（1960）年頃からつわりを和らげるために服用した妊婦から生まれた子供たちが、死亡児も含め千二百人前後、犠牲になったそうです。同じ薬害が出た西独の学者らが薬の回収を求めて日本の製薬会社や厚生省（現・厚生労働省）に警告を伝えたにも関わらず、販売停止などの措置が遅れて被害を広げたのですから、国側のミスは歴然でしょう？

スモン薬害は、整腸剤のキノホルム剤を飲んだ人が副作用で神経がマヒし、歩行困難や視力障害を起こしたもので、一九六〇年代から全国で多発しました。目が見えなくなったり、歩けなくなったんですよ。自分の身に置き換えてよく考えてみてください。骨折で一時的に歩けないのとわけが違うんですよ。

スモンは患者数一万一千人以上の世界最大の薬害といわれたもので、アメリカでは医師の処方箋がないと買えないように制限したのに、日本の厚生省は使用実態を調査せず、市販を許可し続けたというのです。

クロロキン薬害は、マラリアの特効薬とされたクロロキン製剤を、製薬会社が腎炎《じんえん》などに効くとして製造販売し、昭和三十七（1962）年に国内で初めて網膜症で失明するなどの副作用の症例が報告され、推定千人ほどの被害者が出たそうです。その後、製造が中止され市場から製剤が消えるまでに〝十年〟かかり、さらに被害が拡大したというのですよ。

国を相手取ったこれらの賠償請求訴訟の判決が次々と

出たとき、官僚は「厳しい判決と受け止めている」なんて寝呆けたことを吐《ぬ》かしたんですよ。それなら一体、誰に責任があるんですか？　責任のたらい回しで謝罪せぬのが官僚の体質だとは思いませんか？

国側が敗訴した際の賠償金はすべて税金で賄うのですよ。万金を積まれても、見える目、歩ける健康体に戻れないんですよ。〝人生幸朗師匠〟ではないが、責任者出てこい！　まだヤクザのほうが潔いですよ。『論語』でも説いておりますね、「過ちを改めるには憚《はばか》ること勿《なか》れ」と。

そりゃあ、官僚さんも国民を病気に陥《おとし》れてやろうなんて気で仕事に取り組んでるのではないでしょうが、結果として過ちがはっきり審判されたのなら、責任の所在をはっきりさせ謝罪せねば……と思うのは私だけではないでしょう。

話をタバコ中毒に戻しますが、戦前と戦後の数年間、おけんたい（薬局）でヒロポン（覚醒剤）が売られていたことを知っていますか？　当時、私はまだ父親の体内でしたが……。

疲労がポンと抜けるからヒロポンなるネーミングが冠せられ、大日本製薬など数社から販売されたのです。特攻隊員にも突撃させる前、元気づけるために利用されたというんです。戦後六年ぐらい経って覚醒剤取締法が立法化され、それ以前に中毒になっていた人たちは闇で買い続けたそうです。黒岩重吾の小説『さらば星座』（集英社）ではそのことについて書かれております。

大体、タバコや大麻の経験のない者が是非を唱えても善し悪しなんて判らんでしょう。挫折した者でないと、その挫折の苦痛が分からないのと同じです。医学的に害あって益なしが歴然のタバコが法のもとに許され、害なしのマリファナが法がゆえに禁止というのだから、？マークが点滅しませんか？？？　大麻なんて経験者にアンケートを取れば、解禁立法化間違いなしでしょうね。『マリファナハイ』（第三書館）という本には、小鳥の餌《えさ》の〝麻の実〟を鳥に食べさせ、その殻の内側の皮を集めて吸うと、マリファナと同様の効果が合法的に得られるようなことが書かれておりましたよ。それと毎年、新芽を交配生育させることにより効果が倍増する、てなことも書かれておりました。御存知の方もおられるでしょうが、〝トリップ〟したいなら、バナナの裏皮の筋を乾燥させて吸っても大麻並みの効果があるというんだから……。シンナーなどより、よほど健全だと私は思うんですが……。

作家の安部譲二さんが初めて逮捕された罪名は窃盗だったといいます。十五歳の折、好意を寄せていた彼女の気を引くために、クリスマス・プレゼントをしようと思い至ったのですが、如何《いかん》せん、十五のガキに金はなし。以前、デートの折に彼女が、冬の寒い日には、バス停まで歩くのが寒くていやだ、バス停が家の前なら寒い思いをしなくてもいいのに、などと喋っていたのを思い起こし、彼は一計を案じたのです。当時から不良の素質があったというか、知恵というか、機転が利いたんですね。一歳上の舎弟を連れ、雪の降るクリスマス当日に彼女の家の前までバス停を移動させ、そのことが窃盗罪に問われたとのこと。検察官の論告は「バス停を何百メートル窃取した……」というような内容だったということです。

これなどは笑って赦《ゆる》せる事犯だと思いませんか？　小遣いに恵まれない若者には、このようなユニークでお金のかからない、インパクト強く想いを伝える知恵を搾ってほしいもんです。いくら知恵があっても利用せねば宝の持ち腐れ、知識の応用が知恵になるんですよ。

『日本女性の外性器・統計学的形態論』（フリープレスサービス）なる本が出版されました。価格は三万円だったとかで、既に印刷分の二千部が売れ、増刷予定とのことです。

著者は滋賀医大産婦人科助教授で医師向けの専門書として出されたものですが……。私は広告を目にするや否や注文したのですが、医師しか入手困難とのこと、そういわれると興味尽きぬ男というか、ド助平虫がムクムク……。知恵を搾っておるところです。何故こんなに執着するかというと、なんでもこの本、女性の外性器を修正することなく、カラー写真で五百例を紹介しているとのこと、ヘアヌードなんて目じゃありませんよ。

何故この本に触れたかというと、発売されるや実態定かでない滋賀県内の婦人団体なるところからクレームがつき、最近、関西のマスコミも取り上げつつあるのですが、その記事でどうやら滋賀医大の〝白い巨塔〟の匂いがするように感じたからなのです。

派閥の思惑からスケープゴートにされた様子で、この記事に数日おかずして今後は反対派からと思われる反撃記事が十二月九日に発表されたのです。「滋賀医大精神科・カルテに犯罪家系図」なる暴露記事で、内容はといえば、家族のなかに自殺者、犯罪者、変わり者がいるかなどを、精神病患者に書かせたというわけです。

こんなことはどんなに新聞記者が優秀だといっても、内部の事情通がリークしなければ知り得ない内容です。ヤクザの世界に限らずどのような組織であっても思惑と利益に絡む争いは絶えないということで、『韓非子《かんぴし》』も備内編で論じておりますが、「内に備えよ、真の敵は身内から」。これが一番根強い禍《わざわ》いとなることは歴史が証《あか》しております。今後の滋賀医大の派閥抗争が興味深いところです。

暴力団は確かに暴力的行動に走りがちということは否めませんが、換言すれば、それだけ直情的というか正直者が多い、ということの裏返しかもしれません。その点、官僚はどうですか？　日本の高級官僚は、超が付くスーパーエリートならぬハイパーエリートで、その人たちがする所作を〝鼻息行政〟なんて呼ぶのだとか。

許認可権を握る官僚は、鼻息の出し方で意思意向を示す、汲み取らす、というのです。これなら言葉を吐かないのだから言質を取られることもありません。お触り行政ともいわれるそうで、この阿吽《あうん》に欠ける企業は相手にして貰えないのだから、どうしても官僚に合わせる体質が育まれます。官僚は言質を取られる発言をしないのだから罪責を問われることもなく、仮に問題が起こっても言っていないのだから、相手がそう受け取っただけ、で通るわけです。結果を招いた原因部分がぼやけているから、権限がありながらも責任は不明確。

ヤクザでも、何度か抗争の修羅を経た長ともなると、官僚並みの知恵を備えておるんです。抗争が起こってから、殺してこいだの、カチ込みに行けだの、直接命令する親分なんて殆どおりませんよ。行かせるときは口には出さず態度で示すんです。でないと、いくつ身体があっても保《も》ちません。この辺の事情を裁くほうは知ったほうが、過ちを犯さずに済むはずです。

ヤクザは身体で覚えますからいつも真剣勝負です。その点、官僚はいいですね。役人を辞めても天下れるんですから。大体、この天下りを禁止しなければいけませんよ。官僚も行刑施設の所長なんて、何の余禄《よろく》もなく、給料でも銀行員の課長辺りより低いんですから。その上に、天下りになんてどこも雇ってくれないんだから同情しちゃいますよ。

再び立法化に話を戻しますが、官僚の天下り禁止を立法化すること。それと市民オンブズマンを公的に設けることだと思います。官官接待なんて間違ってますよ。国民も一旦税金として納めた金だから未練も希薄でしょうが……。

仮に、何日何時に接待するから何千円出せと、自分たちの財布から徴収され、直接お礼を取られれば誰だっていやだし反発もするでしょう？　それが感情というもので、一旦自分の手から離れたお金だからと寛容にならず、じっくり思考し、感情むき出しに国民の声を上げなければいつまでも権力にいいようにされますよ。

鳥なき里の蝙蝠

私がいる神戸拘置所は、六甲山系の中腹、海抜四〇〇メートル当たりに位置しています。私は町の名前を取って〝ひよどり山荘〟と名付けていますが、この拘置所、昭和五十三（1978）年に市内の菊水町から移転したそうで、当時は冬ともなれば北側棟舎はマイナス一〇度、舎房内温度がマイナス三・五度にも達したとか。昨今では担当台で石油ファンヒーターが点けられ、真冬でも殆ど寒さを感じることはありません。とはいっても海抜が一〇〇メートル上昇するごとに気温は〇・七度下がるそうですから、市街地よりは五度ほど低いはずです。

ただし山の中ゆえ、自然環境だけは抜群。空気も清浄で、山の療養所といったおもむきもあるような……（?）。春から夏にかけてはウグイスの声も快く、ケーンケンとキジの声も聴こえます。ホトトギスだって、冬季以外はテッペンハゲタカ…キエキョキエキョキョキョ…テッペンハゲタカ……と、琴稲妻を始め頭頂が寂しい人たちが聴いたらムッとするような鳴き声を発しています。

こんなひよどり山荘で私は平成元（1989）年から拘束を余議なくされ、単調な毎日を送っていますが、たまには珍しい体験もします。

例えば昨年（1995）の一・一七阪神大地震。当日私は早く目覚め、布団より頭をもたげて外を見ればまだ闇。

もうひと寝入りしよう、と思った矢先にゴォーッ、ドォーン!! なな、何なんだ？ 天井がねじ切れそうに揺れ、落ちて来る！と思った瞬間、私は行動を起こしたようです。

揺れが収まり、気づけば頭からすっぽり布団を被って、私は木箱とスチール机の間に頭を埋めておりました。いやはやこんな姿、想いを寄せる人や、私を慕ってくれる人にはゼッタイ見せられん！と思ったもんです。

この時点では地震とは想像もしませんでした。停電の中、私物箱より落下した食品、日用品を元に戻し、さきほどのウロタエなんか一切なかったふりをして布団に入り、タヌキ寝入りを決め込んだところへ……ピカッと懐中電灯が光り、「みんな異常ないか?!」の声。馴染みの担当さんだったこともあり、ジョークのつもりで「なんかあったの？」ととぼけると、そこはそれ、相手もニヤッと笑って「地震や」。

これで事態がはっきりしたわけですが、まさかあれほどの大惨事になっているとは思いもせず、私はのんきにも弁護人の面会があるので運動時間を調整してほしいと申し出たのです。

「どこから来られるか知らんが、今日は無理とちがうか」

などという声を聞きながら運動場へ行き、そこで初めて市街地の惨状、地震のむごさを実感した次第。

すべてのライフラインは寸断され、通信の受発信もいつ再開できるか分からない、との説明もありましたが、なんと地震の当日、森田組二代目・森田健介氏よりお見舞い、安否伺いの電報が届いたのです。あれには驚きました。まさに演出効果満点！ このようなとき、咄嗟に機転を利かせて人を気づかえる男とは、一体どんな体験をくぐってきたんだと深く感動すると同時に、私の心を捉えて離しませんでした。後日知ったのですが、この日多くの人が安否確認をしてくれたが、すべて不通だったとのことです。

翌日にも驚くことがありました。あの異常事態の中、若者の山岡と今井が堺市から二十時間を要して面会にきたのです。その忠誠の篤さを思うとこれ以上の男冥利はなく、私には過ぎたる者たちと房内で目頭を熱くしたものです。

所内の職員もこのときばかりは全員一丸、各々家庭もあるのに奮闘、努力してくれました。ふだんは何があろうとも「紅白歌合戦」以外のラジオ放送はしないのに、地元の被害という考慮もあってか、一月末まで連日午前九時から午後十一時までラジオを聴くこともできたのです。

あれだけの大災害のあと、何の不自由もなく過ごせたことは、現場職員の活躍以外の何者でもありません。このことだけは特筆しておきたい。あのときは本当に心から頭が下がりました。

それにしても、人の視線というものは、心の暖房にもなりますね。そこで一句。

賢（権）者とされるに情けなく
身近な人に情けあり
吾　目頭熱く　塀の塀

大地震からはもう一年以上経ちますが、目新しい話題といえば、昨年（1995）十二月十五日から今年（1996）一月八日まで、〝強要〟にて強罰を申し渡され、ヤクザならぬ厄座者になったことです。

ことの発端は去年の夏だったか、私の房の上階でガラスの割れる音が響き、私の房からも飛び散るガラスが見えて大騒ぎになりました。騒ぎの張本人はS。強盗傷害だかの罪名で一昨年長田署に留置され、そのときから係員に包丁をつきつけて脱走しかけるなどの問題を繰り返し、新聞紙上をも賑わしていた人物でした。

神戸拘置所に移された彼がなぜガラスを割るに至ったか、そのいきさつを調べてみると、ある職員の行状に問題のカギが隠されていることが分かりました。この職員はいわゆる〝問題児〟で、ほかの職員たちとの確執に、収容者であるSが巻き込まれたと、私は解釈したのです。

Sは結局ガラス割りの一件で四十日の罰を食らい、加えて事件送致にもなりました。ちなみにSは四十日の間、何の言い訳もせず、責任の一端を担っている問題児のことも一言たりとも口にしなかったそうです。昨今、己が助かるために平気で人を陥れる男が多い中で、罪状はどうであれ拘置所内で掟と信義を守ったSに、私は興味を覚えました。

一方、問題児のほうは何の事情聴取もされず、お咎《とが》めなし。私は一収容者であるという自分の立場を忘れ、義憤に駆られてしまいました。このままではまた収容者や職員が問題児に足を引っ張られないとも限らない。そう思った私は、以前から信頼していた職員に、問題児の配置換えを願い出たのです。しかし、問題児にも生活があります。具体的な事情を話せば、彼の一生を左右してしまうことにもなりかねない。そこで、詳しいことはさておき、とにかく問題児の配置換えを、と頼んだのですが……。

それから何日経っても返事がなく、再度お願いしても状況は変わらずで、私はプッツン寸前。面会に来た若い者に「新聞記者を呼べ」だの「なめやがって!」だの「拘置所がひっくり返るスキャンダルがある」などと口走ったため、私が二十五日の強罰を受けるはめになってしまったのです。

お前は所長ではない、管理される者としての立場を弁《わきま》えろ!というわけでしょう。典獄殿の視線はまるでガラス玉のようで、ひとかけらの温《ぬく》もりも感じられませんでしたね。面会人によれば、私が強罰を食らう前、官舎を通って面会に来るとき警備隊員が付き添ってきた時期があったとのこと。まさに屋上屋を架すに等しい処置。何を考えているんだか。

それにしても、管理者側は常に可もなく不可もない無難を尊重するようです。ヒエラルキー社会に禄を食《は》む彼らにも、辛いことはたくさんあるでしょう。しかし人を管理する立場にある者が、苦言、忠言に耳を塞《ふさ》ぐようでは人は育たず、組織の活力もそがれてしまうと思うのですが。

〃止持作犯《しじさはん》〃という言葉を知っていますか？　仏教語で「してはならぬことをするのも罪だが、しなければならないことをしないのも罪」といった意味です。私は「死ぬべき秋に死ねないのも卑怯なら、死ぬべき秋ではないのに死ぬ奴はもっと卑怯」という言葉とともに〃止持作犯〃という言葉が好きなのですが、ひよどり山荘ではこの名言も一向に通じないらしいです。

ところで、例の問題児はその後、退職したとのこと。これが上層部からの指示か本人の意志か、私には分かりませんが、もしすべての事情を知った上層部からの命令なら、それはそれで薄情な処置だと思います。部下に不始末があった場合、なぜそういう事態が発生したのか、当事者の意見も聞きながら根本解決を図る前に切って捨ててしまっては、またいつか同じことが起きるような気がするのです。

トップに立つ人間は、あらゆる人の発言に耳を傾け、仕事に自信を持つ責任感の強い人間を育てなければならないのに、なぜか奢《おご》りや保身ばかりが目につきます。〃鳥なき里の蝙蝠《こうもり》〃では、そこに収容されている者も浮かばれないのに……。

などと書くとまた報復強罰の目にあうかもしれません。これでも関係者に迷惑がかからぬよう、だいぶ抑えて書いているのですが……。この件はこれぐらいにしてほかの話題に移りますんで、トップの旦那、お赦しくだせえ。

さて、この山荘暮らしでもうひとつ書いておきたいことがあります。C型肝炎を発症したことです。

あれは平成四（１９９２）年の正月明け。ひどい腰痛を覚えました（いや、実はその前の秋ごろから、鼻血や歯茎からの出血が続くなどの兆候はあったのですが……）。どちらかというと我慢してしまうタイプの私は、とりあえずシップで痛みを抑え、半月後の定期検診日まで待って血液検査を申し出ました。

検査結果はGTRが七〇〇台近く。医務課長にいわせると、「この数値が本物なら、即入院だ。恐らく検査ミスだろうが、一応再検査をしよう」とのことでした。しかし検査ミスなどではなく、二回目の検査も前回同様の数値。結果を伝えられた日より、点滴生活へと入ったのです。半年後にはGTRの数値も三〇〇台に戻りましたが、それまでさまざまな症状に悩まされました。

連休間近の四月二十八日には突然の吐・下血。これが一〇〇〇cc、洗面器の半分を満たすほどの量で、我に返ったときには辺り一面血海でした。「龍馬が行く」（『実話時代BULL』連載）の鈴木龍馬氏が臨死体験をされた話を書いておられましたが、私にはよ〜く理解できました。

私の場合、鈴木氏ほどはっきりした記憶は残っていないのですが、亡き友人が遊びに来て、私をしきりと誘うのです。それを断った瞬間、ハッと我に返った。あそこで「よっしゃ」と友人に同行していれば、今ごろは彼岸にいたやもしれません。

このときは血圧も測れぬまま所外の病院へ担ぎ込まれ、胃カメラ検査の結果、異常がなかったため帰拘。私はあの日、初めて胃カメラなるものの存在を知った次第です。あれは便利な機械ですね。ホースを呑みこむと、自分の胃の中がカラー映像で見られるんですから。きれいなもんでした、私の胃内は！

その後、当時の医務課長が「当所ではこれ以上の検査はできない。所外病院で精密検査の必要ありとの意見書を書くから、弁護士さんと相談してください」というようなことを言ってくれました。ひょっとして執行停止処分になるかもしれない……と密かに期待したものですが、やはりお上はそう甘くありませんでした。以来、所内から出ることはなく、今日に至っています。

しかし、執行停止こそ叶わなかったものの、なかなか粋な計らいをしてもらいました。C型肝炎治療のため、超高価といわれるインターフェロン投与を官費で施してもらったのです。これは日本の拘置所では初の試みで、しかも最後の試みになるかもしれないといわれています（現在は施設内治療可）。

現在もこうして生きのびているということは、インターフェロンの効果があったのでしょう。あるいは、ただ悪運が強いのか、麦飯を食わせるからまだ当分生きなさいと神様が生かしてくれているのか……。

でも、最後にこれを書いておかなければなりません。私のC型肝炎は所内感染の疑いが濃厚なのです。平成二（１９９０）年度の検査では、何の異常もなかったのですから。画期的なインターフェロン投与もそれを踏まえた上での処置だとすれば……何をか言わんや、です。

平成の監獄

先日、ひよどり山荘で面白い話を耳にいたしました。当舎の正担当に外国人受刑者が話かけていたのですが、その内容といったら、ビールを買わせろだの、タバコは何故だめなのか、ヒゲが濃いので充電式のカミソリを買わせろ、買えるようにボス（所長のこと）に手紙を書く……云々。これを聞いたときは思わず笑ってしまいましたが、ちょっと待てよ、笑うワシのほうがおかしいのだ、と気づいたのです。

外国の施設では所内からの電話は勿論、ラジオ、テレビ、カセットデッキなども当然のことのように許可されており、日本の未決施設が異常なくらい後れをとっているだけのことなんです。過日読んだ書物によると、イギリスもほんの二十年ほど前は、所内から電話もできず、日本の施設と同じレベルの処遇だった由。それがある無罪者（死刑執行後に無罪が判明）のことがきっかけで、代用監獄が見直され、市民団体の運動で獄中処遇も諸外国並みに改善されたとのこと。

『アガダ　パリ刑務所の日本人』（扶桑社）という本には、フランスの監獄処遇のことが書かれています。それによると、ビールやタバコも勿論可。肉、野菜、調味料など大半の品物が購入でき、しかも房内のガスコンロで自炊まで可、というのですから驚いたではありませんか……。

ひよどり山荘でも世の中の豊かさに比例して、少しずつ改善が進んでいます。一昨年（1994）、一リットルのポット（魔法瓶）が房内に設備（貸与）され、厳冬に熱々の湯で温もることができるようになりました。昨年（1995）からはカップコーヒー（二組百二十円）が購入許可となり、今年（1996）一月にはミニカップメン（九十円）の購入も許可されました。何だそれだけか、と思われるでしょうが、これだって極端に物の制限と不自由を強いられる未決囚にとっては、特筆すべきことなんです。

しかし、それでも購入個数は制限されている。これは致し方ないとしても、肝心の配湯が朝食後、一日一回。昼には湯温が低下しており、カップメンは無理です。コーヒーやカップメンなどがハード面だとすれば、ソフト面の対応が不十分なのです。運営上クリアせねばならぬ官側の予算や諸々の事情は十分理解できるのですが、ソフト面の改善を受刑者の誰もが希望しておると思うのです。未決囚なんだから人権上の配慮ももう少し……。

配慮といえば、先日こんなことがありました。ひよどり山荘内の知人に母親からフード付きのジャージーが差し入れられたのです。フードは禁止なんですが、そんなこと老いた母だけでなく、社会の人の大半は知りませんよ。未だに手作りの弁当を差し入れ可能と、真剣に思っている人もいるぐらいだから。

昨今の医療事情は、冬もののジャージーなんか大半はフード付きですが、官はこのことを考慮せず、フード付きは「不許可」、但しフードを切断すれば差し入れ「可」と指導。殆どの人はフードを切って差し入れます。

百歩譲って管理運営上フードを使用することに問題があるのなら、切らずに縫いつければいい。そして使用した折はどのような処罰も受ける、との承諾書を一筆取れば済むことじゃないですか。私もフードについては何度もお願いをしたんですが……。だいたい人の財産に指導をするなんておかしなことです。財産権の侵害じゃ！

更に、この件には別の問題もあるのです。ある日、日本人には不許可の筈のフードを外国人（アメリカ系白人）には許可し、着用させているのを現認したのです。ちなみに私のいる舎房には二十八監房あり、外国人房（一般房より多少広く、リノリウム貼りの床にベッド）は五、六房。数年前よりイラン人、パキスタン人、中国人、韓国人、ベトナム人、タイ人、それに白人などが収容されています。どうやら外国人受刑者（特にアメリカ国籍の白人など）は、大使館やら領事館から注文が付くと外交問題にもなりかねないので、官側としても立場が弱いのか……。法律、規則というものは万民に対し公平に課されるから嫌々不承知ながらも不満を言わないのであって、公平に欠けることを知れば誰だって文句を言いますよ。

私も言ってやりました。貴方たちの処置は、母子の愛情を裂くようなこともしなければならないなんて、寂しい仕事ですね……と。何も危険なものを差し入れさせろとか、石油ストーブを使用させろと言っているのではないのです。個人の感情では所内の幹部も理解しているのですが、職務上肯定するわけにいかない。「伝家の宝刀」のように管理運営上、あるいは前例がないとしか、私たちに説明できない。こんな些細なことなら、個々の施設長の判断（決断）でどうにでもなることなんです。新しいことに踏み切れないのは、踏み切ったことで万一起こる事故を恐れるからで、それも生きる道かも知れませんが、相手（収容者）は物じゃなく、生きた人間。それも刑の確定までは推定無罪が原則の人間なんですから……。

フランスの監獄処遇の話に戻りますが、驚いたのは購入できる品物のことだけではありません。それ以上に驚いたのが作業賞与金のことでした。ヴィトンのバッグ職人や縫製職人扱いともなると、一ヶ月三十万円からの賞与金がもらえるとのこと。器用な者は三年くらいで熟練工となれるとか。

さて日本では……。読者の中に刑務所の作業賞与金が一ヶ月で一体幾ら貰えるか御存知の方はいますか？　私の知るところでは、新入《しんにゅう》の者の場合、月五百から六百円が精一杯なんです。恐らく現在もそうでしょう。十年以上務め、一等工の何割増しかの者でも、月二万円貰っている者は皆無なはずです。

未決にも請願作業という制度があります。これも実に馬鹿げている。仮に許可されて作業に就いたとして、一ヶ月五百円位でしょうか。相当自信があり頑張り屋で人の三倍も働いたところで一ヶ月二千円も稼ぐ者は殆どおりませんよ。例えば最高額の二千円を貰ったとします。現在山荘の牛乳が一パック七十円。毎日一本の牛乳も飲めないんですよ。確定囚なら法で定められておるから（懲役は監獄に拘置し、定訳に服さしむ……だったか）まだ納得もいきますが、未決囚から利益を得てどうするんですか？

私が見当するに、社会の内職でもあれだけ作業すれば五万円は稼ぐと思いますよ。内職並みに五万円とまでは言いませんが、せめて一ヶ月二万円でもあれば家族への仕送りの足しにでもできるのに、現状では社会に残された家族を助けることもできないのですから切実な問題です。

私は恵まれておりますから必要ないのですが、洗濯物等については不満があります。山荘はｉｎａ製洗面台で、独居ならここで雑巾やタオルぐらい洗濯できます。しかし、布団カバーなどの大きな洗濯ものは物理的に無理に近いのが現実なんです。その上昨今の衣類は化繊が大半で、ドライクリーニングが必要。こうした衣類は一体どうすりゃいいんです？

一部の施設では所内で有料洗濯を受け付けたり、外部クリーニング業者が入ったりしているところもありますが、大半は自洗の状態。自由な人には判らないでしょうが、不自由を託《かこ》つ収容者には、これなんかも切実な問題です。前回も書きましたが、これも幹部官僚の〝止持作犯〟。してはならぬことをするのも罪だが、しなければならないことをしないのはもっと罪なのです。

確かに所内にいれば、確定囚、未決囚に拘らず衣食住はロハ、無料貸与ですが、そんな問題ではありません。

私が初犯を務めた昭和四十八（1973）年頃なんか、官物貸与のチリ紙が一日七枚。それも藁《わら》半紙のような粗悪品。胃腸が弱く、気の小さな（？）私は困ったもんです。いや、本当に困りました。当時私はまだ十代。若かったですからね、〝珍しい宝〟が元気……。この珍しい宝を宥めたとき、一日七枚なんですから一体どうやり繰りすりゃいいか想像してみてください。

話が思わぬほうへ逸《そ》れました。ともあれ一旦拘束されると、殆どの人が社会の者と断絶されたに等しい状態となり、何の収入もない無産者となるのです。このような生活を強いられる冤罪《えんざい》者がいれば、これ本当に悲惨ですよ。山中事件の霜上氏などは、たまたま故・波谷親分と中で知り合い、正延哲士先生らの支援もあって雪冤《せつえん》できたが、これなど奇跡に近いこと。代用監獄の恐ろしさについては、『実話時代BULL』で以前書きましたが、下村幸雄弁護士が判事時代からの記録をまとめた『刑事裁判を問う――在官三十年の思索と提言』『刑事司法を考える――改善と改革のために』（ともに勁草書房）を読めば分かるでしょう。松本サリン事件でも当初犯人扱いされた河野義行さんは逮捕もされず幸運だったやも知れません。が、自身の著書『「疑惑」は晴れようとも～松本サリン事件の犯人とされた私』（文藝春秋）に書かれておられます。万が一逮捕されておれば自白させられていたやも……とね。

そういえば以前、堺市の泉北ニュータウンで拾得物の財布を警察へ届けたにも関わらず、届けた主婦がネコババした、と犯人扱いされた事件がありました。なんと驚くことに、受け付けた警官が懐にネコババしていたのです。これなんかも身内の報告を信じて、主婦の身辺捜査までしていたんだから、開いた口が塞がらないではありませんか。この主婦だって逮捕されておれば、自白させられていたやも知れませんよ。とにかく代用監獄というところは本当に恐ろしい。意思強固を自負する現役ヤクザ（厄座）の私が書くのだから間違いありません。いつ我が身にふりかかるやも知れません。今日は他人《ひと》の身、明日は我が身なんですから。

先日、身内の若者が三年近くを務め上げ、大阪刑務所から社会復帰したそうです。聞くところによると、B型肝炎で辛いので受診を申し出たら、〝一年後〟に診察して貰ったそうで、出所するまで厳正独居（昼夜独居）だった。なんとこの若者、出所するまでに不服処遇に対し、願いを書いた便箋の枚数が二百六枚というのです。つまり四日に一枚の割か……。それ自体は収容者の権利で当然のことなんだが、それが通らないのがこの所内。こんなことをすれば、工場なんかには配役してくれない。一般の受刑者が感化されることを恐れるのと、官に反抗の意思ありと見なされ、その報復的処置が取られるのです。

東京のドヤ街で警官を刺殺したとして、無期懲役を旭川刑務所で務める礒江洋一氏は、十二年だったかの厳正独居を強いられたのです。このことなどで訴訟中でしたが、敗訴を敏《さと》ったのか（？）、先日突然、夜間独居から工場へ配役された、と新聞に載っておりました。考えてもみてください。一日中誰とも喋らず、何の娯楽も演芸も見せてもらえず、十年以上独りでする生活。気が狂ってもおかしくありませんよ。

また現在徳島に下獄中のK組長は、所内で暴行を受けた。このことを刑事訴訟したが、刑務所では弁護人といえども立会者が付く。打ち合わせの内容が筒抜けになるゆえ、弁護人側が立会人なしの接見許可を裁判所に申し出た。裁判所は当然とばかり刑務所側に「立会人なしで接見させなさい」との勧告を行ったとのこと。が、官側は裁判所の勧告を無視したままだとか。権力ですねぇ。

一日も早く判決を獲《と》らなければならないんですよ。弁護士さんと相談した手の内が相手側に丸透《み》えなんですから。

こんな例を書いていたらきりがありません。「CPR監獄人権センター」とか死刑囚が会員の「麦の会」とか、「獄中者組合」が毎月発行しているパンフレットにこういった理不尽な事柄がいくらでも紹介されているんです。こういうパンフの存在、御存知でしたか？　収容者も無知ではなく、このようなもので知識をどんどん得ることが大切だと思いますし、一般の方でも入会すれば月額五百円位で講読できるのです。

CPRのパンフには、元刑務官の坂本敏夫氏（広島拘置所の管理部長までされた方）までが入会し、元の職場のことを訴えておられます。私の思うに、現職刑務官の中にも、昨今の職場体質に疑問を覚えておる人は相当数いるのではないか……。

ところで、先ほど書いたイギリスの監獄事情を知ったのは、左翼関係者が発行している獄中パンフだったのですが、いいなァ左翼関係者はこのような問題には団結力があって。ヤクザ組織も一致団結、一丸で改善に取り組めば展望もあるんだがね。扉は重くとも、まず叩かなければ開かない。人権上の大事な問題だし、後に続く者たちへの既得権ともなることだから、処遇改善の扉を叩き続けなければならないのだが……。

監獄人権センター＝CPR（Center for Prisoners' Rights）
年会費＝一口五〇〇〇円で、一口以上。弁護士の方は二口以上でお願いしています。学生の方には、一口三〇〇〇円の割引会費があります。獄中の方は、申し出により、会費免除などの考慮をするそうです。

入会を希望される方は、年会費を、下記の郵便振替口座にお振り込みください。
お振込の際は通信欄に「入会希望」とご明記くださいますようお願いします。

郵便振替口座番号　００１００—５—７７１６２９
名義＝監獄人権センター

会員には、ＣＰＲニュースレター（年四〜五回）を発送します。年に数回企画するセミナーをご案内します。ＣＰＲが入手した国内外の刑事拘禁施設などに関する資料や書籍を、実費で提供します。

監獄人権センター事務局
ＴＥＬ＆ＦＡＸ：０３—５３７９—５０５５
郵便送付先：１６０—００２２　東京都新宿区新宿１—３６—５　ラフィネ新宿９０２　アミカス法律事務所気付

（注）連絡先など現在も変わらず。ウェブサイトは
http://www.cpr.jca.apc.org

貴公子・バロン川口タイに飛ぶ

この文章が誌面に載る頃はゴールデン・ウィーク。沢山の人が海外旅行に行くことだろうと思います。

あれは確か十五年程前のこの季節だったか、初めて所有した馬が淀競馬場の新馬戦で一着となり、記念撮影をしたことがあります。

勿論、厄坐（ヤクザ）ですから名義は人に借りておるんですが……それでも自分の馬と思うと、殊《こと》のほか興奮するものです。

社会的地位のある人が馬主席に同道してくれるので、地味な服装に心を配り、極力迷惑の掛らぬよう、気をつかったことを思い起こします。

この馬は将来有望だったのですが、結局前脚を後脚で蹴ってしまい、廃馬となってしまいました。

その後、数頭所有しましたが、「こんにゃくの食中毒」。こんにゃくは食中毒にならない、つまり当たらないというやつで、良い馬には巡り合えませんでした。それがもとで八百長を思い付き、淀競馬場で五億程儲けた、なんてことは嘘ですが……。

十五年程前といえば、シノギを求め、海外へも頻繁に出国していた頃でもあり、タイ国でラウンジ経営に参加したこともありました。三軒の売上が日本円にして一日百万円見当。タイ国の金に換算すると日本円の十倍位に相当する金額です。

日本の商社員とかが客筋ですからこれだけの売り上げも可能だったんですが、一店につき女の子が二、三十名。それも十人は並み以上の娘を雇っておりましたから、常時、客の切れることがありませんでした。カラオケもたえず最新のものを揃えておりましたし、店外デートも自由、ということが受けたんでしょうね。

しかし、こんなに繁盛した店だったのに、結局閉めざるを得ませんでした。これも全て私たちの責任。嫉妬深いママたちや、従業員の娘との間にトラブルが絶えませんでした。なにしろ経営参加者「全員」が「植木屋」よろしく、「木」ならぬ「気」が多過ぎたからです……。

タイで次に思い至ったのは馬主となること。他人の馬でも権利買いができ、即競争させられるとのことだったので、並程度の馬を一頭百万円で仕入れ、馬主となったのです。

この馬たちを元に、日本から持ち込んだ薬品を使用して八百長を仕組んだのですが、「当てと褌、前から外れる」とはよく言ったものです。薬を注射する量を、馬によっても、その馬の体調によっても変えなければならないことを知らなかった私たちは、多ければ多いほど効く、などと思っていたものだから、やたら多く打って……。

笑いましたねぇ……。馬に覚醒剤を打つと、どんな顔になるか知ってますか？　それはそれは表情豊かです。まずは耳を△↓このようにピンッと立て、目を大きく見開き、見る見る鼻の穴をふくらませる……。興奮し過ぎて、その場でフンを垂れる馬もいるんですから……。

厩舎《きゆうしや》の人（運搬人）と競馬場の近くで待ち合わせ、入場前に打ったり、パドック入りしたあとに打ったこともありました。

大半は失敗でした。間抜けなもんで、薬が効き過ぎたんです。泡を吹きながら走ったり、顔を横に向けながら走った馬もおりました。苦しかったんだろうね……。

タイ競馬場のドーピング検査は緩く、新しい薬品は検査に引っ掛かりにくい。また、仮にドーピングに引っ掛かったところで、日本のように処分が厳格でないし、厩舎のほうも金次第でたいがいのことは交渉できました。

試行錯誤するうちに、私たちも薬の量がおぼろげながら判ってきました。そこで、さてこの辺で勝負！とばかり、こともあろうにタイ国王主催の競馬日に、私たちの馬を出場させることにしました。かの国では、この日ばかりはネクタイ着用が決まり。私もそのためにネクタイを買った記憶があるほど、品格のある主催日なんです。

このタイ国王主催の競馬には、タイ警察の署長も一枚加わって、私たちのガード役も兼ねてくれてました。何《ど》処《こ》の警察でもあるんですね……実際は、日本のほうが乱れているかも知れませんョ……？

当日出場させた馬は、なんと尻の毛が殆ど抜け、それはみすぼらしい貧弱な馬でした。しら（正規）なら、こんな馬、買う気もしません。ところがこの馬が一着に入った、というんだから競馬……いや、八百長とは何が起きるやら、起こすやら……。

予想オッズ（馬券が的中した場合の倍率）は六千円台だったのが、あまり儲け過ぎたことと、何処かからニュースが漏れたのか……配当は千円台になっておりました。私たちが売上の大半を当て、三千万円近くの配当金を得たことになるのですが……馬鹿ですねえ。一千万の元金を注ぎ込んで三千万円なんですから割りに合いません。事前に三千万円の売り上げしかないと分かっておれば、一千万円も注ぎ込みませんよ。

このレースは、日本でいうところの天皇賞レースの前後くらいに匹敵するとか。つまりこれでもタイでは売上の多いほう。タイの一般のひとレースでは、総売り上げが何千万円単位というのですから、馬鹿な勝負をしていたものです。

国王開催日のレース終了後は、大当たりに気を良くした署長が、シーフードレストランに招待してくれました。食べものに好き嫌いのない私は、カニだのエビ、何でもパク付いたまではよかったのですが、なんとこれが競馬に続いて大当たり！　まったく、こんなもん当たっていらん、馬だけでええんや……。

この後すぐ帰国の途に着いたのですが、飛行機の機内を含め、四十八回もパンツを下げたり上げたり……殆ど泡ばかりでしたが。

何故大慌てで日本に帰ったかというと、タイの新聞の一面に、日本の暴力団が八百長を仕組んだ、と載ったとかなんとか聞かされ、大阪弁しかできん（？）我々は、三十六計逃げるが勝ち、とばかり機内の人となったのです。

まあしかし、タイにはいろいろな人がおりました。知人の知人でタイ在住の華僑は、宝石の入札権を持っておりましたが、その入札方法というのが変わっている。複数の石が入った箱を、箱ごと入札するんだそうです。落札した石は、質の悪い物から先に売って、元金をまず回収し、良質の石はじっくり時間をかけて売るらしい。私たちは、単品で品質の良い石を分けて貰い、日本に持ち帰って商売したものです。これが馬鹿にならず、五倍くらいに化けました。

それにしても、只の一度も税関検査に引っ掛からんかったなァ～。厄坐でも貴公子顔だからかね？……。

そうそう、ひと昔前のタイでは、車の国際免許も簡単に取れたんです。今はどうか知りませんが、事前に話を通し、試験の答案用紙に一万円を挟んで提出すれば、それだけで合格。こんな不正免許が正式に登録される上、ジュネーブ協定加盟国なら、自動的に自国での切り替えも可能。この免許で国内でも車を運転できるわけです。

ただし法律では、取得先国での三ヶ月以上の滞在日数が証明されないと、全て不正免許となるのだとか。国際免許を所持している人は気をつけてくださいョ。これは多分、知らない人が多いかもしれませんね。交通警官だって、大半がこのような知識はありませんから。でも、『実話時代』の読者の警官は、今後不正免許の検挙ができますね。今後共、『実話時代』を宜しく。

さて、これは十年ほど前だったか……週刊誌Aに何度か私が載ったことがあり、それを見たタイ在住の日本人が電話してきました。タイで食い詰めたのか、なんと二代目清勇会事務所宛にコレクトコールをかけてきて、私を指名したのです。

ワシは川口や、サトウ（砂糖）と違う、甘う見るなョ！と思いながら、電話で「商談があるから会ってほしい」と伝えられ、出国した折に会ってみました。

こ奴は寸借のようなサギ師やな、と直感した私は相手にしませんでしたが、まんまとこ奴に騙《だま》されてしまった人もいます。大阪でも超過激集団といわれた組織の元会長で、被害額は数千万円。ワシ、いやボク、だから「相手にするな」とアドバイスしたのに……。

元会長は現地まで追い込みをかけ、何日間もかけてこ奴を探したものの、杳《よう》として行方知れず。金も当然のごとく回収できず、高い授業料となりましたね、I会長。いかん、原稿のネタが「火の車」やから、こんなことまで書いてしもうて……ゴメン！

ワシ……いかんいかん、貴公子がワシやなんて……ボクの知人の話をもうひとつ。この男はとにかくモテる。その上、優しくて、しかもマメときとるから、相手は一途に燃え上がる。あるときなど、タイ国のホテルロビーで、一度に四人の相手とバッティングしてしまいました。

ワシ、あのときほど気の毒に思うたことなかったで。いつになく真剣な顔をして回れ右。部屋に飛び込んで「なんとかしてくれ！」言うて、青うなって懇願したねえ？ 陰険な空気をワシなりに処理させてもろうたつもりやったが……あんまり罪なことしたら「アカン」で。アンタに似た子供が、タイの空港降りたら何人もいるそうやがな……？

つい大阪弁が出てしまいましたが、昔を想えば日本人も、経済的、物質的に随分恵まれた生活を送るようになりなりました。今では日本の豊かさに憧れ、死を賭してまで密入国しようとする人々もいるほどです。

しかし、その日本では、〝満つれば虧《か》く〟という言葉があるように、物質的に恵まれだした日本では、精神性に病み、宗教に救いを求めたり、生産性を無視した農業に安らぎを覚えたりする人も多くなったようです。途上国の人々から見れば、贅沢《ぜいたく》な悩みでしょう。

精神性を求める行為は一見「無欲」のように見えますが、実際は自分だけは救われたい、という「利己心」以外の何ものでもない。途上国の国民が物質を求める「利己心」ほど露骨ではないだけで、両者は同じなのです。「利他心」を先立てて渡世できる人間なんて誰もいない、と私は思います。

『最後の博徒――波谷守之の半生』（幻冬舎）という本に故・波谷御大が若者にこう言う件《くだり》がありました。

「自分が生きようと思うから……」

これは落ち目になった者を見限るということを指しているのではないでしょうか。

親子兄弟関係は「共に生きよう」であって、「自分が生きよう」が先立ってはいけない、と言いたかったのだと私は解釈しました。北陸戦争は、その典型的事件だったはずです。

タイ国のことを書いているうち、何故か人の欲にはきりがない、になり、このような文になってしまいました。要は、限りがない「欲」ならどの辺で妥協できるか、嘆きを如何《いか》に抑えられるかで、その人の苦悩や、幸、不幸も左右できると思うのです。忙中閑の閑に至る現況だから観《み》えるのかも知れません。

極道の獄道より

〝昆布屋〟でんねん

春は鳩が営巣に勤《いそ》しむ季節。ひよどり山荘の私の裏窓にも何羽かが毎日立ち寄っていきます。中でも昨春巣立った奴がもう年増の雌を娶《めと》り、裏窓で囀《さえず》ったり、イチャイチャ仲睦まじく当てられっぱなしなんですが、この惚《とぼ》けたやつがこともあろうに昨春まで飼育して貰った父親にケンカを売るやら追い回すやら、親父の新しい彼女に「ノド」を鳴らしてモーションをかけるやら……それも年増妻の面前なんだから……なんて奴なんだ？　多情な私でも、コラコラ、なんぼなんでもお前……と思ってしまいましたョ。

しかし、こんな奴でも毎日顔を合わせると情が移るもんで、来なくなると、アレ？　どうしたのか……と心配になるもんです。鳩といい雀といい、観ていると慈しむ心が芽生えるのか、可愛さと共に何よりの慰めとなり、心が和みます。

鳩の世界は一度夫婦となると、雌は貞淑なんですが雄は私の観る限り多情ですね。人間世界とそう変わりないか……いや昨今の人間世界も男女に関わらず、性が乱れとるようですが、世の中間違うとるで。自動車やボート、飛行機に乗るには免許が要るけれど、女に乗るのに免許は必要ない。しかし、心の免許がない奴がバイクに乗るように簡単に女に乗りよるから、女性を苦しめたり悲しませたりするんや。責任という心の免許さえあれば、沖縄の米軍兵士による少女強姦なんて起きなかったと思うんだが……。男は女に乗るときは、心の免許を自覚して乗らなあかん。そして女性も易々《やすやす》とパンツ脱ぐな！

女性の話題にもう少し触れますが、女性の右顔は知識を表し、左顔は内面を表すそうで、女優の写真は左顔のものが多いそうです。女性の顔も十人十色、百人百色で醜女も美人もいます。顔のブスはしようがないけれど、心のブスだけにはなったらアカンで。両方ブスやったら取り柄も救いようもない。女性は優しさと思い遣りが大切や。知識よりも内面を磨かなアカン。女の知識は男を萎《な》えさせるが、内面の魅力は男を奮い立たせるもんで一生の特技となるんや。人間は形ばっかりやったらアカン！　言行一致と要は内面や！

ところで読者がこれを読んでいる今は入梅。季節の移ろいも、それぞれに風情があっていいもんです。雨が降ると、精神の沈静効果があるマイナスイオンが増すとか。「木の芽《こ》どき」に狂い始めた精神も、この頃に沈静されるというように、自然のサイクルは人間にとって必要な効果があるものなんです。

しかし人間は勝手なもの。雨が降り過ぎると言っては嘆き、少ないと悲観し、寒いだの暑いだのと己の尺度でブツブツ言いながら日々暮らしているのですから。

「病は気から」という言葉があります。身体の故障は「病」であり、気まで病むことが「病気」なんだと思います。身体が故障している人は沢山いるでしょうが、気まで病まないでください。

精神が病むということは、何処かに原因があり、何かの悩みを抱えているからなんです。若者が失恋やニキビに悩んだり、金も地位も得た人でも頭頂が薄くなり、この毛さえ豊かなら今後の人生バラ色なのにと悩んだり。貧乏人が明日の米の心配をするのも悩みだし、金持ちが必死に節税することも悩みだし、大小の差こそあれ、悩みなんて誰にでもあって一生付いて回るものなんです。

悩みが解決できないときは、それがどうした人間は悩むものだ、と居直ることが脱却できる骨《こつ》ではないでしょうか……。

瓶の中のアメを取ろうとしている猿を思い浮かべてください。一つより二つ、二つより三つと欲が増し、沢山摑《つか》もうとして手が抜けなくなってキャッキャッと大騒ぎしている猿を。周りから見ると、「アメ」さえ離せば難なく手は抜けると分かるんですが、当人（当猿か？）は気がつかない。人間も同じで、未練や執着を断てば悩みも解決すると私は思うんだが……。

しかしまた、悩むことも人間にとっては大切なはずです。大きく悩めば大きく道も開け、それだけ心の幅も広くなるもんです。

苦しまず、喜ばず、無味に安んずるか？　激しく苦悩して強く喜ぶか？　私なら苦悩し強く喜べる生き方をしたいと願います。


世の中には身体が健康なのに精神が病み、自ら命を断つ人も大勢いますが、これは責任感が強い人でしょう。と同時に頭が固い、心に幅がない人ともいえるはずです。人間、頭と「珍しい宝」は固いだけが「能」やない。特に頭の固い人は、ときに最悪の選択をしてしまうものです。

人間やはり、忙中閑の閑が必要なんです。私のように「のんべんたらりん」とええ加減に渡世しとる者には自ら命を……なんてことは絶対にありません。ただ閑が多過ぎて少々「悩み」を持て余してはおりますが、こんなのなんという悩みではありません。生活の一切は国が保証してくれているんですから。

今、「世の中は赦せん住専、何もせん」なんて騒いでおりますが、これも一種の悩み。マスコミに流された悩みに近いでしょうね。

人間の感情として、一旦自分の手から離れた金なんてそう切実感が伴うものではありません。国民一人一万円見当が税金からの負担だからこそこれ位の騒ぎで済んでおりますが、これが会社の前などで待ち受けられ、「ハイ貴方は一万円」と肌身から現金を徴収されれば、誰だって「イヤダ！」と反発するでしょう。それが人の感情というもんです。結局のところは住専問題もいつかは解決しなければ経済にも影響するし、何ごとも前進しない。税金投入も経済効果を考えるときはやむを得ないだろうし、いずれ結論を出さなければならない。大蔵省解体もやむを得ないでしょう。

　しかし、このような解決策では、何年か先にも又々官僚政策の「つけ」が回って来る可能性があります。朝三暮四にされぬためにも、イギリスの例を参考にしたらどうでしょうか。

　イギリスでは衣服が製品として完成するまでに①デザイン、②裁断、③仕立て、④縫製、⑤仕上げと、各段階で製作者の指名が表示されるといいます。これはミスがあった場合、責任の所在を明確にさせる意味と、各分野担当者の自信の表明にもなるそうで、私はいいと感じます。住専問題もこのように責任の所在をはっきりさせたらいいのではないでしょうか。政策発表の際、担当者の氏名を公表することを立法化すればいいのです。そうすれば薬害によるＨＩＶ感染問題で見られたような官僚の証拠隠しも事前に防げる筈です。この際、根本からの改善案を確立しておくのが一番大切ではないかとワシは思います。

　話は変わりますが、先日中央公論社の出版物広告で『「超人」へのレッスン』という本の広告が目に停まりました？？？　屁《へ》もレッスンすれば「超人」になれるのか？と一瞬思ってしまいましたョ。そのあと、こんな話も思い出しました。

　おばあさんが風邪を引き、病院への受診に出向くと、玄関に張り紙があり、「ここではきものをぬいでください」と書いてある。そこでおばあさんは、玄関先で着物を脱ぎ始めたという、笑うに笑えぬ実話があったそうです。「超人へ、の」も「ここで、はきものを」も、点の打ちどころを間違うと、解釈をコロリと間違えてしまいます。

　日本語とは難しい、ということを教えてくれる二例だと思います。そういえば大学の先生も昨今の学生は当て字、誤字が多いと嘆いておられました。

　高校の入試だったかに、四字熟語で〃○肉×食〃の○×を埋めよという問題があったそう。答えはもちろん〃弱肉強食〃ですが、〃焼肉定食〃と書いた学生が一人や二人ではなかったというんですから深刻かも知れません。まあ焼肉定食でも間違いではないと私は考えますが、〃制度〃を〃性度〃と誤る大学生もおるというんだから、まともに中学も通っていない私でも呆れます。いや、自信が出ますね。

　直木賞を受賞した出久根達郎さんは集団就職で上京し、十五歳で古書店に就職されると店の商品を片っ端から読み、作者の文体や言い回しをメモにして自分のものにされた由。出久根さんの文体は本当に分かり易く簡潔です。中卒であれだけの文章が書けるんですから、才能もさることながら、それこそ文字を書くつもりが這《は》うが如くゆっくりしっかり頭にたたき込み、並々ならぬ努力をされたのでしょう。ワシも厄坐《やくざ》界の出久根達郎になれるよう、「拙修（才能に乏しくともたゆまぬ努力により、少しずつでも上達する）」ながらも頑張りますゆえ、当分の間笑読してやってください。

　本の話で思い出しましたが、故司馬遼太郎の作品に『俄――浪華遊侠伝――』（講談社）というのがあります。少年がバクチ場の銭の上に寝転び、「この銭もろうた」と言って賭場を荒らす。死ぬ程殴られようと翌日には又来る。少年はその金を貧しい者に分け与え、末は二本差しを許され小林佐兵衛の名を貰って大親分となった、というのが大筋です。

私が西成に出入りしていたのが十五歳。当時（昭和四十三～四十四年）東組も常盆を開いていたんですが、この盆中に五十歳位のアル中のおっさんが何処から聞くのか来るんです。

「昆布屋でんねん、シノがしてくれ」

これだけでこのおっさん、当時の金で五千円見当を放って貰えるのです。おっさんは昼間の時間帯なら飛田本通り入り口辺りで飲んだくれて立っている。地方から来る客とかバクチ打ちなんかが何処でバクチができるかと聞くと西成中の情報を教えてくれる情報通でもあり、「昆布屋」を知らなければ西成のバクチ打ちに非ずと、もぐり扱いされる程有名なおっさんでした。

しかし、十五歳の私はその有名人を知らず、最初会うたときは汚い形《なり》の酔っ払いと思い、「おっさん何言うとんのじゃ！　帰《い》なんなド突き上げるど……」なんて生意気なことを言ったもんです。先輩や兄弟分に教わって初めて昆布屋のことを知ったんですが、西成というところはつくづく変わった人種のいるところだと、十五歳の私には新鮮でした。

この昆布屋、元々は和歌山県の老舗昆布屋の若旦那だったそうで、初代松田組松田雪重組長の盆中でも上客だった由。そんな大金持ちの旦那も身代を潰してしまい、一念発起したかどうかは知らんが、バクチで身を持ち崩したんならバクチでシノいでやれ、とばかりにバクチ場へ小遣いを「せびり」に回ったようです。昔を知る盆屋などは小遣いを与えたけれど、知らぬ盆屋は死ぬ程殴り倒した。しかしどれだけ殴られようと、銭を持って帰るまでは帰らない。仕舞いには盆屋が根負けし、幾許《いくばく》かの小遣いを渡すわけです。それが次第にパターン化し（させたから偉い男や）、「昆布屋でんねん」とバクチ場の前に立つだけで銭を放って貰えるようになったとか。

この昆布屋には律儀なところもあって、シノがせてくれる親分のところへは盆暮れには届けものをしたそうです。中身は駄菓子屋で買った二、三百円程度の駄菓子なんですが、それでも届ける。そしてまた可笑しなもので、昆布屋が菓子を届けた親分は、西成では一流と見られ、一つのステータスとして認められるようにもなったというのです。昆布屋のおっさんとは、このような伝説の男なんです。

司馬遼太郎の『俄』に似通っているのでこうして書いているんですが、例えば藤本義一なんかがこの昆布屋を小説にしたら面白いのに……と私は初犯十九歳の頃『俄』を読んだときから思い続けております。

〝知恵も積もれば……〟

このところ、連日連夜、公判調書の読み返しに徹夜ゆえ、ライフサイクルが変わったのか、一日三食の規則正しい生活が狂い、一日五食当て食っておるやも知れません。いや、知れませんではなく、間違いなく食べておるでしょう。

その内訳は、といえば、朝、起きぬけに牛乳一パックで胃腸を整え、官からの朝食を全て消化し、ついでにハッサク一個、ホットコーヒー一杯とピーナツをボリボリ。朝からこんなに食べるのは私だけかも……。ちなみに、官の朝食は日によっても異なりますが、みそ汁、麦飯、佃煮、ふりかけ。みそ汁は、四月一日の新年度から美味《おい》しくなりました。副食の味付け然《しか》り。食材は同じなのにどうしてこうも味が変わるのか、と思うほど。きっと腕のいい職人が服役したんだろうね……。それとも副食量の二〇％カットが実施されたからだろうか？

朝食後は運動日なら運動場に出、二メートル×五メートルの場内を百周（最初は同方向に周回し、目を回したものだが、試行錯誤の結果、左右二十五回を四セットこなす方法に落ち着いた）、縄跳び連続千回、腕立て伏せ百回、逆立ち百秒。これで約三十分の制限時間切れ。

帰房するやパックコーヒーを呑み、体を拭きたおし、朝日新聞朝・夕刊、日刊スポーツを読むと昼食。昼食は官の副食とミニカップメン一個を食べ、続いて写経。写経を終えると、時間を計ったように午後一時。又ピーナツをボリボリ食べながら認書などをしておると、瞬く間に時間は過ぎていきます。

夕食は、徹夜に備えて体力をつけんがため、八百三十円の差し弁（相当量だし、カロリーも高いと思われる）を残すことなく平らげ、その上りんご一個とホットコーヒー。歯磨き後、又々ピーナッツを齧《かじ》りながら来信に目を通し、雑誌を読んだりすると、就寝時間の九時まであっという間。規則では九時以降食べられないため、その前にアンパン一個、パックコーヒー、羊羹《ようかん》、ポッキー、かりんとうなどを食らってしまうのです。

就寝時間後は、減灯の中、こめかみにサロンパスを貼ったりしながら午前一時頃まで調書の読み返し。体調のいい日は、効率も良く、不審点が見えることもあるが、たいていは腹一杯にするから眠いのか、それでなくても脳みそならぬ綿の詰まったようなド頭ゆえかボーッとしてしまい、一向に捗《はかど》らず。只、座って目的のページを展《ひろ》げるだけの状態。

徹夜せぬ以前なら〝老眠、早くして覚め常に夜を残す〟といった睡眠サイクルだったものが、今や一日平均五時間程になってしまったため、〝老眠暁を覚えず〟状態。それこそ夢一つ観ぬ〝寝っぷり〟の良さ！（こんな表現ありかね？）

いや、先日は夢を観たか……それも白蛇の夢で、何故か股間《こかん》を濡らして大慌て……鼻がムズ痒《かゆ》いので「フンフン……」と鼻から息を吹いたところ、大鼻血！　布団カバーが真っ赤っ赤。上からも下からも鼻血……といっても下は白いのだが……、これって過食症でカロリー過多の証拠だろうか？

ともあれ現在、半年前の一七〇センチ、六三キロというベストの状態から四キロ増の六七キロをマーク。偉大ならぬ〝胃大〟な獄道としては、ベスト体重に戻るべくウェイトコントロール真っ最中。やはり肥満は諸病の因《もと》ですから。先日の新聞に載っていましたが、肥え過ぎて動けなくなった人が、扉を壊して救助され、リフトで病院へ担ぎ込まれたとか。この人の体重は、推定四五〇キロ。小錦二人分に相当するというんだから、驚くじゃありませんか！

何でも人類は、飢えに対する情報遺伝子はあるらしいが、飽食に対応する遺伝子は用意されていないとか。又、肥満が過ぎると精子が減少し、子孫繁栄に影響する……というのはワシの想像やが……。

植物では、肥料をやり過ぎると、大きくはなるが結実率が低く軟弱に育ち、虫や病害菌に侵されやすくなることは実証済み。果実類も薬品や肥料の与え過ぎは、過保護な子供と一緒でアカン。このように肥料・農薬漬けで育てられた植物を、翌年実生《みっしょう》させようと思っても、うまく育たないそうです。

種苗会社の陰謀かどうか、昨今の農業は、毎年苗を買って農業するとか、自然に逆らい、経済優先の農業だから、季節感も味覚も感じない農作物が殆どになりました。

ワタクシたちが幼気《いたいけ》な頃、「黙って頂戴した」（言葉も使い方一つでこんなに通りが良くなる。便利なもんや）トマトやスイカなどは、こくがあり、なんとも言えん野性味があって旨《うま》かったものです。

しかし、昨今の野菜、果実は見栄えは良いが、味は格段に落ち、確かな味覚を感じなくなった、と思うのは私だけでしょうか？

元来、トマト、ナスビなどは、咲いた花の数だけ実が成るといいます。何故かというと、オシベとメシベがつぼみのうちに自力受粉するからです。昔の人は上手いことを言いました。

〝親の意見とナスビの花は、千に一つもムダがない〟

自力受粉などは知らない昔の人々は、ただ観察することで体験的な知恵を蓄え、農業を発達させてきたのです。

だが、その農業が狂いだした今、人間世界のほうも徐々に狂い始めておるやも知れません。こうなったら、昔の諺《ことわざ》も時代に沿って変えていかなければならないようです。

例えば〝逃がした魚は大きい〟という諺は〝逃がした魚は泳いでる〟とか……あっ、これじゃ何の脈略もないか……ま、この部分は無学なワシの隠し味として読んで貰うしかないな。

ナスビの花に話を戻すと、こちらの諺は確実に変えにゃならんでしょう。ナスビの花については今でも狂いなく実を結んでいるとしても、〝親の意見〟は訂正せにゃならんような気がします。

昔は親が子供を教育したものですが、昨今はどうも学校任せ。そんな親には、子供を育てることはできても教えることは殆どできないのでは？　子供の自殺が増えるのも、親の教育がなっとらんためかも知れません。

一方、学校は学校で受験のために勉強を詰め込むことしかせん教育で、人間を育てることなどしてへんのと違いますか？　大体人を育てる教育者そのものが減ってきている気がします。親も教師も、まず子供を教育できる人間にならなアカン。怯教や呪育したりせんと、頸育や佚育したらなアカン！

近頃は見栄えのいい人間はよういるらしいですが、果実だって見栄えのいいものは味が落ちます。キリストさんがええこと言うたやないですか、〝天は二物を与えず〟と。

人間も大体そうですね。性格は悪いが顔はええとか。その逆で醜女《しこめ》の深情けとか。要は何でも二つ求めるな、ということかも知れません。中国の故事にもあるではありませんか。

〝二兎を追う者は一兎も得ず〟と。

農業界は経済効率、人間世界では物品など目先の欲というつまらないものを追っているから肝心なものが失われてしまうのです。

今の人間は時間に追われ、思想性を見失い、子供の教育もろくにできない人間に成り下がってしまった、と憂えておるのは、ひよどり山荘に暮らす私だけでしょうか？

現代の野菜は雑草の中では育たない……こう言われておりますが、実はそんなこともないらしいのです。雑草に囲まれていても根強く育つ奴は出て来るそうで、その強い種を毎年蒔《ま》けば、虫に食われることも少なく、病害菌にも強く、雑草にも負けない野菜が生まれるとのこと。

例えばトマトは南アメリカのアンデスが原産。荒れ地で生まれた植物だけに、元来は手のかからん植物だったそうな。これに不必要な手をかけたため、味まで変質してしまったのです。昨今でも苛酷な環境で獲れたトマトと、手入れの行き届いた土壌で肥料をたっぷり与えて生産したトマトでは、糖度や含まれる栄養素が格段に違うといいます。勿論、苛酷な環境で育てたほうが断然旨い。そのほうが肥料を吸収するチャンスを逃さんし、諸機能も敏感に発達するのです。乾燥地帯で水なんか与えなんでも、茎や葉の針のような棘《とげ》から、空気中の水分を吸収して貪欲に育つそうな。

ええ……ウソーッ、荒れ地でも水を与えんとトマトが育つんかいな……と思われる方も多いでしょうが、実際にそうらしいですよ。

現に、九州方面のこのような土壌でトマトを苛酷に育て、完熟状態で売り出しとる農家もあるらしい。今のごく普通のトマトは水に入れても浮き上がってくるが、この農家のトマトは水に沈む。それ程、内容、質が異なるとのことです。

ところで、ちょっと横道に逸れますが、金儲けというものは小さなヒント、知識の応用で実現するものです。果報は寝て待てなんて大嘘や！　座したり寝たり、何のアクションも起こさん者に、チャンスなんて訪れる筈もありません。人間、失敗を恐れず行動することや。行動して失敗したかて納得いくし、少なくとも後悔はせん。

というわけで、農業や林業にもちょっと関連した実例を。

あるダムを管理する部門の人が、台風や梅雨時になると流木処理に経費を費やし、その都度《つど》往生していたそうな。そこで、なんとかならんか?と思案したところ、ダムの横で流木を燃やせ、となりました。ちょっと待てよ、どうせ燃やすなら炭にならんやろうか、とその人は又考え、窯《かま》を作り、流木を炭にして売り出したのです。

これがなんと大当たり。年間何十億もの収入に繋《つな》がりました。かつて処理費に何億もの金を食っていた流木が、同金額の金に「化けた」のです。

しかも、その上に付加価値を与えたというのだから、感心するではありませんか。炭を焼くのに出る煙を冷却して、「木酢《もくさく》」を製造したのです。この木酢は天然の農薬となり、土壌を殺すことなく活性させるわ、植物の根を強める作用はあるわ、ええことづくめ。しかし、合成農薬よりも何倍か高値という理由で不人気。ゴルフ場なんか、この木酢を利用すれば、環境問題も解消すると知りながら、費用の関係で使わないそうです。

やっぱり日本の農政は、農薬会社と種苗会社のためにあるようなもの。そのお陰で、不毛の悪循環に突入しとる。これも政治家との癒着やな。

まあしかし、ちょっとしたアイデアが金もうけに繋がることも確かなわけです。最後にもう一つの例。

コーヒー屋のUCCが缶コーヒーを作った後の豆柄処理方法として、殻を乾燥させてコーヒー炭を作り、アウトドア用燃料として売り出したところ、火力が強いということで好評。以前は莫大な処分費用がかかっていたのに、それを利益につなげたところに大きな意味があります。加えて、この豆殻炭で自社のコーヒーを煎《い》ったら、格段に味が良くなったというのです。知恵は使ってみるものですね。日本の根本的な悪構造は簡単に変わらないにしても、積極的に行動することで、一寸先は闇ならぬ、一寸先は二寸にも三寸にも変え得る、のではないでしょうか?

タメ息、ムシの息

ちょっと前に風邪を引いてしまい、散々でした。なんと二ヶ月間も長引き、耳から鼻辺りが腫《は》れて痛痒く、頭がボーッとするので、サロンパスを棒状にし、鼻に突っ込んだところ、これが良く効いて、頭がスッキリ、シャンとしました。これで耳内の腫れが引いたのか、翌日、五十日ぶりに嗅覚が戻ったのです。朝の味噌汁の香りがして、その日を境に回復に向かいました。それは喜ばしいのですが、自分の〝下風〟がこんなに悪臭だったとは……もっとも己の放出物だから憎めんけどね。

六月からひよどり山荘でも衣替えとなり、運動は半ズボンで行けるようになりました。私は約十五分を要し縄跳びをするのですが、先日の新聞によるとこれでゴルフのワンラウンドに相当する運動量だとか。これには驚きました。驚いたのはいいんですが、夏季処遇となると、困ったことも起こります。半ズボンの下はノーパンで出るのですが、跳ぶごとに竿《さお》に触れ、これが続くと竿が〝伸びる〟。独り暮らしが長いゆえ、自制が利かず飛び続けるうちにますます赤黒く怒り出す。性理的現象とはいえ、これには困ります。気持ちよ過ぎて跳んでおれん！縄跳びしながら漏らしでもしたら、恥ずかしゅうて人に言えんで！

どうも下ネタへとペンが向くなぁ……。フラストレーションが募っておるのだろうか?!

話題を変えましょう。以前、タイのエピソードを書きましたが、〝ASEAN〟への経済援助金は馬鹿になりません。先日の新聞にも、中国へ四千億だか五千億だかを援助するとかしないとか書かれていて唖然《あぜん》としました。この金は三十年間の償還で無利子だとか……実質踏み倒しやないけ!! 何のためにこれだけの金額が必要なんだろうか?! 先の阪神大震災で被災された方の救済も充分でないというのに……。

ワシ、なんでこんなことを書くかというと、タイのドンムアン空港を新設する計画があったとき、これはええシノギやと奔走したことがあったからです。結局実らなかったのですが、知人の知人がタイ国の大臣クラスにコネがあり、「バックマージンさえ折り合えば入札させる」と持ち掛けられた。その為に日本でゼネコンを探せ!となり、侠道会初代会長、故・森田幸吉親分にさる企業をジョイントしてもらうことになり、一緒に上京してもらったことがあります。

つまり、この空港建設に日本からの援助が充てられるから、日本の企業が入札・受注できる仕組み。援助金を決定した政治家筋が、阿吽で自分に有利な企業を推薦するそうです。政治家は、落札で直接金を受けられるわけではありませんが、企業は政治献金という形で政治家に金を回す。これなら実質的には法には触れないというわけです。

ワシの悪勘かも知れませんが、経済援助金なんて、大半がこの類《たぐ》いの紐《ひも》付きではないか? ワシらはドンムアン空港に少し携わっただけですが、この手の話は沢山あると思うのです。それだけに、中国に四千～五千億なんて記事を読むと、悪勘を繰ってしまいます。

タイ以外の外国では、フィリピンにも足繁く出張(?)したもんです。フィリピンは油断できん連中が多かった国、との印象が強い。それなりに油断ならんワシらが思うたんだから、相当レベルが高かったと思います。ホテルで寝とっても、おちおち財布も放置できんほど。金銭的恋愛にしても、気い抜いとったらそっくり持ち逃げされる。もっともワタシは〝人格者〟（?）だから心配なかったのですが、友達なんかは金は取られるわ、病気は置いていかれるわ、散々やったようです。

あるとき、木工製品の買い付けと、エビ養殖基地調査のため、マニラから飛行機で二時間ほどの島へ飛び、そこから更に単発セスナで二時間の辺鄙《へんぴ》な島へ行ったことがあります。

マニラからの飛行機はそれなりに見栄えも良く安心できたのですが、次に乗るセスナが大変な時代物。個人でチャーターしたのですが、こんなもん飛ぶんかえ?!と目が点になるほど酷《ひど》いセスナでした。

しかしワシも度胸が売りものの稼業、そんなこと噯気《おくび》にも出せず、乗り込んで離陸。そのときは痛いほどの陽射しでしたが、山脈に差しかかるや一転暗雲、大スコール。加えて空軍機が大接近し、撃ち落とされるのか!!と緊張した瞬間、それ以上に魂消《たまげ》た事態が発生しました。ワシの座席の横にあるドアがバターンッと開いたのです。金玉縮んだ、上がったてなもんやなかったで！　ババタレ腰（ヘッピリ腰）で開いたドアを摑み、そのまま着陸まで必死に閉めとったんやから。降りてからも筋肉という筋肉はガチガチ。ほんま、生きた心地なかったとは、このときのようなことをいうのやろう。ただし、驚いておったのはワシらだけ。パイロットなんて平気な顔でした。

この日の夕方、島に一軒しかないホテルに着いてからも、まだまだ問題は起きたのです。夕闇から夜へと移りゆくテラスでビールを傾け、食事の注文も済ませて会話中……何の音かキュッキキュッキュ……。現地の人が解説してくれたところによると、トカゲが獲物を射程に捉《とら》えたとき、尻尾を振る音だと。白い壁を観るといるわいるわ、無数のトカゲが群がって壁にへばり付いているではありませんか。

「この音を聴くと何かいいことがある」
現地の人にこう言われ、案外験《げん》を担ぐ（信じ易い）私が、そうか、ええことあるんか……と感傷に耽ろうとしたそのとき、鈍い腹痛を覚えたのです。こりゃおかしいぞ、と思いながら、運ばれてきた鶏料理を少し口にしましたが、辛抱たまらず夕餉《ゆうげ》テラスからリタイア。部屋に戻り、苦しんでいたら、症状を聞いた友人が「結石かも知れん。ビールをじゃんじゃん飲め」とアドバイス。一行が食事を了えるまで約二時間、私は部屋で十数本のビールを飲み倒しましたが、何の効果もなく、小便も出ず七転八起するばかり。息もできん！

これは重症とみたホテル側がドクターを呼んでくれましたが、ドクターが来るまで三時間。痛み始めから五時間も経てば七転八起する体力も尽きて〝虫の息〟。ようやく診てくれたドクターの診断は、やはり「結石やも？」となり、生のモルヒネを二本打ってくれました。普通は一本のところを、サービスしてくれたんやろか。大きく苦しんだ甲斐があったというか、気い抜けたように〝大きく〟効いた。

この日以来、私の意志は現在も不変ですが、石（結石）のほうは脆《もろ》くなったのか、ここ四年ほど痛みは出なくなりました。

タイもフィリピンも、もう十五年以上も前の想い出です。

〝罪なくて見る配所の月〟てな言葉があるそうで、配所とは昔の〝流刑地〟、今でいうなら監獄。元々は俗世を離れて風雅な思いをするということらしいが、流刑地で在任が早く都へ借りたいと想って見る月と、何の罪・科《とが》も無い人が流刑地へ来て見る月では意味が異なる。つまり体験者、当事者でないと当事者の気持ちは理解できないというような意味でもあるそうです。私の裁判も結石が七転八起の苦痛を伴うことを体験した人が裁いてくれたら、結果が左右されておったやも知れんなぁ。

もうひとつ、これも十五年近く前になるでしょうか、池澤望・現峡道会理事長に韓国招待を受けました。渡韓したのは真冬でしたが、韓国があんなに極寒だとは知らなかった！

金浦《キンポ》空港からソウル市内へ行く車内から見る景色は日本でも見られる雪景色なんですが、川という川が凍結し、そこで大勢の人がスケートを楽しんでおるのです。

このときはまだ、車内が暖かかったため実感はなかったのですが、当時韓国一だった新羅ホテルに着いてから、ナヌ‼と驚きました。このホテルではコテージを借りることになり、ロビーから五分ほど歩いたのですが、薄いナイロン靴下にタニノ・クリスチーのブーツを履いていた私の脚はコチコチ。冷たいというより痛いのです。この寒さはただごとじゃないぞ、と気温を確認したら、マイナス十五度とか十八度とかでした。

旅行中、池澤理事長の知人が、青瓦台近くの料亭に招待してくれました。個々に妓生《キーセン》が一人一人付き添い、至れり尽くせりの料亭で、箸を持つこともなく料理を食わせてくれる気配りは、日本のクラブなんかでは味わえない風情です。料理も文句なく旨い。皮をむき、何の手も加えないままハチ蜜を付けて食う生栗が、焼酎に合って旨いし、酒もキツイが寒い国だけに旨い。三時間ほど会食を楽しんで外へ出たときは、アルツハイマーならぬアル中ハイマー状態。アルコールには自信のある私が「相当飲んだ！」と思うほどでしたが、料亭を一歩出ればまた凄い冷え込み。落語の『村さめ』より早く酔いが醒めるのでは……という寒さでした。

新羅ホテルへ帰り、ディスコで少し楽しんだあとコテージでまた呑んでいるところへ、池澤理事長の韓国の知人の彼女が加わったのですが、この人がオオッ、噫《ああ》、噫……と声が漏れる絶世の美女。その美女が私たちにも優しく気配りしてくれました。

点けっぱなしにしていたコテージのテレビを見ると、その美女によく似た女優が出ている。でも目の前の彼女のほうが美しい、とかなんとか言いながら朝まで飲み食いしていたら、その美女が「十時から撮影に行かなければ」と言うではありませんか。なんと、彼女はテレビの女優その人だったのです。あとで聞いた話しでは、韓国でも有名な女優で、航空会社のパンフレットモデルをしたり、NHKの仕事で日本にも来たことがあるとか……。池澤理事長の交際の広さ、深さ、世間知には憧憬《しょうけい》しました。ワシも学ばねば……。

帰阪の前日は、ソウル市内の焼き肉店に行きました。甘めのタレに漬けられた骨付きカルビの大きいこと、旨いこと！　焼き上がった肉をパチンパチン鋏《はさみ》で切るのにも驚きましたが、それ以上に驚いたのは店内にウロウロしとる白うさぎ。柴犬ぐらいデカイ！　ウサギもあれほど大きいと可愛いてなもんやなく、ちょっと不気味で怖い。怖いだけやなしにこのウサギ、客が食べ残した肉を骨ごとガリガリ食べるんだから、目が点になんてもんやなかった。ウサギは草食とばかり思うとったからね。

人間はこんな意外なことは、十五年経った現在でも新鮮に憶《おぼ》えておるもんです。昨日したことをコロリと忘れるときもあるのに、本当、記憶なんてええ加減なもんです。

ところで先日、梁石日の『夜を賭けて』（幻冬舎）を読みましたが、この作者の底流には、故・中上健次の作品に似通った差別の問題というのか、地域性が書かれておるように感じました。同じ人間なのに、差別することは良いことではありません。差別の風潮は現在でも残っておると思います。この本での大村収容所での出来事は圧巻で、インパクトの強い本でした。

差別の歴史は古く、安政六（１８５９）年の江戸でも、こんな事件があったそうです。浅草に住む被差別部落の若者が正月の神詣《まい》りをしたところ、山谷の若者が「神社が汚れる」と言って浅草の若者を撲殺したとか。それを知った部落の頭、弾左衛門がときの奉行・池田播磨守に下手人の処分を訴えたら、「エタの身分は平民の七分の一。あと六人エタを殺すに非ずんば、町人一人を処分することはできない」との裁き。これを当時の江戸町民は名裁きと誉めたたえたというのです……。

戦前の出来事としては、昭和八（１９３３）年、高松地方裁判所が、部落の青年と一般女性の結婚について、「特殊部落の身分を秘して結婚したことは誘拐罪である」とし、青年に懲役八ヶ月を下したことがあります。水平社（注1）がこれを「部落差別」として全国的な抗議運動を展開したため、当局も非を認め、青年の釈放、担当警察官・裁判官を左遷しましたが、それにしても非道です。

住井すゑの『橋のない川』（新潮社）にも、ひどい話が出てきます。天皇の御巡幸の際、通り道に汚い家があってはいかんというので、ある集落を焼き払ったと。被差別部落には、こんな権力の横行がまかり通っていたのです。

人間、生まれながらの宿命は変えようがありません。子供は両親や環境に大きく左右されて生育するもんです。生まれながらに環境良く育った者には、計り知れんことでしょう。

ヤクザに被差別部落出身や在日韓国・朝鮮人が多いのは、宿命から環境が大きく影響していることは否めません。差別する側に立つ人間は、良い環境で育ったエリートで、他人の痛みを知らぬのです。差別とは選ばれたものの傲慢《ごうまん》以外なにものでもありません。

外国の話題を書いておったら、いつの間にか横道に逸れてしもうた。まあ、これもワシの隠し味やと思うて読んでください。

（注1）水平社＝一九二二年に被差別部落の自主解放を目指して創立された団体。正確には全国水平社という。

事故の顛末

人生の達人という言い回しがありますが、ここひよどり山荘に、懲役の達人らしき人物がおります。私がおる二階の部屋から、向棟の三階に奴が見えるのですが、こいつが毎日まだ空に青さの残る夕刻の決まった時刻、便所に座る様が見えるのです。で、はは、こいつ、今日や昨日の懲役やないな？と思い至らしめたわけです。その理由は……。

未決囚から既決囚へと身分が変わると、約一ヶ月ほど知能テストや適正検査を受け、各刑務所へ送られて行くんですが、刑務所の雑居房は大半が五人から七人の共同生活。それはいいとしても、如何せん便所が一つしかない。集団生活ということもあって、起床前の排便なんて避け控えることが常識。といっても起床から朝食までは三十分程しかない上、掃除、点検、洗面など慌ただしく、とてもじゃないが済ませられません。

生理的にも食後というのが通常のリズム。しかし、食後の工場出役までは十数分しか残されていないのです。この間に全員が済ますとなると、一人の所要時間は二分程度。快便時ならなんとかなるやも知れませんが、生ある限り体調にも好・不調がありいつも二分で済ませられるとは限らない。私の体験では、出役までに二人から三人が限度。それも古い者順というのが暗黙の了解です。

懲役は懲役なりに決まり、秩序のようなものがあり、周囲への気配りもせにゃならん。罷《まか》り間違っても新入翌日に古参を差しおき、便所に座ろうものなら、非難の目どころか〝村八分〟いや〝部屋八分〟になりかねません。

工場には便所が何槽かあり、休憩時間には自由に行けます。昨今は作業中も担当の許可を得れば行けるようになりました。しかし、大阪刑務所では大小とも作業中には絶対に許可しなかった時期があり、高齢受刑者など前もうしろも漏らした者、一人二人でなかったそうです。今だって作業中の便所行きは、決して歓迎されるものではなく、〝用便中〟とかの札を掲げなくてはなりません。

このような経緯があるため、被告から既決囚に資格移動した者は、その直後から排便タイムの調整をせざるを得ません。のんびりできる夕食後に済ませられるよう、調整するわけです。というわけで、毎夕決まった時間に見る向棟の〝座人〟は、何度も出入りを繰り返す懲役の達人やも……と思った次第。

いやほんま、調整不備のまま工場配役され、雑居生活に入ると、悲惨な思いをせにゃならん。特に〝ババ垂れ〟のワタクシにとっては深刻な問題なのであります。なにせ私の場合、園児の頃より〝ケンカ〟をするとババを垂れ、火の玉のように泣きながら相手に向かって行ったそうな。臭い、汚い上、何をしてくるや判らんということで、相手は私のことを恐れたらしい。

尾籠《びろう》な話の序《つい》でに、〝ウン〟にまつわる話をもう少々。

実家の真向かいにある散髪屋に、山本富士子似（ちょっと顔負けやったが）のオバチャンがおって、子供時代の私のことを可愛がってくれておりました。ある日のこと、今までオバチャンの周りをウロウロしとった私の姿が急に見えんようになった。どこへ行ったんやろ？とオバチャンが探し始めた頃、私は道の横手の肥溜に落ちておったのです。

オバチャンによれば、小さい生きものが泡吹いて浮き沈みしとったので、最初は猫か犬が落ちてるのかと思うたらワシやったそうな。オバチャン、のちにこう言うておりました。

「この子はウン（運）の強い子や。引き上げたとき、ウンコの塊をしっかり摑んどったんやから」

この出来事は、確か園児以前。当時は「ババタンコに嵌《はま》ったら改名せなあかん」と言われておったので、川口岳志だったワタクシは、この事件の後、川口和秀となったということです。現在、獄道厄坐の身としては、あのウンをもう一度？とも思うのですが……。


ワタクシの獄道生活ももう十四年。獄道歴が二十八年ですから、丸々半分が獄道生活になります。

振り返ると、二十歳で、まがりなりにも川口組を結成。三年後、二十三歳で親分・東勇《あずまいさむ》より二代目継承の栄を賜《たまわ》り、二代目清勇会を襲名しました。組内にあっては先輩諸兄を飛び越えての大抜擢。二十三歳での継承は、全国的に見ても、異例の若さだったそうです。


そのためか、継いだ当時は、「川口というやつは、東兄弟の血族だから引き立てられた。そうでなければ二十二、三のガキが清勇会継承なんて……」とか、色々噂の種になったらしい。実際は、正真正銘の盃親子。とはいっても、血を分けた子以上に中身は濃厚だったと思うし、親分の背、行動を観て育ち、教えて貰ったと思っています。

昭和四十五（1970）年、親分が八年の刑を務め上げたとき出迎えに参加し、それ以後約三年間、それこそ寝食を共にし、仕え従うようになったのです。この間、親分からただの一度もあもせえ、こうせえなんて言われたことがない。全て自ら行動する人だから、その後に従うだけ。そうするうちに、ワシも木石ではないんだから、親分が今何を欲しているかなど素振り、顔色を読んで小回りが利くようになってきたのです。

周りの者は、親分は気難し屋で近寄りがたく、側にいるだけで肩がこるなんて言っておりましたが、汚れも知らず純粋だった（？）私は、これが当たり前と思っていたので、何の苦痛も覚えませんでした。我ながら裏表なく、純真やった！

しかし、参ったこともありました。我が親分はナポレオン並み。一日三、四時間しか寝ない人なのです。加えて恐ろしい程、綺麗好き。朝五時には二階の親分の部屋から、ゴソゴソ掃除をする音が聞こえてきます。しかも私たちを起こしてはいかん、と配慮して静かに行ってお る。親分が起きとるのに寝ているわけにもいかず、私たちも起床。約二時間、一階から三階、表道路、向こう三軒両隣を掃き清め、掃除を了えるのです。それでも親分、自分の使用する便所だけは自分で掃除する人で、他人には絶対させなかった。その後、他階の便所も念入りに自分でやろうとするので、小回りの利く（？）私としては、親分の雑巾を奪い取り、便所掃除に精を出すことになります。

でも、これはいいことを教えて貰ったと思ってます。その家の人の性向、心構えなどは、便所を観れば殆ど分かる。私は一番汚いとされる便所を掃除することで、周りの者に清潔感を覚えて貰えたし、自分でも陰日向のない人間性を養えたと思う。だから、現在でも便所掃除は自分でやっている……独居なんだから当然か?!　冗談はさておき、部屋住み時代の戒めを忘れたくないので、今でも私のところでは見込みのある者に便所掃除をやらせています。

話を親分に戻すと、約二時間の日課的掃除を終えると、朝風呂へ行って親分の背中を流し、近くの食堂で飯を食うのですが、これがまた参る。大メシを強制されるのです。睡眠不足の者には拷問に近いで。二日酔いならなおさら。しかし親分は同じメニューをペロリと摂《と》るんだから、二十歳近い差のある若者としては、従って食べざるを得ない。

それにしても、親分は連日夜の一時、二時まで大酒を飲んでこのようなライフサイクルを繰り返すんだから、驚嘆します。当時、真剣に思うたもんや。この人、隠れて何処かで寝てるんと違うか……と。しかし、終日一緒におるんやから、そんな筈はない。人にも厳しいが、自分にも厳しい人なのです。

　ただし、酒癖は超一流、良うなかった。主従関係の従に当たる者が、間違っても〝悪かった〟とは書けんからな……あっ、でもそう書いているようなもんか……？

　ところで、清勇会は、東清・勇兄弟の名を冠して興した組ですが、この兄弟がまた並やない。普通、実の兄弟ともなればどこかに甘えが出て、通常の親分子分関係にはない見苦しい態度が出やすいものだと思います。しかし、東兄弟は、通常異常に律儀で礼儀正しい。畳部屋ではきちんと正座。土足の応接間でも清総長に接するとき、勇親分は片膝になって接しておりました。礼儀を重んじる私でも、ちょっと真似できん程でしたね。

　先にも書いたように、私は言葉で何かを親分に言われたことはありません。親分は数々の〝出入り〟やそれに近い揉《も》めごとでも自ら先頭行動する人ですから、私はただ黙って従っていただけです。有形の物は何一つ貰ったことはありませんが、無形の財産なら測り知れないものを受け継いだと思っています。無形の財産こそは一生随《つ》いて回るものやし、ワシの人生のバックボーンともなる。今の私があるのも親分のお陰、と感謝の念が絶えません。

　思えばいろんなことがありました。あれは総長服役中の昭和四十五（１９７０）年だったか、当時東組の本家筋に当たる池田組にレミントン製のライフル銃をかち込んだこともありました。当時の初代清勇会副会長Hから聞いたところによると、総長服役中に池田組が東勇に「池田親分の若衆になれ」と迫ったとか。当然拒否したところ、面子を失った池田親分としては、うちの親分に殴りかかるなどゴタゴタした。そこで一発「カマ」したれ、とばかりカチ込んだそうです。

　その後、出所した総長は池田組の池田大次郎親分と二丁拳銃で相対し、池田の代を継がせるか、駄目なら東は池田と何の関係も無いと回状を出せと迫った。池田親分もさる者、それはできんとなり、結局東から回状を出し、以来東組は独立組織として今日に至るわけです。私は昔の井桁の代紋から七つ源氏に至るまで全てコレクションしておりますが、十個近くあるでしょうか……。

昭和四十六（1971）年になると、私は西成から大阪茨木市に通い始めました。ここにシノギの場を有していた親分の若者・吉田豊がおり、私はこの先輩のシノギを手伝いに行っていたのです。

ある日、阪急茨木駅裏のパチンコ店で時間待ちをしているとき、地元のヤクザとケンカになってしまいました。多勢に無勢。刃物を持って相手に「表へ付いて来んかえ!!」と目線で合図し、私が先になって外へ出た。店内から五メートルも歩かん内に距離を測り、うしろを振り向きざま一人を頭から袈裟懸《けさが》けに斬った！

ギャウッッ……と声を発してそいつは逃げ、慌てておったからか、数メートルも走らんうちにひっくり返った。ワシは馬乗りになって、刃物をそいつに突きたてた。この一発目がアスファルトに当たり、抜身の先が折れ飛んだから双方救われました。つまり相手には最初の斬り傷を与えただけで、大事には至らなかったわけです。

それでも、ことの顛末《てんまつ》は報告せにゃなりません。話を聞いた親分は、当時の桜井正友副会長に「先方へ掛け合いに行け！」と命令を下した。私はこの顛末を極力控え目に報告したのですが、それでも一方的にやっておるのはこっちや。そんな事情では話し合いに行けないので、親分が桜井副会長に授けた策は「当方の若者をえらい目に遭わせて、どうしてくれるんや!!」とネジ込んでこい、というもの。

これにはマーチャンこと桜井副会長も、開いた口が塞がらなんだ顔しとったね。しかし、親分の命令やから仕方ない。

マーチャンが先方の事務所に行くと、殺気立った何十人もが集まっておったそう。当然向こうは、謝罪に来たと思っているわけや。それがいきなり「当方の若者をえらい目に……」とマーチャンが切り出したもんやから、相手の責任者は仰天したやろうな。ケガをした当人から聞いた話とは全く逆だから、「なに？　イカれたのは当方の若者や！」ということで、張本人がマーチャンの目の前に連れ出された。その姿を見ると、頭からホウタイでグルグル巻き。大型のフランケンシュタインみたいになっとる。ワシが相手をこんなえらい目に遭わしとるとは知らずに乗り込んだ桜井副会長も、さぞ驚いたことやったでしょう。しかし、そこはさすがマーチャン。顔色一つ変えず、「それやったら相打ちでんな」と気迫を持って臨んだ。ヤケクソというか居直りというか……後で聞いた話では、そのときはマーチャン、捨て身やったそうです。幸いこの件は、相手も一方的にやられたという恥をまぬがれたので、これ以上大事にならずに済みました。そやけどマーチャンはえらい怒ったね。

「ワシ、こんな話二度といらんぞ!!　もうゴタゴタするなョ……」とかなんとか、私に言うてました。マーチャン、ゴメンネ！

　実はマーチャン、いや桜井副会長に迷惑をかけたのは、このときだけではないのです。事務所掃除の折、ガラスを落としてマーチャンの手の肉をそぎ落としたのもワタクシでした。昭和五十（１９７５）年、親分の出所前日に私が揉めたとき、掛け合いに出向いてくれたのもマーチャンやった。あのときも、どないして話を進めてくれたのか、不思議な程上手いこと纏《まと》めてくれて……ほんま、マーチャンには迷惑の掛け通しや。感謝してます。昔、煩《うる》さ型の兄貴分やったマーチャンも、最近はとんとんおとなしいなってしもうたみたいやけど、復帰したらまた頼むわな?!

異常なる〝三竦み〟

この原稿が活字になる頃、私は大阪拘置所（通称リバーサイド都島）へ引っ越しさせられておるやも知れません。ひよどり山荘ほど環境に恵まれた拘置所も稀だというのに……。空気は清浄、緑に囲まれ夏涼しく、所内で四季折々の花が愛でられるのですから。

今季も京都、堺、大阪、各拘置所の知人（勿論獄道）から、暑さに呻吟する便りが届きました。地理的に風の通りが悪い京都拘置所なんて、舎房温度が三五、六度。座っているだけでダラダラ汗が流れるそうです。大阪の知人も拭き出た汗で畳が黒く塗れ、人形《ひとがた》が映ると知らせてくれました。

ひよどり山荘では、今夏を通し三〇度をマークしたのが十日程。あとは冷房の適正温度と言われる二八度前後だったのですから、正に自然のクーラー、避暑地の山荘という所以《ゆえん》です。名古屋拘置所の知人（私より長期勾留中の獄道の姉）からは、山荘に夏だけ引っ越したい!!と羨ましがられております。

大半の拘置所同様、山荘も六〜九月の夏季処遇となると、入浴が週のうち三回、運動が二回と、それぞれの回数が入れ替わります。山荘の爪切りは運動時間に運動場で使用するのが原則。但し、雨天運動中止となれば、房内使用が許可される。ワタクシは六月の梅雨入り、運動中止を見越し、五月から爪を切らずに放っておきました。

ただでも少ない運動時間が爪切りなんかで取られてはたまりません。医師は健康のため一日一万歩だとか指導するのに、獄道生活では週に二回、一回につき三十分の運動量では足腰も弱るばかり。私たちにとって運動時間を大事にし、うまくスケジュールを組むことは健康管理に欠かせない深刻な問題なのです。

ところが、今年ほど当てと褌が外れたこともありません。六月も七月もたいして雨は降らず、八月に入っても末日になるまで運動中止は一度たりともなし。私の爪は約四ヶ月間近く伸び放題となりました。

さて、ここから尾籠な話題へとペンが進みます。伸び放題の爪が排便の処理の折、邪魔だな!!と思っておりましたら、とうとうやってしまいました。チリ紙を突き破り、肛門の拭清どころか爪の拭清までせねばならぬ始末。運勢のウンなら付いてくれてもええが、このウンは要らん!! 昨年で厄年も終わった筈なのに、房内ではヤクザならぬ厄坐が未だに続いとります。

モデルさんとか女性も爪の長い人は多いと思うのですが、彼女たち、どう処理してるのだろうか？


山口組系伊豆組対道仁会の、いわゆる「山道抗争」で、伊豆組系組長に無罪判決が下りました。逮捕から実に九年の歳月を要した結果です。経過として一審判決無期、被告側控訴、控訴審にて差し戻しとなり、このたび福岡地裁にて雪冤したことになります（実行犯二名は共に無期懲役確定）。

一方の当事者、道仁会古賀一家・古賀徹総長も、求刑無期から一審段階で無罪確定となりました。ということは、抗争事件の事実はあったが、事実関係が虚構だったということであり、捜査の在り方が問われても仕方ないと思います。一度敷かれた捜査方針は、簡単には変更できなかったのでしょう。

この事件の取り調べについては、安田雅企著『九州ヤクザ戦争』（青年書館）に詳しく書かれていますが、それによると、被疑者組員を「取り調べ」と称して深夜拘置所から連れ出し、山中で銃口を口に突っ込み、「殺したろか?」などと暴行・拷問を加えたりしたとか。本来、法律の執行機関であり、違法行為は許されない警察が犯したのだから、事は重大です。仮に百歩譲って違法が許されるとすれば、刑法上の正当防衛、緊急避難に限られるべきだと思います。

本の紹介で思い出しましたが、下村幸雄氏の著書『共犯者の自白』（日本評論社）も私にとって意義深い一冊でした。ここにも書かれている事件内容と共通する立場に立つ者としても興味深く読ませていただいたし、裁判官諸氏にも誤審を防ぐための手引書、参考書として読んで貰いたい。

またこれは法律書にありがちな難解さもなく、読みやすい本でもあります。例えばBが「Aと一緒に犯罪を行った」と自白したとする。Bの自白はB本人にとってはただの自白に過ぎないが、これをAの立場から見て「共犯者の自白」という。というように、至極簡単で理解しやすいのです。

具体的には裁判官時代、著者自身も関与した「結城殺人事件」「足立暴走族事件」、古くは「八海事件」や三代目山口組田岡一雄組長襲撃犯殺害の「六甲山事件」、最近例では香川県で雪冤した「榎井村事件」など四十一件の判決検証と独自のコメントでつづられ、著者の法律家としての感覚が冴える一冊でもあります。

さて話は戻りますが、山道抗争の担当責任者とされた古賀利治警部は「ドーベルマン刑事」と言われ、九州のヤクザ者には恐れられた由。確かに治安維持のためには、ヤクザ相手のこのような法執行者も必要かも知れませんが、この古賀警部、のちに福岡県警察本部南署所長まで登りつめ、実質的な実力者となって好き放題し、それが因《もと》で自死した人物でもあるのです。

死者に鞭打つことを書くやも知れませんが、古賀署長は学校法人から不正事件もみ消し工作を依頼され、ワイロを受けて私腹を肥やしたり、自宅建築には旧宅を高く売り、新築を安く買うなど様々な工作をしたとのこと。

新聞発表では、自殺原因は「福岡署の自白調書問題の責任を取った」などと発表されましたが、マスコミ発表が必ず正しいとは限りません。実際のところ古賀署長の犯罪立件に積極的だった捜査官もいたそうですが、様々な内部工作のため警察では処理できぬゆえ、検察庁が古賀署長を逮捕することになっていた。それを本人が察知して自殺に至ったというのですから、酷い話もあったものです。

悪事を働く警察関係者は古賀署長だけではありません。最近の顕著な例は、キャリア官僚たちのパチンコ業界進出でしょう。実質警察関係者の意に沿わぬパチンコ業者を締め出し、徐々に利権を独占しつつある。パチンコなんてどう言葉を飾っても所詮は「バクチ」。元来バクチのテラ銭は博徒とされるヤクザのものだったのに、現在では岡っ引きにヤクザのシノギを乗っ取られてしまった。これでは法執行者の仮面を被ったヤクザじゃないか!!

世間には餞別《せんべつ》という習慣がありますが、御多分にもれず警察にもあります。それも地位が上の者なら、家一軒建つと言われる程。生涯トータルではなく、一回の転任でですよ!

ある署長の運転手だった人から直接聞いた話では、転任前に各企業を回るそう。すると多い企業では三十万円程も包む。企業が百社もある管轄所なら、一回で家が経っても不思議ではないわ……。幹部以上になれば別手当や交際費も付くのに、太いシノギじゃのォ〜。

名分だけ警察を監視する監察官制度だかはあるが、市民オンブズマンで警察の会計監査をせにゃ、どんなに不正受給しとるやも知れません。向こうも犯罪者を扱うプロじゃから易々と尻尾も出さんやろうし、処分されるのは現場警察官だけやろうが、その切られた現場警察官が核心に近い暴露をしとるでしょう? 空出張にしたって回数が積もれば太いのですよ。そして忘れてはならないのは、これ全て税金ということですゥ！

先程、マスコミ発表が正しいとは限らないと書きましたが、報道の人権侵害で被害を受けた者は多数だと思います。典型的な例がロス疑惑の三浦和義氏であり、松本サリン事件の河野義行氏だと思います。

読者のみなさん、よく思い出してください。松本サリン事件後、河野氏を犯人視した報道ばかり。オウムの犯行が浮上しなければ、河野氏の疑惑は晴れていなかったやも知れません。河野氏自身、その著書『「疑惑」は晴れようとも』で、「もし逮捕されていたら自白させられていたかも知れない」といったようなことを書いておられた。どれほど、自尊心を傷つけられ、口惜しい思いをさせられたことか……。

仏教語に「偏正回互《へんせいえご》」という言葉があります。お互いの立場はいつ変わるかも分からない、つまり「今日は他人《ひと》の身、明日は我が身」と同じ意味。本当にいつ身に覚えのない侵害を受けるや分からない。そのためにも誤った報道には泣き寝入りだけはしないようにしなければなりません。

マスコミの姿勢を糺《ただ》すという意味からも、三浦氏の提訴勝訴は意義深いものです。提訴の半数以上（五百件近くの提訴のうち八割近く）が勝訴。昨今でも新聞三十六社を一括提訴して六百万円と、年五分の利息を合わせて九百六十万だったかを受け取ったり、一社相手に三千百万円で和解が成立したというのです。近頃では三浦氏に刺激を受け、死刑事件係争中の被告が提訴し、和解を受け入れたりしており、私はいいことだと思っています。

人は自分自身を基準にしてものごとを判断するから、人の行動をどう見るかでその人の品性も判ってしまいます。阪神大震災の折、ヤクザの義援活動を「売名行為」と非難したマスコミ人など、品性が知れるというものです。仮に子供が泥沼に落ちたとき、自分の服が汚れようとも子供を助けるのは、どこから見ても立派な行為です。これは脳が命じた本能的な行動でしょう。震災時、目の前で助けを求める人を救うことなく報道を優先していたマスコミ人も多くいたといいます。彼らは己の得にならないことなら、人間としての義務も責任も果たす必要がない、と感じていたのでしょうか？　人間らしい行動も起こせない者に、ヤクザ者だからと非難、批判する資格などありません。

心理学者のマズロー博士は、人間の欲求は段階的に高次元化するとして、五段階説を称えています。

①生理の欲求、②安全の欲求、③所属と愛の欲求、④承認の欲求、⑤自己実現の欲求——です。①は性欲、食欲、睡眠欲など、人が生きていく上で絶対に満たされなければならないもの。これが満たされて初めて②の安全を求めるというのです。つまり人間は空腹感が募れば死を賭す行動にも走ってしまうが、それが満たされれば危険を冒すことは避けるというわけ。その後は③のように社会の一員としての存在を求めるようになり、④の承認の要求へとつながる。人間は誰でも自分の能力や行動を他人にも認めて貰いたいという欲求があり、これがかなえられたとき自発的に「やろう！」という気持ちが起こるとのことです。

⑤の自己実現の欲求とは、意識して褒められようとか、見返りを目論んで行動を起こすのではなく、心の命ずるままに行動し、気がついたら世のため人のために行動していたということだとか。

長々と書きましたが、震災時、当代以下が奔走されたボランティア活動は、何の見返りも望まないもので、自己実現へと自然と向かっていたものだと思うので敢えて書いたのです。

ところで動物世界での「三竦《すく》み」といえばマムシとナメクジとカエル。マムシの喉にナメクジが食い付いて殺すことからナメクジはマムシの天敵。そのナメクジをカエルが食べ、マムシがまたカエルを食べるところから三竦みというのですが、これを人間世界に当てはめると、ヤクザがマムシでその天敵の岡っ引きが差し詰めナメクジ。ではカェルに当たるのはマスコミ？　それとも国民？　人間世界の三竦みの構図は、正常に機能しているといえるのでしょうか？

とまあ、筆の滑るまま書き連ねてきましたが、話は無罪判決を勝ち取った道仁会の古賀徹総長へと戻ります。過日、侠道会池澤望理事長が古賀総長を伴い、激励・アドバイスのため数度に亘って来拘してくれ、痛く感動しました。この古賀総長、稀に見る強運の持ち主でもあります。求刑無期から無罪を得られたのちにも、些細な事件で起訴されたのですが、これも一審無罪となり、現在検察側控訴にて審理中。仮に控訴審でも無罪になれば、続けて無罪を獲得されることになりますが、これは過去の裁判でも稀と思われるし、ヤクザ者とくれば寡聞にしてほかの例を知りません。

そんな古賀総長から、「事件に関することは、どんなに些細なことでも公表して貰え!!」とのアドバイス。実績と重みの伝わる貴重な助言で、現在控訴中の私としてはありがたく、また切実に受け止めた次第です。

愛せよ、与えよ

獄道雑感帳によると、

某月某日、ヘソ天（ヘソ程の雲片もない快晴）、3K（快眠、快食、快便）。

朝食、若布《わかめ》、ダイコン入りの味噌汁、魚粒ふりかけ、卵ふりかけ。

今日に限り新聞交付が一時間以上遅れ、AM十一時頃交付。

昼食、炊き込みご飯、ウィンナー二、梅干し一。O《オー》157の影響なのか、今夏に限りやたらと梅干し……。

大拘（大阪拘置所）移転は未だ果たされず、ひよどり山荘暮らしが続いております。私とすれば、自然に囲まれたこの山荘のほうがいいんだが……。なにしろここでは、いながらにしてバードウォッチングができるのです。今日も松田聖子の唄を聞きながら一時間ほど写経をしていたら、ハトも聖子の唄が好きなのか、裏窓鉄枠に来りてウトウトと午睡。驚かせてはいけない、と私は立つに立てず、小便もままならずタンク満杯。困っていたところへ常連の十数羽のうちボス的存在のハトが来て、居眠り中の奴を追い出し、やっと満杯タンクを解消した次第です。

　このボスバト、マンガ『じゃりん子チエ』の親父「鉄」に雰囲気が似ているので、私は「テツ」と名付けています。テツの奴、私が今年観察しただけでも四人いや四羽目の妻を迎えました。この妻は野バトとキジバトの合いの子で、顔と鳴き方はキジバトそのもの。裏窓の常連バトの中で一番私に馴れとるというか、よほど私を信用してるのか、小便をしとっても三十センチの距離から覗きこみ、理性と知性に逆らい続けたワタクシの下半身を眺めてウットリ……しとるかどうかは定かでないが……。

テツはといえば暴力的な奴で、これまでの妻には昼間媾合《まぐわ》っていたと思っても、夕方にはクチバシで突く。いや、そんな生やさしいもんやなく、咬み振り回す。こいつサディストちゃうか？と真剣に思うほど執拗で、決して手を抜かん。いや、クチバシを放さん。

テツが暴力をふるうのは妻だけに限りません。以前、向棟で十五羽並んで居眠りしていたハトの背後から忍び寄り、一羽に咬み付いて振り回したことがありました。突然突かれたハトの驚きようといったら……吹き出したほど笑うた、笑うた！　当人、いや当ハトにすれば、闇夜にカラスが襲ってきたようなもの。何が何やら判らず、びっくりしたやろうのォ〜。ハトでも人間でも、真逆！の意外性には驚くものです。

さて、そんな暴力魔のテッちゃんではありますが、自分の半分ほどしかない四羽目の妻には甘い甘い。よっぽど参っているのか、暴力的な所作は露ほども見たことがないばかりか、クチバシで目の周りを愛撫したり、御機嫌をとる姿ばかり……だったのが、最近とんと一緒におらん。テツの奴、近頃はほかのメスばかり追いまわしとる。別れの危機なんだろうか？　妙に「猿の小便」(気＝木にかかる)でなりません。

私が観察したところ、野生バトは春から夏までが交配期間。テツもワタクシの部屋の裏ベランダで一日六回も媾合ったことがありました。別に好き好んで観察しとるわけではないんだが、パタパタと独特の羽音がするし、目を観ていると興奮しているのが分かるのです。テツは執拗にキスをして上になるんだが、目の輝きが強くなり、目が飛び出すんと違うか?と思うほど。ハトだけにこちらもポッポと身体の芯からほてり、何度も当てられたもんです。

ただし、テツとの付き合いも三年になりますが、一度たりとも「ヒナ」を孵《かえ》した様子がありません。農薬の多い食べものを食べ過ぎたため、無精子症なんだろうか……。

ところで、国家間での領土意識、組織間における縄張り意識のようなものが、ハトの世界にもあります。私の独居裏を塒《ねぐら》にするための争いだって起こります。これに勝利を収めたオスバトは、小さいながらも気性がやたらと激しい根性者（根性バトか）。小柄なだけでなく、ダックスフンドに似て脚が短いので、「ダク」と名付けたのですが、このダクちゃん、どんなハトにも果敢に向かい、相手が一回り大きかろうが絶対引かない。一度なんか争いで十五分もやり合ったことがあり、このときはさすがに顔の相が変わってもうた。根性あるわ！　その上、笑わしてもくれる。ダクちゃん、争った夜には必ず寝言を鳴きよるんです。寝呆けながら威嚇しとるのか、喧嘩の夢でも見とるんか、なんとも言えん鳴き方で、私はそれを聞きながらよく夜半に忍笑したもんです。

人間でも寝言は言うし、この山荘には暴走族か?と思うほど鼾《いびき》の煩い奴もおります。私の棟におる外人なんか、外国語で寝言を言うのです。あっ、当然か……。

なんや横道に逸れそうや。修正してダクちゃんに戻ると、最近とんと見かけません。この辺りにはトンビも多く、ダクちゃん、その餌食にされたんではないだろうか……と、心を痛めておる昨今です。

こう書いている間も、我が裏窓ではウックルックク、ウックルククックと……ハトが鳴いております。そこへ「しい！　しい！」と無粋な声。近隣の房の奴がハトを追いやがった。なんて奴なんだ！　己より弱き立場にあるとされる動物を愛でる心というものが無いのだろうか？

人間十人十色百人百色で性格も好き嫌いも異なるとしても、鳥を無下に追い払う気持ちは私には理解できません。

　多感な少年時代、成績こそ悲惨でしたが、遊びのＩＱはなかなかのものだったと自負するワタクシは、雀もハトも飼いました。比較的人間に慣れにくいといわれている鳥類でも、ヒナから飼うと馴れるものです。並みの忍耐ではだめですが、育て方一つ。カラスもジュウシマツもブンチョウも、恐れさせず、安心、信用させれば馴れたものです。

　飼った鳥の中では、カラスが一番賢かったと思います。私の顔色をうかがい、言葉も理解しているようで、甘える、すねる、無視する、ナメたふりをする……と様々な態度を示しました。

　カラスを飼っていたのは中学一年の頃ですが、学校から帰ると甘えて肩に止まりに来る。私の機嫌が悪いとパッと肩から離れ、機嫌がいいと察すると、グワアグワアと口の中にこもる甘えた鳴き方でミミズやカエルをねだる。この甘え方がなんとも可愛かったねぇ。田畑に遊びに行くときも徒《つ》いてきました。

「カー」と月並みに命名していたんですが、カーは自分のことをカラスだとは思っていなかったのかも知れません。しかし他人には警戒心を怠らんかったから、私を信頼できる友達やと思うてくれてたんやろうか。

　一度、缶に入れておいたカエルをカーが全部殺してしまったので、缶で頭を殴り、叱ったことがありました。我が家は汲み取り式便所でしたが、カーは叱られるとこの中に逃げ込みます。この日も便所に閉じこもったのはいいんですが、あまり長い時間出てこないので覗きに行くと……カーは便所でウジ虫を食べており、黒が茶色に変色する程糞だらけ。そこへ私が呼んだものだから、ババまみれで肩に止まられ、往生したこともありました。

　ひよどり山荘に話を戻すと、けっこう色々な鳥が来て楽しめます。ツグミが庭を突つく姿は愛嬌があって面白いし、モズも時期によっては虫をくわえて木に止まったり、実を食べに来ます。

しかし雀の精力絶倫ぶりには魂消ました。もう一度断っておきますが、ワタクシは好き好んでそればかり観察しているわけではありません。が、ピョピョピョピョピョ鳴くのでふと観ると、上になっていることが多いのです。飽きもせず観ているうち十三回も上になった奴もおりました。

雀も春から梅雨頃に抱卵して巣立ちますが、小刻みに羽を打ち振りエサをねだる姿はなんとも可愛く、この世にこれ以上可愛い姿があるんだろうか、と思わせる程です。

星霧流転。少年時代鳥たちと身近に接していたワタクシも、今は山荘の窓から眺めるだけ。少年時代に観た鳥も獄道として観る鳥も、可愛さに変わりはありませんが、権力団や筆力団は私をヤクザではなく暴力団と呼んでいます。独りでも暴力団とはおかしな扱いじゃ。

暴力を以《もっ》て弱者を抑えることは、確かに非難に値することですが、私個人としては人間性も心も持ち合わせた、ごく普通の人間なんです。これは決して手前味噌でも自己弁護でもありません。ヤクザとはいえ、私個人は地域に密着して生きておりますし、地域の人たちも一人の人間として接してくれます。

ですから筆力団の方々には、くれぐれも事実のみの報道をお希《ねが》いしたい。想像を煽るようなプライバシー情報を流したり、当人以外のことを書くようなことは、どんなに弁解しようとも間違っております。筆力団のみなさんは、誤った報道にて人権を侵害された人たちの精神的苦痛を省みたことがあるのでしょうか? 人を殺《あや》めたりすることだけが罪ではなく、誤った報道もまた罪深いものです。

平成八（1996）年四月一日、福岡地裁にて天童浩太朗（五十七歳）こと金珠元氏の第三次再審請求の開始決定。これについては本誌でも既報なので読者の皆さんも御存知と思いますが、天道氏は覚醒剤密輸の主犯とされ、逮捕から既に十五年。冤罪を主張しながら一九八五年に上告棄却、刑が確定してから実に十一年を徳島刑務所で受刑したことになります。

再審開始決定の記者会見には奥さん（四十四歳）、長女（二十三歳）、加えて獄中で三十余年を過ごしたのちに雪冤された免田栄氏らが出席、喜びを表明した由。まったく、残された家族の苦悩は、筆舌に尽くせるものではないと思います。奥さんは長女と次女を看護婦に育てあげ、長男は現在高校生。恐らく塗炭の苦しみを味わったと思われるだけに、再審開始の喜びも一入《ひとしお》だったでしょう。

冤罪を信じて家族が団結し、忍耐と苦労を積み重ねた報いが、弁護士たちの執念によって結実したのです。再審開始に際して原田香留夫弁護人が寄せた文章には、天童氏を支援する町内会長のコメントまで載っておりました。家族の鎖が拡げた支援の輪は、町内から韓国大使館、在日韓国人団体にまで及んだのです。これもまた、天童氏が地域に密着して暮らしてきた証でしょう。

米国の詩人ロングフェローは言っています。

「辛抱すればこそ成功が得られる。長い間大声で扉を叩き続ければ、必ず誰かが目を覚まして開けてくれる」

天童氏の場合も、自分を裏切り、主犯者の汚名を着せた共犯者を赦したからこそ、開始決定へつながる告白が得られたのでしょう。

「思いすれ　恨むことなし　秋の雲」

人間、憎むことだけでは生きていけません。愛情だけで生きていけないのと同じです。勿論、掛け替えのないものを奪われたら、奪った人間を深く憎むことでしょう。しかし、憎むことは苦しみ続けることでもあり、心が腐るばかりです。

「他を恨むことは人生において何の解決も与えてくれない」

人のものを盗った者は、必ず自分のものも盗られます。

「人を裁かないようにしなさい。人を赦しなさい。人に与えなさい。あなたの量る秤《はかり》で神はあなたたちをお量りになる」

聖書共同訳ルカ伝六章三十七・三十八節にもこう書いてあります。

聖書が出てきたところで思い出したことを一つ。オナニーの由来は聖書からだそうです。旧約聖書の中に登場するユダの次男がオナン。このオナン、兄の死によって兄嫁と強制結婚させられ、妻の妊娠を嫌ったオナンは膣外射精を続けたとか。そこで「出産に至らない」セックスという意味で、オナンが訛《なま》り、「オナニー」という言葉が生まれたとのことです。

ちなみに男性のマスターベーション体験者は九〇%以上、女性のオナニー経験者でも五〇%に近いという統計があります。これまたついでに、日本では江戸時代「独《こ》楽《ま》」といったものが、いつの間にやら「せんずり」やら「自慰」などと様々に言われるようになりました。

しかし、「出産に至らない」セックスがオナニーならば、閉経後のセックスも、ピルやコンドームを使ったセックスもオナニーか？　無精子症の人のセックスも初潮前の少女のセックスもオナニーに当たるのではないか？？？　なんて閑居なワタクシは想像を逞しくしてしまいます。ああ、独り暮らしは長くしたくないもんです。

三人成虎

生花の宅配は、住所と電話番号を申告せねば受けつけてもらえないそうです。そんなことを知らぬ私は、面会人Tに知人の住所だけを伝え、誕生祝いの贈花を依頼しました。

三日後、別の者が面会に来て、「Tが花の贈り先の電話番号を教えてほしいと言うてます」とのこと、「住所が分かるのだから、電話番号案内で調べれば?」と応じたら、それでも分からなかったと言う。先方の都合で、電話番号案内に登録していなかったとか。

この時点で万策尽きたように思われ、諦めかけたのですが、そのとき一瞬閃くものがありました。まず先方へ電報を打ってこちらへ連絡してくれるよう頼み、そこで電話番号を確認すればいいのです。

自由社会から遠ざかること約八年、我ながら頭の回転の良さ(?)に感心。まだまだワシのオツムも「駅前の自転車」(すてたものじゃない、の意)じゃ、と独り悦に入りました。

反面、堅気の友人T。五十歳も過ぎ、人も羨むロマンスグレー。それなりに人生経験も豊富なのに、不自由人の私に助けを求めるなんて、オツムの柔軟性に欠けるんやろうな……。

このT、大阪府堺市の泉北ニュータウン辺りの大地主だった男。十五年以上前の金で三十億から五十億の田地田畑を食い潰した道楽者です。商売の才覚は抜きん出ておりましたが、放蕩者ゆえ、地元民に何度も迷惑をかけた。桂春団治もTに比べりゃ影が薄うなる程ですが、Tには人徳があるのか、人に嫌われたことがない。これ程何度も不義理をかけて、その都度受け入れられた男も珍しい。

若い頃は飲む、打つ、買うの三拍子。今でこそ飲む、打つ、はほどほどに抑えざるを得ないらしいですが、買うほうは「電信柱」だそうな!!

その心は？　家の中で立たんが、外で起つ。脳味噌は柔軟性に欠けても、「ポコチン」のほうは変幻自在。股座《またぐら》に関することは、放っておいても知恵を出しせっせっせと励む。股座へ送る血を少しでも頭へ回してやれば、私が一瞬にして閃く電報連絡も自分で思い付いたやも……。

親愛なるTこと田中米一。知恵は知恵の応用から生まれるということを知らないのか。あのポコチン位の自由さが頭にもあれば知恵も豊富やろうけど、残念やのォ。いっそのことポコチンと頭を付け替えりゃええと思うけど……なんて、親友のことをあまりにも誉め過ぎました？？？

バクチのテラ銭というのは、そのバクチ場で勝負した者が払うのですが、競馬、競艇、競輪、全ての公営ギャンブルの売上のうち、二割五分がテラ銭として主催者側に落ちます。仮に日本国をバクチ場に見立てると、国内で生きる者が「税金」という名の「テラ銭」を落とすことで国が成り立っている、というのが単純な経営の仕組みです。

この金で日本国を運営するのが大蔵省の役目ですが、とんでもない赤字を出しているのが現状です。今、日本の累積赤字額は四百四十二兆円。日本国民数は一億二千五百六十三万人ですから、一人辺り三百五十万円の赤字を抱えていることになります。

大蔵省の仕事は、一般家庭でいえば、亭主の給料を元に、入金と出金と調整を図る主婦のようなものでしょうか。歳出が歳入を上回れば当然のこととして赤字となり、借金になってしまう。家庭のやり繰りとは規模が違いますが、四百四十二兆円もの累積赤字を出すということは、銭の使い過ぎということです。

毎年、年度末ともなると、こんなもの必要あるのか？？？と思うような駆け込み工事が全国で行われます。大手建設会社は、自分のところへ仕事を回してもらうために、巨額な銭を政治家、政党に献金する。それが、公共事業の請け負いという形で帰って来るわけです。国民の意見や生活を無視したギブアンドテイク、持ちつ持たれつの関係といえるでしょう。

大蔵省は予算組みという絶大なる権限を有しています。権限のあるところには、必ず利権も生じる。大蔵省の役人はこれを利用して、定年後も様々な関係会社へと天下りをしていくわけです。

サラリーマン諸氏はもう慣れっこになって「ピン」とこないかも知れませんが、好むと好まざるに関わらず、給与所得から源泉課税として税金が徴収されています。

ヤクザは税金を払っとらんのだから、税金について云々する権利は無い!!と言われるかも知れませんが、私だって品物を買うとき三％の消費税を払っていますから、「立派」とまでは言わずとも納税者の一人。文句ぐらい言う資格はあると思うのです。納税者の血税を己たちの利権確保の手段に使うなど、国民を愚弄するに等しい行為や！

大蔵省は、徴収金だけでなく、郵便貯金、国民年金などの金を銀行に低利融資して利息収入を得ています。その金を銀行がノンバンクに貸し、ノンバンクが無制限に不動産業者などに貸し続けた結果、バブル崩壊時に問題化したのです。念のため銀行（バンク）とノンバンクの違いを書くと、銀行は貯金、貸し付け共に行うのに対し、ノンバンクは貸出専門の機関です。

天下りに話を戻すと、大蔵省銀行局長だった徳田博美氏も、退任後は武富士の非常勤監査役となりました。武富士はサラ金会社ですが、一部上場企業です。さてここで徳田氏が、何をしたかといえば、店頭公開前の武富士株を娘名義で六千万円近くも買い込んだのです。これは立派なインサイダー取引でしょう。私の外来語辞典には、インサイダー取引とは「企業の役員などが未公開の経営状態や、内部事情を知ったことを利用して株式を有利に売買すること」とありますから。

徳田氏が大蔵省の銀行局長を務めていた時代、すでにサラ金の高利や取り立てなどが社会問題になっていました。しかし、徳田氏は銀行に対し、「健全なサラ金には資金供給してやれ」といった報告をまとめた。つまり金融機関にサラ金を認知させる手伝いをしたともいえます。将来自らが天下ることを見越して行政指導を行った、と言われても仕方がないでしょう。

未公開株の購入が発覚してから、「武富士が上場する前に売却した」とか、「利益は赤十字に寄付する」とか言うておったようですが、こんなのは責任逃れの弁解にすぎません。

この徳田氏の場合は、知識も豊富な上、知恵も働く人。しかし、権限を有する人の悪知恵は、犯罪につながることも多いのです。

日本でも最高級の頭脳集団とされる大蔵官僚たちは、大蔵省大臣官房という参謀本部でオピニオンリーダーたちと協議の上「合意を得」、マスコミ向けに政策の発表を行います。ここが味噌で、すでにこの時点では情報のコントロールや脚色がなされ、官庁の都合のいい情報となっているのです。

何か問題が起こると、スキームだのヘッジだの、耳慣れない横文字でごまかそうとする。よう分からん横文字が出てきたら、都合の悪いことの隠蔽《いんぺい》、あるいは問題発覚寸前と判断した方がいいかも知れません。ともかく、いくら評論家や理論指導家たちが「正しい」と言い、マスコミがそれを鵜呑《うの》みにして報道しても、必ずしも正しいとは限らないということを知ってほしいのです。

情報の反復効果は恐ろしい。例えば中国には「町中に虎」という故事があります。遙か昔、春秋戦国時代、魏国の龐恭《ほうきょう》が趙の都・邯鄲《かんたん》に人質として出向く際、自分について誤った情報が伝わらないよう、例を引いたのも故事でした。

もし誰かが「街中に虎が出た！」と言っても、聞いた人は信じない。そこへ別の一人が「街中に虎が出た」と言ったら？　これでも大抵の人間は信じない。しかし、また一人「街中に虎が出た」言う人が現れたら、信じる人が現れるだろうという話です。

都会に虎が出る筈もないのですが、何人もの人が同じことを言えば、本当なのかもしれない、いや、本当に違いないと、簡単に錯覚して信じ込んでしまうケースは多いのです。前にも書きましたが、松本サリン事件での河野義行さん犯人説が典型例でしょう。

また、アメリカのテレビコマーシャルなどで問題になった「サブリミナル効果」もいい例で、ある映像に認知不能な速度のメッセージを出すことにより、それを潜在意識に焼き付けてしまう。これは宣伝においては有効的な手段で、大半の人がこれに流されてしまうといいます。そうならないためには、独自の判断力をしっかり身につけることが大事なのです。

日本には、大蔵省の金の使い道をチェックする機関も一応はあります。会計検査院がそれで、国の収入・支出の決算が適切に行われているかを検査する役目を担っているのです。しかし、会計検査院の予算は百五十億円ですが、摘発も予算相当分しかしていない。本気になれば、国債の濫発に意見具申も可能な筈なのに、それをすると「待った！」の声がかかるのが実際のところだそうです。これでは「ヘソ」のようなもの、何の役にも立たん。会計検査院とは名ばかりで、実質刑骸化しているのです。

上層部からの「待った！」のひと声で正しい行いが止まってしまうのは、大蔵省ばかりではありません。愛知県警の不正経理にしても、内部告発者まで出たのに摘発には至りませんでした。東京都庁や長崎県庁の空出張も、内部告発がありながら不発のまま。圧力をかける側は何らかの利害がからんでいるものですが、人を動かせるダイナモは「色と欲」といっても言い過ぎではないとワタクシは思うのです。

さて、行革、行革と騒いでいた選挙も終わりましたが、如何ほど改革されるものやら。私はどの政党も支持しない無党派ですが、本当の行政改革ができる政党は共産党しかないと思っています。この際、国民も真剣に考えねば、官僚、業者、政治家たちにええように吸い上げられてしまう。現在食うに困ることなくそれに豊かだから、国民も羊化していることに気付かないのでしょうが、これが食うに困りだせば暴動状態ですよ。

無駄な歳出を抑えさえすれば、借金の無い健全経営もできる筈。行政改革する兆しがなければ、国民も国家の根幹を揺るがす行動に出てやればいいのです。赤信号みんなで渡れば怖くない!!というやつで、全国民が納税拒否すれば少しは眼を覚ますやも知れません。これ位の行動を起こさねば目から鱗《うろこ》を落とさんのが官僚体質ではないでしょうか。

徳川家康は、江戸城拡大に際し、各大名に工事分担を命じました。石垣づくりを割り当てられた大名は、伊豆地方の石が良いと言われて買いに走ったが、もうすでに売り切れ。家康は大名たちが困っているのを見て「多少の石ならあるから分けてやろう」と恩着せがましく売りつけましたが、実は家康自身があらかじめ伊豆の石を買い占め、それを売って大儲けしたのです。

為政者は何でもできるという典型でしょうが、家康の場合このようにして溜めこんだ金についてこう遺言しました。

「遺《のこ》した金は必ず災害の救済に使え」

のちに江戸は数々の災害に襲われましたが、家康の遺産で大勢の罹災者が救済された由。ただのケチではなかったのです。

今の日本政府も家康を見習って、阪神大震災の被災者を救済すべきです。地震による犠牲者は五千人以上でしたが、その後仮説住宅にて自殺、孤独死した人は百人以上だといいます。この百人は政府が前向きな救済義務を怠ったための人災ではないでしょうか？

こういうときこそ税金を有効に活用できなくてどうする?!　日本一の頭脳集団・大蔵官僚たちが無能（脳）だから、国民一人一人が三百五十万円もの借金を抱えるはめになってしまいました。盗みや傷害などでは国は滅びませんが、無能な官僚は国を危うくします。

一旦自分の手から離れた金だから、実感感情が伴わず被害者意識も薄くなりますが、一度直接現金で納税してみれば、「オイ、ちゃんと運用せえよ!!」という気持ちになろうというものです。

ところでじきに一九九七年を迎えます。そこで「験《げん》」のいい（？）私の特製テレカを百名様にプレゼントしたいと思います。希望者は次の問題に答えてください。

〈問題〉或るとき、禅僧と学者が議論したら、学者は禅僧が何を聞いても知っている。そこで禅僧は悔し紛れに、学者に向かってこう言いました。「あんたはウシのケツや！」。学者もこればかりは何のことやらさっぱり解らなかったそうですが、さて「ウシのケツ」とは何でしょう（ヒント　ウシの鳴き声と、ケツの違う言い方を考えよ！）。

OH！NO

『脳内革命』（サンマーク出版）という本が三百五十万部を売ろうか、というほどの大ベストセラーとなっております。

本誌「健魂一擲」でお馴染みでもある、森田健介組長より平成八（1996）年初めに恵贈頂き、再読を、と思っておりましたら、奇しくも、親戚のような好意を示し、現在も交流を厭わぬ食品会社の社長からも『脳内革命』と便りを頂戴しました。

著者の春山茂雄氏は、若くして代々の家業である鍼灸《しんきゅう》指圧の師範資格を得、東京大学医学部を卒業された医師でもあります。

東洋医学では、体の故障が「病い」であり、「気」まで病むことが「病気」という思想。長年、瞑想や気功の効果は、目で確認したり科学で説明したりできなかったのですが、昨今の西洋医学、脳生理学などの発達で証明された、と春山氏は説くのです。

人間には本来、疾患に対する防衛機能と自然治癒能力が備わっていて、正しい食生活とプラス思考をすることによって、この機能が最大限に生かせる。つまり、それを実行するだけで薬に頼らずとも若々しく健康でいられる、というのです。

人間の身体と心は常に対話し、心で考えることはきちんと物質化され、身体に作用する。例えば「いいな!!」「ありがたいな!!」と思えばプラスホルモンが脳から分泌され、逆に「いやだ!!」「もうだめだ!!」などとマイナスに考えるときには、分泌されるホルモンも身体に悪影響を与えるものになるとのことです。

プラス発想をしたときに分泌されるのはβエンドルフィン。これは痛み止めなどにも使われる麻薬のモルヒネの五倍以上の強さを持ち、気分を良くしたり、老化を防ぎ、自然治癒力を高めるなど、優れた働きをする脳内ホルモンです。具体的に言えば、血管の収縮を戻し、血液をサラサラにする効果があるため、血管の目詰まりが原因で起きる成人病の大半が防げるらしい。

一方、マイナス思考をしたり、強烈なストレスを感じると、ノルアドレナリンやアドレナリンというホルモンが分泌します。ノルアドレナリンは、血管を収縮させて血圧を上げ、血管の目詰まりを起こしやすくさせる毒性の強い悪玉ホルモンです。

脳の太い血管が詰まると脳梗塞、細い血管が詰まるとボケ症状を起こすといいます。ボケ症状といえば、西洋ではアルツハイマー病が多いそうですが、これは水の浄化に硫酸アルミニウムを使用するのが原因、との説が有力。アルミ鍋なんか、あんまり使わないほうが無難でしょう。それとも、アルミ鍋に正味一グラムある一円玉を加えて煮物を作り、憎き亭主に食べさせますか、世の奥様族……?

春山氏は、病気の原因は八割方ストレスだといいます。発がん物質によって「ガン」になる確率が一〇%だとすると、ストレスが加わることで、発がん率は五〇%に跳ね上がるらしい。また成人病に関しては、ストレスは百パーセント影響する!とのこと。

ともあれ、「いいな!!」のプラス思考でプラスホルモン、「いやだな!!」の思考でマイナスホルモンが出ることが分かれば、嫌なことも楽しもう!と意識を常にプラス発想に切り替えることが大事。心がけ次第で脳内ホルモンのコントロールは可能だし、ストレスだってプラス発想で暮らせば防げる。プラスホルモン（脳内モルヒネ）の効果は絶大なのです。

だから人生七《しち》、八《はち》、○、十《じゅう》で過ごすことが肝心。○の中は九「く」「苦」で、要するに、「九」抜け、「苦」のない奴という意味。何ごとも苦とせずプラス発想できる者は「気」を病むこともなく健康でいられるというわけです。

ところで人間は百二十五歳まで生きられるように創造されておるとか。脳の成長が止まる二十五歳の五倍の寿命である、という説があるのです。ちなみに男性器も二五歳ぐらいで成長が止まり、その後は一年に一ミリほど退化する（短くなっていく）そう。私も八ミリ方縮みました。性交には七センチあれば十分というから、かろうじて合格ラインか？　もっとも、現在の獄道生活では必要ありませんが……。

寿命に話を戻すと、一方では百六十歳説というのもあるのです。こちらの根拠はトータルの脈拍回数。心臓を有する生物は、脈拍数五十億回まで生存可能だといわれております。一分間の脈拍が二十五回のゾウも、一分間六十回の人間も、一分間六百回のネズミも等しく五十億回が限度。これを一分におよそ六十回の人間に当てはめて計算すると、百六十年生きられるというわけ。また同じ人間でも、体育会系で激しく運動する者は夭折《ようせつ》、文学系は総じて長命だと、データが証明しています。

激しい運動をすると血流が多くなり、余分な酸素を使ってしまうので、急に止めると酸欠状態になるのです（この状態を酸素負債状態というそうです）。例えば百メートルを全力で疾走すると、ゴールしてからハアハア息切れする。これは百メートル走行中に身体の中から借りて使ってしまった酸素を、元に戻そうと急補給している状態。しかし、このように激しい運動を急に止めると、酸素の消費バランスが崩れ、体のために良くないといいます。

セックスも同じ。セックスは激しい運動の部類に属し、脳内モルヒネを分泌します。で、気持ちいい分、ついつい!!激しい行為に及び、体に悪影響を与える活性酸素が増すのです。これの対処法としては、セックスが終わったあとすぐに寝たりせず、一緒にお風呂に入るなどして、徐々に身体の血流を戻すのがいいとのこと。

野球のピッチャーも、登板翌日は肩が上がらないほど疲労するといいますが、これは登板後のフォローが悪いから。これも投げ終わったあとは、軽いピッチングをしたりすれば、疲労感は残らないとのことです。まあしかし、激しい運動は加齢とともに慎み避けよ！ということでしょう。

東洋医学では、気功や指圧によって血流を良くする方法が説かれています。リラクゼーションしたときには、脳内モルヒネが分泌し、諸病に良い影響を与えるのでしょう。

気功の力で相手に触れずはじき飛ばすだとか、様々な効果を及ぼすと書いてありますが、これは本当。間違いなく、そうした力はあるのです。

私が社会にいるとき、二人の人間が人差し指四本で八〇キロ近い男を持ち上げたり、やはり当時八〇キロぐらいあった私も女性二人の人差し指四本だけで持ち上げられたりの実体験をしております（きっと同体験をした人も沢山いて、オオッ、それならあるぞ!!とうなずいておられると思います）。気功の効力は間違いなくある、と私は確信しています。

昔の人は、「ため息を吐く者に近寄るな、交わるな。毒気に当てられるから」と言ったものです。歴代の内閣政治顧問を務めた安岡正篤先生は、「先哲講座」で、人の吐く息はその人の精神状態により「色別」されると書いておりります。人の息をマイナス二一〇度だかで冷却すると、液状、カス状になるとか。人を恨んで殺害したり、興奮の極みにある精神状態の息は「栗色」を帯び、アメリカの研究者がこれをモルモットに注射したところ、頓死《とんし》した、というのです。詳しく調べたところ、この息は全米のドラッグストアで売られているどの毒よりも毒性が強かったとの結果。人の息は、精神状態が良いときには「和気」なのに、精神状態が悪いと「毒気」に変わってしまうらしいのです。

色でいうと、悲しい精神状態の息が灰色、恐怖に戦《おのの》いた状態が青色、恥ずかしいときの色がピンク、そして精神状態がほぼ正常なときの息は無色に近いといいます。

昔の人は、研究者が解明する以前から、体験によって得た英知を遺伝させ、語り継がせたわけですが、「脳内革命」は、このようなことを、科学的根拠によって解説した本なのです。

宗教家とかヨーガの行者、修行僧などは、脳内モルヒネを出す名人です。

例えば、仏教の僧を例に取ってみると、まず彼らの食す精進料理が理想的。先ほど、成人病にはストレスが百パーセント影響することを書きましたが、食物の影響もまた大きいらしいのです。高タンパク、低脂肪、低カロリーが理想的。食品でいうなら、大豆から作られる納豆、豆腐などですが精進料理は豆類が主。豆類などの量質なたんぱく質こそが脳内モルヒネの素なのです。

また天台宗の僧修行に千日回峰という創造を絶する修行があります。これも極限状態へと肉体を追いこむことで、脳内モルヒネを分泌できるように自己を訓練できた者ほど、成功する確率が高いとのことです。つまり苦しい体験をすると、それがそのうち喜びに変わる。この効果をもたらすのがβエンドルフィンなのです。そして、この体験記憶を遺伝子に叩きこむと、次から辛い修行に反応する形で脳内モルヒネが出て、快感を感じるようになるというのです。

そういえば私も初犯の折、似たような体験をしました。謂《いわ》れなき注意をうけて反抗し、水道も凍る厳冬に革ワッパを丸々一週間嵌《は》められ、この間ハンスト抗議をしたのです。この当時は、絶食という「修行方法」があることを知る由もありませんし、無謀にも一滴の水も飲まずに頑張りました。

二、三日目辺りは、誰も見とらんから食うたろうか？なんて思い迷ったものですが、信念を曲げることなく突き通し、問題の担当が「めし食えよ」と声を掛けてくれたことで和解。かろうじて意志を通し、面子も保たれたのです。

このとき、四日目辺りから、腹が減ったとか食べたいとかいう感覚は、不思議と失《う》せておりました。現思《いま》うと、このときこそ自然本能から脳内モルヒネが分泌されていたのやも知れません。何せ若いだけに、死んでも意思は通す！と確信していたから、その確信がプラス発想につながったのやも知れません。

宗教では「信じる者こそ救われる」と説きますが、脳内革命も信じきることが骨《こつ》、と春山氏は書いております。人間は、自分なりの信じるものや、絶対的な存在、憧れといったようなものを持っておるもの。それを丸ごと信じればいいのです。

他人に対しても、この人の長所は好きだが、短所は嫌いだ!!などと思っているうちは信念には行き着かない。長所も短所も含めて全てを信じきることが信念となるのです。その点、宗教的な修行を積んだ者は、中途半端に右にしようか左にしようか？などの迷いからふっきれやすい。だからものごとに動じなくなり、楽々プラス発想ができるのでしょう。

プラス発想をして脳内モルヒネが出ているとき、脳波はα波になっているそうですが、実は自分の気持ちだけでなく、機械の力を借りてα波を引きだすこともできるとか。オウム真理教の「ヘッドギア」と呼ばれるものがそれ。ヘッドギアを使えば瞑想や気功の効果が短時間で引き出せるというわけです。『脳内革命』は宗教色の濃い書物だともいわれていますが、ヘッドギアの存在も認めているからよけいそういわれてしまうのやも知れません。

書物は自分の考えを確認する上で「よすが」でもあり

ますが、三百五十万部近くも読者を得たのは、人間が体験上おぼろげながら感じていたことなどを、科学的に明確に確認させてくれたからではないか、と私は思っています。

〈前号のクイズ正解〉

テレカプレゼントに沢山のご応募をいただき、ありがとうございました。

さて、問題の答えは〝モノシリ〟でした。

正解者多数のため、厳正な抽選の上、テレホンカードを送らせていただきます（当選者の発表は発送を以て変えさせていただきます）。

六 〃感〃 清浄

先月は『脳内革命』のことを書きましたが、今月はいわばその続きです。

　大島清著『ヒトは記憶するサルである』（飛鳥新社）には、歴史上で傑出した人物の脳は非常に前頭葉が発達しており、何にでも興味を示し、殊のほか異性に興味を示す、とあります。

　英雄色を好む、というのは前頭葉の異常だったんだ……？　多情は浮気性とか女好きとかでなく、一種の脳の発達（病気）だったんだ!!　多情な読者諸兄の皆さん、万一の折は前頭葉異常説で奥方を韜晦《とうかい》なさっては……？

　また、利根川進・五木寛之対談でも、興味深いことが語られておりました。人類が特異進化したのは、正常遺伝子の結合ではなく、はみ出し遺伝子（ジャンク遺伝子）同士が結合したからである。もし正常遺伝子同士だけの結合なら、未だ海の中だろうと……。遺伝子の解析からこんなことまで物理的に証明できるようになった、というのです。

「大きく苦悩すれば、道も大きく開ける」と言いますが、これも右脳から分泌されるβエンドルフィンとの関係だとか。苦悩しているときは、ノルアドレナリンや、アドレナリンホルモンが分泌され、マイナス思考となりますが、発想次第で嘘のように大きく閃き、悟ることがあります。この苦悩は己を鍛えるために天が与えた試練なんだ‼　この試練が己を大きな人間に成長させてくれるんだ、などと発想し出すと、暗いトンネル内で先が見えたときのように気分が楽になり、このときからβエンドルフィンが分泌され、プラス思考へと変わっていくのです。

　私が敬愛してやまぬ女侠は、不遇時代の正月、財布に五千円しか入っていなかったことがあったそう。このとき、五千円しかないと思うか、まだ五千円もあると思うかで人生観は変わってきます。我が女侠は「まだ五千円もある」と思って、人生今日まで前向きに生きてきた、と便りに書いてくれました。これなんてプラス思考の典型です。

　では、どのようにプラス思考に転換すればいいか？　人間は苦しんで苦しむもので、苦しみからは逃げられない！と居直ることです。苦しみが何だ⁈と居直り、執着、未練を捨てたときからプラス思考が可能になる。そこから自分が一番好きな瞑想をするよう心がけることで、少なくともマイナス思考からは解放されるはずです。

　修行は、実行しているときは辛いものですが、自らを極限状態に追い込むことこそ、脳内モルヒネを分泌させる訓練なのです。獄道厄坐でも七、八、〇、十（九＝苦がない）で暮らせる私などは、βエンドルフィン分泌が多量なんだろうね？

　人間には視、聴、触、嗅、味覚の五感がありますが、第六感（勘）である直感・インスピレーションも見逃せない感覚だと思います。

　あるジャンキー作家が、独居生活を重ねると巡回幹部の足音、扉の開け方など、どれほど音を忍ばせようとも空気の動きで人の気配を感じるほど感覚が研ぎ澄まされる、というようなことを書いておりました。ある施設長も、「極刑囚も足音一つで誰々幹部とピタリ当てる」と語ったとのこと。

私もこの弁には無条件同意します。というのは、誰あろう、私自身第六感が異常と思えるほど研ぎ澄まされておると思うからです。忙中閑の閑にあれば、何が見えてくるやら分かりません。山荘生活ものんべんだらりんと送日しておるときは、こんな感覚は殆ど働きませんでしたから、忙中閑の閑も満更でもありません。

動物が相手と対したときの行動は、「闘う」か「逃げる（柔順）」か二つに一つ。瞬時に相手を「敵」か「味方」か判断して行動を起こさなければ、死につながるからです。しかし、人間の脳は知性が発達したため、その場で状況が不利なら、有利になるまで待ってケリをつけるなど、動物には不可能な様々な思考ができるようになったのでしょう。

私自身のことでいえば、自己を眺める時間を得たことで、自分をそれなりに客観視できるようになったと思うし、他人のことは良く観えるようになったようです。

例えば、人の顔色、表情などからその人の体調を殆ど正確に当てる、もしくは予感、予兆できるようになったのです。殆どの人の相は、目に現れます。昨今の医学検査で発見できないことでも、目を診るだけでピタリと診断可能だとか。「目は口ほどにものを言う」という言葉も、先人の知恵だったのでしょう。

ストレスは適度でも強度でもあったほうがいい、と私は思っています。嫌なことを避けるシェルター願望ばかりでは、逃げ場のないストレスを受けたとき、潰れる可能性は大きいと思うからです。何度も大きなストレスに遭遇し慣れておれば、それなりの免疫となり、又か!!という気楽な気分で対処できると思うのです。

例えば、初めて逮捕された人は、将来の不安から人生最大の苦悩を味わうと思う。それが二回目ともなると、何日位で判決となり、どうなって行くなど、予想も立てられることから気を病むことも軽くなるはずです。

また、ワタクシのレベルで例えを書きますと、童貞なら期待以上に不安とか焦りを覚えたりするものですが、体験を重ねることにより「心」にも「身」にも余裕ができます。女性の場合もおとめ（処女）から体験を重ねることで余裕と複雑化した快楽が得られるでしょう。

禅語録に「随所に主と作《な》れば、立処皆真なり」とあります。自分の置かれている環境で精一杯仕事をするなら、自然と楽しみも感じ、真の生きがいも生まれて来る、というほどの意味だそうです。

獄中に在る人なら勉強とか読書とか何かの目標を設ければいい。サラリーマンの世界なら、退所時間に上司から残業を頼まれたとき、「いやだな!!」と思えばストレスになるが、そうか私を頼りにしてくれているんだ、と思うことで活力がわいて積極的になれ、ストレスが快感へと変換すると思うのです。要はどのようなストレスも経験を積むことで対処できる、と諦め悟ることで「したたか」になれるのではないでしょうか。

リラクゼーションの方法は、それぞれ自分の好きなことをするだけ。音楽の好きな人なら音楽を聴く、コーヒーの好きな人ならゆっくりコーヒーを飲むことで瞑想効果が現れ、自然とプラスホルモンが分泌されるのです。

私は写経を入所以来しとるのですが、当初は半紙に向かって一時間写経するだけで、肩、腰、腕など凝りに凝ったものです。一字一字に対し呼吸というものがあり、この吸う、呼《は》く（吐く）のタイミングが違えば、自分の納得いかぬ字しか書けません。七年間続けることにより、身体が自然と一字一字の癖に対するベストの呼吸を会得したのか、半紙に向かうと適度に神経を緊《ひきし》め、快感ですらあるのです。快川《かいせん》和尚が、安禅は必ず山水を用いず、「心頭滅却すれば火もまた涼し」と言っておりますが、これは「信じる者こそ救われる」に一脈通じると思います。

海や山、地平線や日没の日輪、星のキラメキを見ると、気持ちがスーッとします。広い視野で遠くを見ると、脳の頭頂葉の外側面にある「角回《かくかい》」という箇所が刺激・活性化され、快感が得られる。人間、脳の清浄な発達を促すためには、情緒、情動が欠かせないそうです。情緒が豊かな人は、幾歳になっても「ときめき」を感じられる。脳を活性化させるには、アゴと手と脚を使うのだとか。そして「カキクケコ」、つまり「感動、興味、工夫、健康、恋」が大切だとのことです。

四百万年前、歩き始めた人類の脳は四五〇グラムだったそうで、顔の大半はアゴ。餌なんか引きちぎって食べていたそうなんです。そののち、五十万年前にして火を使うことを覚え、美味しく噛むことを発見した。この頃、脳は一〇〇〇グラムとなり、現在は一三五〇～一四〇〇グラムの由。アゴを使うことで脳が発達し、二本足で立つことを覚えたそうだが、脳が巨大化し過ぎた昨今では、軽い柔らかいものばかり食べてアゴなど使わないし、手足もあまり使わない。人類は脳を小さくするために回帰しているのやも知れない。

ワタクシはアゴを鍛えるためスルメを噛み、毎日ペンを持って手を使い、週三回の運動では時間一杯跳び走って足を鍛え、いつまでも「ときめき」を感じられる男でおれるよう、脳の活性化に努めております。

以前、人間の右顔は知識を表し、左顔は内面を表す、と書きました。手に右利き左利きがあるように、顔にもそれぞれの表情をつくる側があるそうで、総体に左側の顔が優しく表情豊かだとか。女優の写真に左顔のものが多いのは、そのほうが優しい表情になることを本能的に知っているからでしょう。

アメリカのセールスマンは、「重要な客と応対するときは、相手の右側に立て」と教育されるそうです。右側は生まれつきの顔で、体の調子を表しやすいので、相手には優しい左の顔を見せながら応対しろというわけ。

顔は心と身体のコンディションを反映すると思います。右側半分同士を合わせて合成した写真と、左側だけを合わせたものでは、左だけのほうが信じられないくらい優しくなります。人相学で語り継いだことが、写真で科学的に証明されることになるはずなのです。

また、手相もただの占いではなく、人間の性格を判断する重要な手掛かりになると、学者の間で確認されつつあるとのこと。基本的に、手相判断として生命線、頭脳線、感情線とあり、男性で細かい筋のある人はデリケートな感情を持つ神経質なタイプと判断してほぼ狂いがないらしい。逆も然り。女性で単純な筋の持ち主は、勝ち気で大胆、男性的と判断できるそうです。ただし、手相は人間の成長や心の変化に連れて変化するものでもあります。

人間のバイオリズムから、ツキ運とスランプのリズムが予見可能、と統計で証明されているそうです。人間、生まれ月の一ヵ月後は危険。一月生まれの人なら二月にはツキ運がないということが、データ化されておるのだとか。

肉体、知性、感情にはそれぞれのリズムがあります。耐力、スタミナ、精力など肉体のコンディションは二十三日周期で変化し、独創力、感受力といった感情の起伏は二十八日周期、記憶力や判断力など知性のリズムは三十三日周期だとか。このような統計学は、スポーツ選手のコンディション判断、工場の安全管理などに利用されています。ドイツの工場で三年間に起こった三百件の事故を調べたところ、自己責任者の七十%がバイオリズムの要注意日に当たっていたということです。

日本の統計では、生まれ月を中心に四十五日周期で「ツキ」の良い日、悪い日、コンディションの良・不良の波が起こっている人が多いといいます。仮に一月一日生まれとすると、その日から四十五日ごとに運命のリズムが変化し、一年に八回大きな波があるのだとか。

一月一日から四十五日後、二月十五日辺りが第一回目の要注意日となり、第一周が一番要注意日で、次いで第四周に当たる六月にも第二回目の要注意周期を迎えることになります。

対して絶好調のリズムというのもあるそうで、総体第六周、つまり一月一日生まれの人なら九ヶ月目に当たる頃が最もツキ運が良く、次に第二周の三月が良いとの統計だそう。

身体のコンディションや頭の冴え具合の統計結果としてバイオリズム研究者たちは、誕生日から二百五十四日ごとにベストコンディションの時期が巡ると説いています。

如何でしょう、騙されたと思って当たり周期にギャンブルの勝負に出ては?!

私の場合、昨年は『脳内革命』という大ベストセラーと縁が濃かったのか、一年で三冊の差し入れを貰いました。思い返してみれば、三冊目を差し入れてくれた知人が来てくれたのが、私のツキ運月でありました。

丁半募志

一月十六日、賀状の当選を楽しみに山荘で確認しましたが、今までもそうだったように今年も「ハズレ」。三百枚近くあったのに、一枚たりとも当たってくれん。そういえばクリスマス前、「一二月二五日までに年賀状を出すように!!」なんてセスナを飛ばし、空から呼びかけていたのには驚いた。飛行機飛ばせるほど儲かっとるんやな?!と思うたワ。

郵便局の都合に合わせて指導し、大半の人が従うから、あたかもそれが正しいマナーといった印象を与えますが、こんなもん売る側の都合の押しつけにほかならん！（切手シートの一枚も当たったたっとたら、こうは書かんかったやろうな。）

本来年賀とは、大切な人、お世話になった人へ、「今年も宜しくお願いします」という年始めの御挨拶なんだから、直接お伺いして礼を尽くすことに意味があるはずです。といっても多忙な社会ではそうも言っていられず、年賀状を以て「略儀」に代えたことが通例となり、今日まで根付いてきたものでしょう。

そもそも年賀状を出す習慣付けをしたこと自体が郵政省の陰謀だったのではないか？　国民はこの策略にまんまと乗せられたのか、簡便なためこの略儀を利用したのか……。ともかく時代と思惑が合致したのでしょう。だから一九九七年分の「お年玉懸賞付き年賀ハガキ」だけでも四十億枚以上を発行。単純計算しただけで、二千億円以上も売り上げたのです。

ところで郵便局が飛行機で空から呼び掛けていた頃、石川島播磨重工など一部大企業が、虚礼廃止を理由に年賀状をやめた、と新聞に載りました。虚礼とは「誠意のない、うわべだけの礼儀。無用の礼儀」と、広辞苑にあります。

確かに虚礼と思いつつ書く年賀状もあるでしょう。もし本当に年賀状が必要だと思えば、郵政省の策略と知りながら郵政省を儲けさせてもいい。しかし、郵政省の利益が、果ては族議員の利権に絡むと思うと、「書かされている」ことに腹立ちを覚えてしまうのは私だけだろうか？　いや、漠然とではあっても、「書かされている」と肌で感じる人が多いからこそ、「虚礼廃止」の傾向が浮上し始めたのではないだろうか?と愚考するところであります。

葬儀という儀式も納得のいかぬものの一つかも知れません。大体、戒名に（上）（下）差があり、金額の多寡で戒名の「字数」が増えるなんて馬鹿な話もありません。盛大に執り行われた葬儀だからありがたい?!と思うのは、関係者の自己満足に過ぎんのではないか？　幾ら大きな立派な葬儀だからといって、遺産で醜い「争い」を呈しては、本当の意味での死者への礼とはならんでしょう。

人は加齢と共に出逢いより別れのほうが、否応なしに多くなってくる。誰しも親兄弟姉妹、身内の死を、必ず送ることになるのです。それが身近な者であるほど、悲しみも深く、生死観《しょうじかん》を掘り下げて考えるものです。空しさや虚脱感にも襲われるでしょう。

しかし、棺桶を前に「こうしてやればよかった」「ああしてやればよかった」なんていうのは、身勝手で偽善でしかないと私は思うのです。事実、思い遣る心があるなら、「生前」に悔いの残らぬよう尽くしてやるのが、人に対しての「誠意」ではないでしょうか。生前精一杯尽くしきっていれば、葬儀などという「儀式」も「無用」と私は考えます。死亡証明書を添え、火葬場で処理すれば、恐らく四、五万円で済むはずです。

実業家、知識人の中には、「葬儀無用！」と遺言する人が増えているようです。これも多くの人が葬儀は「空しい儀式」「空礼」と考え初めている表れやも知れません。といっても、まだ世間全般の風潮としては、葬儀も出さない人は親不孝、身内不幸とされがち。しかしこれは、個々の思惑、信念が確立していないので、他人と同じ行動をとることで安心する、という甘えた自己満足ではないでしょうか。

私なら死んだあとの「葬儀」より、「生前葬」に賛成です。生前葬とは、生きているうちに親しい人たちと別れの儀式をしてしまう方法です。有名なところでは、水の江滝子さんが、趣味を凝らした生前葬を行いました。

「なんと常識外れな!!」と思う方もいるでしょうが、私は本人や親しい列席者にとっては、このほうが有意義だと思うのです。「常識」で他人に迷惑を及ぼすより、「常識外れ」でも他人に迷惑をかけないほうがましなのではないですか。そもそも「信」という字は、「人」と「言」が組まれた字です。「人」の「言」うことに嘘がないから「信」じられるのであって、これが崩れた人に「約束」だの「道徳」だの「法律」などが必要になったのではないでしょうか？　人の身勝手が法を細分化させた、といっても過言ではないと思います。

私は、一見常識外れと思われることを公言するから異端視されることが多いのですが、大多数が主張するから正しいとは限りません。

例えば、新年が一月一日でなくてもいいではありませんか。自分が決めた日が新年であっても個人の自由でいいはずです。

昔、大半の人が天動節を唱えていた時代、コペルニクスが地動説を発表しても、誰も信じませんでした。コペルニクスから百年ほど遅く生まれたガリレオでさえ、地動説を支持したため、宗教裁判にかけられて入獄。「説を曲げるなら解放する」と言われて、「それでも地球は回っている!!」と言ったことはあまりにも有名です。

私の話も思わぬほうへ回ってしまったので、年賀状へと軌道修正しましょう。私は年賀状だから誠意がないと思うのではなく、国民一人辺り五十から百枚出すという年賀状で果たして全ての人に誠意が伝わるだろうか?と疑問に思っているのです。「誠意」の「誠」は「言」うことが「成」ると書きます。言うだけで「実」が伴わないのは「不誠意」です。先程も書いたように、本来は「参上」して年賀することで誠意も伝わり、親近感も増すと思うのですが、如何でしょう。

ちなみに殆どの拘置所では、賀状は「十枚」という制限があります。これは合理化に伴う人員削減ゆえの弊害であり、権利侵害だと私には思えてなりません。収容者にも様々な交際があり、沢山受信する者には、十枚では礼を欠くことが多いのが現実であります（一般発信は一日二通、開庁日のみ）。しかも年賀状は規定挨拶文しか認めず、ちょっとした近況報告すらできません。やはり人権侵害では？

郵政大臣!!　監獄は売上の邪魔しとりまっせぇ!!　なんて訴えたところで全国の施設での売上なんて高が知れておりますから、見向きもして貰えないでしょうが……。仮に拘置所での枚数制限を解けば十億枚売り上げが伸びる、となれば誰がなんと言おうがとっくに制限解除に尽力していることは明白です。

儲けることでは、国も企業も、誰しもが何にでも手を出すものです。農協のことを今は横文字でJAとかいうらしいですが、住専の損失を補うため（?）か、葬儀事業に参入するとか。農協は農業関連のことしか扱わんと思うていたが……驚くではありませんか。

郵便貯金の金利が市中銀行金利より高く、国営だから倒産しない、という安心感もあるのか貯金者は多いそうです。

　懸賞付きハガキを郵政省だけが独占することも、自由競争の精神に反すると思います。「親方日の丸」的商売をしておる郵政省ですが、昭和四十年代までは「泣き所」もあり、実際に被害を受けたことがあるのです。

　素晴らしい着眼で郵政省に被害を与えた知能犯は、昭和五十三（1978）年に私と同囚だったF・Kちゃん。日本中の郵便局を泣かせ、全国をギャンブル行脚した、と面白可笑しく語ってくれたのを思い出します。

　手口はごく簡単。まず仮に千円で貯金通帳を作り、1000という数字に0を加えて改竄するだけ！　昭和四十年代には、まだ「オンライン化」がされておらず、三十万円以下なら、全国どこの郵便局でも怪しまれずに引き出せたというのです。さすがに同じ郵便局で二度の犯行はしなかったそうですが、それにしても嘘のような、笑いの止まらん「仕事」です。私も四十年代にF・Kちゃんと知り合っていれば、この手口で二億くらい稼げた?!やも知れません。

　F・Kちゃんは「田舎の香水」（糞臭）の漂う「タバコ」の味も教えてくれたし、実に義理堅い、いい男でした。仲間としての掟を破ることがないのは勿論、裏表もなく、人間として「信じ」られる先輩犯罪者でした。F・Kちゃん、今どうしているんだろう……。


　年賀状も当たらんが、「宝クジ」もそれ以上に当たらんもんです。「宝クジ」は別名「タヌキクジ」。その心は、タカラクジから夕を抜くと「カラクジ」。当たらないからこういうらしいです。

　宝クジも国の財源のようなもので、一種のギャンブルに等しく、公営ギャンブル、パチンコ以上に射幸心を煽るものではないですか。何せ三百円で、一等六千万円ですから……。

　実際当たる人がいるから詐欺とは言えませんが、殆どの人が「カラクジ」なんだから、悪質と言えるやも知れません。確かに三百円で六千万という夢を買う楽しみはあるでしょうが、法が認めたバクチのようなものです。

宝クジを買い過ぎて倒産した、なんて話は聞いたことがありませんが、買い続けた金額をトータルすれば相当になるでしょう。

一九九六年度、宝クジの売上は八千億円以上だったとか。この約五割がテラとして「落ち」、残りの金を購買者で分配する、というのが「大まか」な仕組みでしょう。買った人たちが、自分の金を「宝クジ」という方法で取り合うのですから、やはり「バクチ」のようなもの。「バクチ」はいけないが、「宝クジ」ならいい、なんて思考は「朝三暮四」に似ています（朝三暮四とは、猿の飼い主が猿に朝三つ暮れ四つの餌のトチの実を与えると言ったら猿が怒ったので、朝四つ暮れ三つにすると言ったら納得した。つまり同じ内容なのに方法や形を変えたら騙されることをいいます）。

公営ギャンブルも宝クジも、胴元に何割かのテラ銭を搾取されとるんです。しかしヤクザの「シノギ」とされるバクチは、個人がテラ銭を取るんだから法外のことで「悪」としても、テラ銭を落とさない個人の賭けも「悪」なのだろうか？　ゴルフのニギリ、麻雀、花札など、テラ銭に消える金もなく、個人で銭を取り合うのだから「健全」だと思うのですが、これを罰するというのは如何なものか？

本来公営ギャンブルこそ購入金額の上限を定めることが必要ではないでしょうか。公営ギャンブルの主催者は、買い手が破産しようが、死のうが、面倒は見てくれません。それなら金の消えない個人の賭けのほうがずっと健全。仮に負けが重なったとしても、「ちょっと待ったろうか？」とか「少しだけ負け分返したろか」という情が生じますから。それなのに公営ギャンブルは良くて、個人の賭けごとは罰するとは、法というものも正しくないね。なんて、ひねくれた考えをするワタクシの「ヘソ」は、斜めに付いているんだろうか？

年賀状、宝クジ、大半のバクチごとは当たらんもん、と思うことで腹も立たんのですが、そう自制できるようになるには、負けて頭を打ち、悔しい思いをしてこそです。

「こんにゃくの食中毒」という言葉を知っていますか？こんにゃくという食品は、まず絶対に食中毒を起こさないことから、例えば『実話時代』のスタッフのように、当たらない馬券を買う人のことを、シャレで「こんにゃくの食中毒」というのです。

　昨年末から今年にかけて、風邪が大流行のようです。風邪を治すのに「腰湯」という方法があり、モデルさんはこれをダイエットに利用しているそう。腰湯とは「道家」に口伝されたといわれるもので、湯船に座って腰まで浸かる程度にお湯を入れ、十五分以上じっとしている入浴法。次第に足、腰、全身が「ポカポカ」温まって来ます。その後は汗をよく拭いて床に入ると、汗がどっと出て風邪が完治するといいます（出た汗はよく拭き取って着替えることが肝要）。


　漢方薬で有名な「葛根湯」は葛《くず》の根を主な材料にしたもので、古来より風邪薬として使用されています。葛の根は首や肩の凝りに有効で筋肉をほぐして血行を良くしたり、血中の酸素供給量を増加させる働きもあります。風邪の初期、熱の上がり切らない内に用いると効果を得られるとのことですから、「腰湯」と併用されると良いかと思います。

【第二部】

リバーサイドスピリッツ

大阪拘置所にて

『実話時代』平成九（1997）年五月号〜平成十（1998）年四月号にて「我、木石にあらず　獄中随想　リバーサイドスピリッツ」のタイトルで連載。

平成八（1996）年二月七日、神戸拘置所から大阪拘置所に移管。

二年間に渡る拘置所編の連載終了。

平成十三（2001）年十二月末、十三年間にもおよぶ長期拘置所勾留を経て、四八歳のときに刑が確定。

『実話時代』では、「究極のブラックビジネス〝ブロイカー〟」と「ロングウェイ、ロングディスタンス」の間にもう一編が掲載されたが、元原稿紛失および当該誌を入手できなかったため、今回未収録。

移監ともしがたき諸事情ゆえ

平成九（1997）年二月某日朝一番、二回目の面会を了え、突然の領置調べ。翌早朝にはひよどり山荘より都島の大阪拘置所（大拘）へ移監となりました。蔡東鎮といい私といい、問題囚を送り出し、ひよどり山荘も正直ホォッとしているやも知れません。通称「喝」こと蔡は、私が本誌の連載を引き受ける動機を与えてくれた男で、山荘では蔡が私の階上、都島の大拘では私が階上。見えぬ「縁」で結ばれているように思えてなりません。

移監日、下山の道中、神戸生田川沿いに早咲き彼岸桜がほかの桜樹に先駆け、ポツンと一本だけ満開しておったのが殊のほか印象的でありました。一年以上ぶりに車中の人となり、娑婆《しやば》の光景をしっかり目に焼き付けましたが、開通した阪神高速の防御パネルには、化学工学の進化を感じずにはいられませんでした。

都島へ着くと、まず領置品などの検《しら》べを受けるのですが、朝九時だというのに二十名近くが次々繰り込まれ、さながら戦場のような雰囲気。山荘も大拘も「調所」は超の付く多忙で、連日残業のようです。

先日CPR（監獄人権センター）のパンフに坂本敏夫さんも書かれておりましたが、机上の空論を押し付けるため、その弊害が「モロ」に現場に「シワ」寄せされているよう。

大拘の諸手続きは不自由この上なく、一例を記すと、山荘では一ヶ月単位で可能だった新聞購入も、毎日願箋《がんせん》記入して申し込まなければならず、差し入れスポーツ新聞に至っては、休庁日は交付されません。また衣類のシャツ、パンツは所持枚数各五枚なのに、パッチ、クツ下は何故か各三枚。これは領置品仮出されるのですが、週に二日と決められており、願箋提出から二、三日遅れて届くのです。これでは一枚のパッチ、クツ下を「六日間」着用せねば新しいものと交換してもらえず、清潔好きな私には「拷問」です。

これも恐らくは職員削減ゆえの弊害。この連載をお読みの各獄道方、そちらの施設情報をぜひ私宛にお寄せください。

ちなみに現在大拘では、紙パック飲料のストローが交付されません。ストローで何か事故があったらしいですが、懲罰は事故や規則を犯した者のためにあるもので、全体の利益を奪うというのは如何なものか……。この処置が薬物移入防止のためなら、ストローを奪うより麻薬犬でも飼えばいい。これなら人件費も削減できるし、検査も迅速にできると思うのだが……。

話題は変わりますが、当所には私の親分・東勇の古くからの弟分、芝原将晃（兄）もおり、親交を深めるに至りました。

「この花散らすも雨と風　この花咲かすも雨と風　雨と風とがなかりせば　花も散るまじ咲きもせじ」の書き出しで始まる手紙を受けてからです。この芝原（兄）、執行停止狙いで開腹すること四度、五度……。罔っ引き曰《いわ》く、「間違いなくギネスもの」というほどの「兵《つわもの》」です。

また、ここに来てからの面会往復で、見知らぬ人から会釈を受けることがありますが、私は山荘浦島八年男ゆえ、「?・?・?・」てな顔をすること多々。無礼の段、ご理解の程！

山荘では模範囚ゆえ?・か、出房時には連行職員と警備隊員の二名連行でしたが、都島では格上げ？なのか、一名のみの連行となりました。都島の私の居住棟からは、赤白に塗り分けられた高層煙突が見え、一日中白煙を「モウモウ」と吹き上げております。山荘の向かいでも斎場の煙突が黒煙を吐き、木を枯らすなど植物に悪影響を与えておりました。

都島で白煙を見ながら、山荘で私が病んだときのことを思い出しました。ある部長が「リヤカーで向かいへ運んだろ!!と思うてたのに、シブトイのォ!!」と、親愛のジョークを飛ばされたのです。この部長は「忙しい、忙しい」とよく口にしていたので、私も「ワシゃあ暇やから、仕事替わったろう思うたけど、そのズボンの裾を出さんとサイズが合わん。残念や?!」とジョークで返したことが、昨日のように懐かしく思い起こされます。

遠くの親戚より近くの他人。山荘では八年間各人各様の触れ合いがあり、身内以上の想いは消えません。恩は着るもので、着せられたらやり切れぬ、と申しますが、恩を着る方たちばかりでした。

先日、ある死刑囚の支援者が発行するパンフを読んでいたら、世話になる担当さんには正座で対するとか、多忙が察せられるので極力煩《わずら》わせることなく接するのが感謝の気持ち、なんてことが書いてあり、大いに共感いたしました。これぞ収容される者、看て守る者の信頼関係。看護婦、看守の「看」という字は、手と目が合体した字で、手で触れ情を通わせ、目で見て癒《いや》すという意味だそう。

看護婦さんから優しい言葉の一つもかけてもらえれば、病人に心理的効果があるものです。看守さんも、先述の死刑囚のような気持ちを生じさせてこそスペシャリスト。私も山荘では立場上私語こそありませんでしたが、視線の「温もり」を何度も感じたものです。改めて誌面にて御礼申し上げます。

ありがとうございました！

都島の人となり、今回驚いたことは、昔に比べ官食の質、調味があまりに良くなったことです。寂《さび》れた食堂以上やも知れません。

某日、納豆配食。納豆は山荘でも時々出ましたが、都島では小皿一杯の「ネギ」付き！　梅にウグイス、松に鶴、コーヒーにクリープ、納豆に辛子・ネギは欠かせません。実に八年ぶりの新鮮ネギ！　ネギ臭いネギそのもののネギ！　感激を超え、危うく涙が落ちそうに……と表現したくなるほどの感動でありました。不自由この上ない環境で、私たちを満足させるに多くの品を必要としません。

山荘では殆ど生きるがために食べたものでしたが、出す折は一種の心地よささえありました。掃除次第では大変清潔な洋式便座でありましたから、クソ抜きに、プラス息抜きまでできたのです。

都島の独り暮らしでは、食べものこそ山荘より上ですが、出口に関しては「一仕事」。具体的に言いましょう。

平面長方形の普通の便器を想像してみてください。それを床より四十センチ出し、ラワン材で囲ってあるのです。大拘の建築時よりすでに三十年以上も使用されている年代物。ラワン材は木目が粗く、飛散した汚物はその粗目にこびり付いたり沁《し》み込んで、少々の掃除ではきれいにならんのです。

まあこれは感覚的なことですから、馴染めんこともありません。問題は用の足し方。男の場合、小便なら立ってすることが常。ところがこの便器、縦八十、横三十三センチが最大「枠」。肝心な「的」は縦四十、横十七センチ。中に出しても飛沫が散るし、ましてや理性に逆らい続け、性格の如く「いがんだ」ワタクシの「亀口」ではエラーも多く、用足しの都度拭かなければならない。この手間を省くため、ワタクシは女性のように便器に直接「座り」小便しているのです（この姿、東城町森の彼奴《あやつ》には見られたくない……）。

「大」のほうも三十三センチでは長時間しゃがみ込むと、

足腰、肛門の筋肉は凝りに凝ってしまいます。一本道ならぬ一本糞的正常便なら木枠を汚すこともありませんが、い、不腸腹で糞便が飛沫しては不潔この上ないので、これも直接便器に「座」っております。これで便器が汚れる心配は解消しましたが、水を流すのを忘れて「落そう」ものなら、ポットン、「おつり」がキンタマ……いやもとい、洒落て「マタンキ」辺りにはね返り、不快この上ない。独居人は私同様、糞闘していることとでしょう。

こんな状態だから、大拘の水道代は「億」を超えているのやも知れません。それもある程度自家処理しての料金というのですから驚きます。洗濯の自洗を廃止し、便水を自家処理水で賄えば、水道代も年間何百万単位で収まるのでは？　要は官営の努力不足。予算が出ないなどというのは、無能ならぬ無脳を自認するに等しいのでは？　蛇足ですが、コンタクトレンズに利用している超音波洗浄の原理は、洗濯機にも応用可能とか。これを使えば洗剤も不要で、環境汚染対策にもなる筈。権限者たる者、このような決断をし、部下の労を省いてやることこそ仕事だと思います。新しいことを行い、問題が生じて詰め腹を切ることを恐れていては、収容者の共感？など得られません。ともあれ、皆さんもどうぞ「節水」を!!

水に関することをもう少々。移監当日、房内の蛇口をひねったとたん、何てくせえんだ?!　口に含むと、鼻から抜ける「臭み」。お茶にも同じ匂いがするのには閉口します。

それとアセッたのは初入浴。ワタクシは危うく不能?!になるところでした。

山荘の浴槽は、湯温を自動調節できるホウロウのものでしたが、大拘は湯と水で温度調節するステンレス浴槽。私の入浴パターンは、まず頭から湯を二杯かぶり、シャンプーで洗髪するついでにブラシで「こすり」、ブラシをも洗ってしまう。次に石鹸で身体を洗い、ヒゲ剃りも済ませ、頭から一気に石鹸を流す。続いて石鹸箱の「フタ」

で角質化した足裏の垢をこそげ落とし、浴槽に浸かるのです。所要時間十五分。

さて、こうした入浴法に馴染んでいた私は、まさか熱い蒸気が浴槽の床を流れているとは思わず、尻をつけて座り込んだら熱湯が「フグリ」「竿」共に直撃。アアッ!!と叫びたいのを辛うじて抑え、慌てて腰を浮かせたものの、それでは肩まで温まることもならず、洗面器を手に「前」を「防御」して浸かり直し、こと無きを得たのであります。

いくら不良息子とはいえ、風呂で不能になったやなんて、笑うに笑えず泣くに泣けず、洒落にも言えません。危ういところやった!!

この原稿は移監数日後に書いとります。読者の目に届く頃には「春たけなわ」。春眠暁を覚えず、の頃でしょう。

元々寝就きの良くない私は、夜を盗んで老眠早くして覚め夜を残す……、夜明け前には目覚めている状態。ここ大拘では都会の喧騒が神経に障り、山荘の静けさや環境の良さが改めて偲ばれます。

しかし、老眠といっても、ワタクシは人生七掛け思考。当年三十歳と偲《おも》うっとりますし、一般社会人の平均睡眠時間、八時間近くは寝ています。収容者は一日二十四時間のうち実に十四時間を寝て過ごすことも可能なのです。

具体的に記すと、起床が七時半。点検後朝食、洗顔などを了えて八時半。面会、日記書きをするうち新聞交付となり、昼食後には一時間少々午睡ができるのです（山荘は午睡時間にも布団使用可だったのに、都島では毛布のみ。ほかの施設ではどのような状況なのか、この件も一報寄せていただければ幸甚）。

この時間外に週二回の入浴、入浴日以外は三回の運動が許されます。この間、願い出事項の願箋記入やら購入、差し入れ品などの交付があり、鳥の性交ではありませんが、アッ……という早さで四時半の夕食。その後食器自洗、洗顔、歯磨きなどを済ませて夕点検（山荘での呼称番号は三二一番。チンチロや、タブという「サイコロバクチ」では「凶」の数字でしたが、当所では九百二十番台で気を良くしております）。

夕方六時となれば、翌朝七時半まで就寝時間。これに午睡の一時間を加えれば十四時間半も寝て暮らせるのであります。

起きている九時間半の内訳は、三度の食事で約一時間。写経に一時間、返信認書に三時間。面会、入浴もしくは運動時間が一時間。残り三時間のうち、新聞を読むのに約二時間要し、あと一時間は週刊誌などに目を通せば、アアッという間に一日は過ぎてしまう。こうしてワタクシは、苦節八年から屈折九年目を都島で迎えようとしているのであります。

厄坐より

可愛いやつら

海に、山にと、アウトドア・レジャーの季節になりました。獄道者にはこの季節は殊のほか憧れるものがあります。

人間は海を見ると心が安らいだりしますが、これは人類が海から生まれて進化した生きものだからではないでしょうか。

今や、人間は酸素ボンベを背負わないと、長時間海には潜れません。しかし、ボンベなしでも無制限に水中で過ごせる装置が、すでに開発されているそうです。開発者は「魚」の呼吸法からヒントを得たとか。

魚は水を「エラ」に通し、酸素を体内に取り込んでいますが、この装置はそれを応用したもの。つまり、「エラ」と同じ構造を持つ「物」を身につけて潜るわけです。

現段階では、その装置は大型ボストンバッグほど。大きすぎて、まだ実用には適しませんが、素材開発は日進月歩。コンパクト化して実用可能になる日も、そう遠くない筈……。

先日この話を友人にしたところ、「その装置を使って競艇場に前日から潜り、プロペラに工夫したら、ええ仕事になるなァ！」なんて不純なことを口にしよりました。

しかし、実は友人と同じような思考で、過去に八百長レースを仕組んだやつが実際にいました。五年ほど前の浜名湖競艇場で、艇の下に何時間も潜り、ペンチでプロペラを曲げたのです。結果は大成功でしたが、この男、自分の「大工」仕事をレース後自慢げに語ったために八百長が露見。結局すぐに逮捕されたとのことですが……。

ダイビングの新装置が発売されれば、マリンスポーツがますます盛んになると同時に、私の友人や浜名湖の「大工」のようなやつが、競艇場に出没するやも。競走会というところは不祥事を恐れますから、一回だけなら成功し、罪に問われないやも知れません。

話を海に戻しますが、ひよどり山荘にいるとき、三キロも四キロも離れた神戸港の汽笛がよく聞こえたもんです。ええっ?! 嘘やろう、そんな遠くの音が……?と思われるでしょうが、本当のことなんです。

これは不思議でも何でもなく、自然に適《かな》ったこと。雨が近づくと、遠くの音が近くの音のように聞こえるのです。昔の人は、こういうことを生活の知恵として知っていたものですが、私も昔人の知恵を利用して、山荘で「雨」予報を的中させていました。

雨の予想法は、ほかにも幾つかあります。例えば「猫が顔の手入れをすると雨」。この猫の顔洗いは当たるかどうか定かではありませんが、「松かさ（松ぼっくり）」は測定器として利用できます。方法は、松かさの尻のほうから釘を刺し、板に定着させるだけ。松かさは晴天・乾燥なら花のように開き、湿気を帯びると閉じるので、これで雨の予測ができるわけです。

昨今の天気予報は殆ど外れることがありませんが、気象衛星より案外「松かさ測定器」で当てているのかも……?

まあ、そんな筈はないでしょうが、今のように科学が発達していない頃から、人間はこのように自然界の動・植物から様々なヒントを得て暮らしていました。

時計がない時代、猫の目で時間を見当づけていたこともあったようです。猫の目は光などによってクルクル変わり、午前と午後の六時には「円形」、午前八時、午後四時には「卵形」、午前十時と午後二時には「柿のタネ状態」、そして昼は針のように細くなるのです。

薩摩の武将・島津義弘は、朝鮮出兵の折、この猫の目の習性を利用して戦果を得た、と語り継がれています。戦場に七匹の猫を伴い、同時刻に敵を挟み打ちにする作戦を立て、敵をほぼ壊滅状態にしたというのです。

猫ではなく、猿が役に立っている例もあります。これはカリブ海に浮かぶジャマイカでのこと。この島で生産されるコーヒー豆、ブルーマウンテンは、世界最高級といわれています。この豆の収穫地は、ジャマイカの中でもごく一部。島の最高峰ブルーマウンテン山系の裾野に広がる地帯だけ。ちなみに標高八〇〇から一九〇〇メートル、東西は三〇、南北一〇キロメートルという、きわめて狭く急峻な地帯です。

ここでコーヒー豆を手摘みするのは大変な肉体労働。そこで、猿が利用されているのです。果物に限らずコーヒー豆もよく熟したのが美味。利口な猿たちは、その一番美味しい熟れた豆の「実」しか食べません。一方、人間が飲むコーヒーは「種」が材料ですから、猿が食べる「実」は必要としません。そこで、猿たちを「小舎」に入れ、朝まで閉じ込めておくと、猿の糞が排泄される。その中に未消化の「種」が含まれているので、それを取りだして世界最高級のコーヒーが作られる?!……てなことを信じる人はいないと思いますが……どのような苦情がきても、ワタクシは一切の責任は負いませんので、念のため。

さて、また海へと戻りましょう。人類が海から出て陸で生活するようになった頃、食は「虫」からスタートしました。そののち、果物、動物肉、穀物と食べものの幅は増え、現在のように雑食となったのですが、今も「虫」は世界中で食されているのです。

代表的なものに、イナゴがあります。アフリカでは、大量発生したイナゴの道（バッタ道）を煙でいぶして獲るとか。それこそバッタバッタと落ちる！かどうかは知りませんが、アフリカでは、獲れたバッタの腸をしごき、まず糞を出す。そのあとは、茹でてから塩漬けにしたり、焼いたり、煮たりするのがアフリカ流のイナゴ料理。

日本では佃煮にするのが有名な食べ方ですが、日本の場合は一晩放置して糞を出します。それを熱湯で煮沸し、天日に干し、肢《あし》と翅《はね》を取ってからしょう油、砂糖で煮詰めて佃煮とするのです。

日本には、現在でもイナゴ捕りを職業にしている人たちがいて、稲刈りを終えた頃が忙しいとか。イナゴの仲買人は、地方の小中学校に捕獲を依頼し、それを買い取って売るというから驚くではありませんか。二日で三トン以上捕獲し、売上の三百万円を学級費に充てたクラスもあったといいます。今もイナゴの需要は根強く、国内で不足してカナダから五十トンほど輸入された年もあったそうです。

イナゴを始め、昆虫類には糖、アミノ酸、ビタミンなど、人間の成長、生存に必須な成分が備わっています。例えばアフリカの砂漠を渡るバッタは、たんぱく質、脂肪の宝庫。また無機質を分析すると、カルシウム、マンガン、鉄、硫黄などを含んだバランス栄養食なのです。

昆虫の旨み成分は牛肉類などと同じアミノ酸。この高濃度のアミノ酸は、概して昆虫の体液に含まれているとか。

ところで、蓼《たで》食う虫も好き好き、てなことを申します。男女カップルの不似合いを指して言ったりする言葉ですが、蓼という草は刺し身の「つま」にも利用されます。辛みがあるので、殆どの虫は食べないのですが、これを好んで食べる虫もいることから、この言葉が生まれたのです。

蓼食う虫も好き好きなら、虫食う人も好き好き。強い匂いを放つ嫌われものの「カメ虫」を、好んで食う国もあります。カメ虫は、秋に見られる一センチほどの小さな虫ですが、その一種「台湾カメ虫」は東南アジアや中国南部では大切な香辛料になるそうです。

中国といえば、最高級中国料理とされる「満漢全席」には、熊の手や猿の脳味噌も含まれています（猿はいろいろ人間から被害を受けとるなァ〜）。

満漢全席で出るスープには、フカヒレや海ツバメなど高価な食材が使われますが、その中に「蚊の目玉」もあります。この蚊の目玉、なんと金より高価！　ダイヤモンド並みの価格!!というのですから、驚くと同時に、そんなもの食うやつ、いるのか？？？……と、？マークがいつまでも消えません。

第一、一匹一匹の蚊から目玉を収集するだけでも大変な根気を要する作業だと思いませんか？　五グラムの材料を集めるのに、何万、何十万の蚊を必要とするものか……。それに、どうやって目玉だけを取るんだ?!

これには、蝙蝠を利用するのだとか。蝙蝠は蚊を食べますが、目玉を消化する酵素は有していないのです。こう書けば、賢明な読者のみなさんはもうお解りでしょう。猿のコーヒー豆の要領で、蝙蝠の糞を洗って砂金を集めるごとく、蚊の目玉を選別するのです。こうして少々糞にまみれた蚊の目玉のスープが、世界一高価なスープとなる……と、読んだことがありますが……？

それにしても、中国人の食への欲望は凄まじいですなァ。何せ彼《か》の国では、四つ脚のものなら机以外、跳ぶものなら飛行機以外は何でも食べる、というぐらいですから。

ところ変われば品変わる。国が変われば食も変わります。日本人はゴキブリを目の敵にしていますが、ゴキブリもまた、世界的にはポピュラーな食虫です。アメリカやロシアでは「薬虫」と呼ばれ、フライ、スープ、ペースト、果てはゴキブリ茶として飲まれているものです。そういえば日本にも、遭難時や戦争時、ゴキブリを食べて生きながらえたという実話が数多くのこされています。

ゴキブリは「不潔」な処に集まり、腐ったものを餌とするため嫌われがちですが、本人（本虫か?!）はいたって清潔だそう。バイ菌の中にいても、自身は「フェノール」とかいう殺菌性の物質を分泌し、病気にやられないよう自己防衛しとるそうです。

ゴキブリの筋肉を顕微鏡で拡大すると、きれいなブロイラーのもも肉に似ているとか。肉質を調べても、牛肉に劣らないのです。

あと四半世紀もすると、人類は深刻な食糧危機に瀕する、といわれています。このため、各国では、昆虫の細胞培養を真剣に研究中とのことです。

ここ「大拘（大阪拘置所）」では、時々「大豆肉」なる食物が出ます。大豆のタンパク質を取りだし、粉末にして「ステーキ」や「ハンバーグ」状にしたものです。ちなみにカップヌードルに入っているサイコロ状の肉も大豆肉だそう。

ゴキブリのたんぱく質も、いずれは大豆肉のように利用されるのでしょう。ゴキブリを丸々口に入れるなんてゾッとしますが、タンパク質だけを取り出して牛肉状にしてくれれば、抵抗なく食べられると思います。

計算上では、ゴキブリの細胞を一個取りだすと、四十八時間ごとに分裂して、半年後には「二の九十乗個」ゼロが二十七個付く数に増殖するそう。これは、牛や豚など哺乳動物十兆から百兆頭分に匹敵するとか。このゴキブリのタンパク質増殖法、残念ながら現段階では生産コストが合わず、実現化には遠いそうですが、将来私たちの子孫がミミズやゴキブリのタンパク質を抽出して作った「肉」を食べて生存することになるのは必至でしょう。その日は、案外遠くないかも知れません。

さて、最後にワタクシとゴキブリの関わりについて書きます。実に思い出深い話があるのです。

私の初犯受刑は十八歳。姫路少年刑務所の独居房で暮らしておりましたが、夏の夜ともなるとゴキブリが徘徊。こやつがゴソゴソと煩く、神経に障るのです。それだけなら我慢しようもありますが、ある夜、こともあろうに私の「耳」をかじりよったのです（囁きながら可愛がってやったのに?）。

「痛ッ！」と思わず目覚めたとき、枕元には数匹のゴキブリがいました。安眠を妨害された若きワタクシは、逆上?したのか、衝動的に「ホウキ」を手に、叩き殺したるッと部屋中追い回していたところを夜勤者に発見され、理由を説明したのです。が、相手は半信半疑だったのか、翌朝には、「川口は気が狂《ふ》れた」との噂が広がっていました。

そりゃそうでしょう。夜間、ワラボウキを手に、踊るが如く部屋中で振りまわしていれば、誰だって「狂れた!!」と思うやも知れません。それに、咎められ、説明したときには、ゴキブリの姿はどこにもなかったのですから。

ゴキブリと共に、姫路刑務所では、ネズミともお馴染みでした。この施設は、当時まだハード面が備わっておらず、かなり不衛生。便所も水洗ではなく、排便後に洗面器の水で流していたのです。

その、流れる前の「モノ」を狙って部屋にやって来るのがネズミです。ワタクシが落としたばかりの温《ぬ》く温くをネズミが食べてしまうのです！最初はホンマ、びっくりしました。「しゃがんでいる」下を見ると、ネズミの目が輝いているのですから。ですが、慣れると愛しささえ芽生えてきました。ネズミも彼らなりの知恵を使い、流される前になんとか「食」にありつこうと、タイミングを学習していたのでしょう。

ここ、都島の大拘にもゴキブリ、ネズミはおりますが、現在のところ、どちらもさして悪さをせず、可愛いやつらです。

学ばざれば則ち殆《あやう》し

「往生しまっせえ!!」「そんなやつおらんやろ!!」などのネタで、昨年度（1996）の上方漫才大賞を受賞した大木こだま・ひびき。コンビの「間合い」も絶妙で、今いちばん乗りに乗る漫才コンビやも知れません。

日常生活において、上司、友人、知人などの何気ない言葉や仕打ちに気を悪くすることは案外多いものです。といって、直接反論してしまえば角が立ちやすいので、ぜひユーモアやジョークをまじえて切り返したいもの。そんなとき、例えば「気い悪うしまっせえ!!」など、大木こだま・ひびきのネタを真似、間髪を入れずに応じれば、角が立つことも笑ってしまえると思うのですが……。

人間、賢い「盗人」になることが肝心。手本となることを盗み、真似し、それを繰り返すうち、自分の個性による「独創」が得られるのではないでしょうか。学生時代、殆ど学ばず、盗まなかったワタクシは「小物」であります。

無学だから、頭が悪いから恥ずかしい、いい職にも就けない……などと諦める人もいるかも知れませんが、私は無学なことを恥ずかしいとは一つも思いません。向学心を無くしたり、努力を怠ることのほうが恥ずかしいと思うのです。

何故断言できるかというと、私自身、獄道生活で硬筆の通信教育を受け、私文は別として教本通りなら限りなく十段に近づいたからです。官というところは、本人のためになることでも、「前例がない」とか規則を盾に通信教育一つままなりません。初めは何度許可願を出しても幹部の決裁は得られず（頭とヘノコは固いだけが能やないで、ホンマ、気い悪うしまっせえ!!）。

しかし、心ある現場職員さんが「情理」を上申してくれたり、弁護人が所長に直接要請してくれた甲斐があり、許可が得られたのです。所長が決裁したということは、患部（幹部やなく、この字がふさわしい方々）には前向きに決裁する「心」が欠けていたからにほかならんと、私は思っております。

一方、このときご尽力いただいた方々への御恩は一生忘れ難く、足を向けて寝られるものではありません。その御恩に報いるためにも途中で挫折するわけにはいかん、と継続した成果は確実に現れました。なにせ、この指導を受ける前の私の字といえば、それはひどいしろもの。まさに「ミミズ」が這う如き字でした。そのため、以前は手紙一つ書くにもペンが重く、自分の意志を伝えることも億劫になっておりました。

こんなことを書くのは恥ずかしいのですが、拘禁生活にある読者も多いことと思い、多少とも向学心の励みになれば……と恥を省みず書きました。

私の座右に「道は近くとも行かなければ到達せず」「ことは小さくとも行わなければ成就しない」があります。「力必達」……力《つと》むれば必ず達する、との意味です。やりもせずに諦めるより、努力し、後悔のない人生にしたいものです。

しかし、習字の世界も奥が深い！　書けば書くほど味が出ますが、これで満足ということはありません。どのような事柄にせよ、知的な努力はある地点では困難を伴うものだと思います。ある域に達するまでの成果は殆ど「ゼロ」に近い、ということもあるのではないでしょうか。それでも、ある時点、ある段階に達した手応え、その時点を突破した実感を自覚できる日は必ずやってきます。逆にそこまで続けられず中断してしまえば、今までの努力は大半が無駄になってしまうのでは？「継続は力なり」とはよく言ったものです。

仏教用語で「拙修」という言葉があります。才能は乏しくとも、「たゆまぬ」努力によって上達する、との教えです。人間、本来の能力にはそれほどの差はないのだとか。だからこそ、手本を模範し、いつか分岐点を超えて自分自身のものとなるよう、努力を重ねることが大事なのです。

書家の榊莫山《さかきばくざん》先生にしても、若かりし頃の入選作を見れば、見事なほどの模倣ぶり。まるでコピーされたような字ですが、昨今の書体は、「このおっさん、下手な字やなァ!!」と子供に評される一風変わった字。しかし、完璧に模倣を終え、模倣を脱した人の字ならではの味があり、それゆえ人々に高く評価されているのでしょう。

「磨けど磨けど〝地〟が鉄なれば、時折赤い錆が出る」

これは浪曲の一節ですが、私の字も必要に迫られて速く書こうとすると、とたんに「地」が現れます。心にゆとりを持ち、ゆっくり臨めばそれなりに満足のいく字を書けることもあるのだが……これは人と接するときも同じだと感じます。心に余裕があってこそ、相手を忖度《そんたく》し、思い遣る対応ができるのでしょう。

相手を思い遣るといえば、教えの師たる者には、その資質が不可欠なはずです。相手を思い遣り、その適性を引きだし、伸ばしてやるのが教師の仕事ではないでしょうか。

以前、朝日新聞の「声」という読者投稿欄に、私の出身地・堺市の地方公務員からの投書が載っていました。

三十年近く前、私が小学生のとき、教室で課題図書が配られました。わずか三百数十円のものでしたが、その費用の徴収時、私は先生に「お金を持って来るのを忘れました」と応えました。その後、何度か聞かれ、その度に「また忘れました」と応えました。先生も教室の友達も、私が忘れたとは思っていません。私も決して忘れていなかったのです。貧しい生活の中でその費用について親に言うことができなかったのです。先日職場で昼食をとりながら、ラジオニュースを聞いていたとき、ランドセルに「集金」の張り紙をされた子供のことが報道されていました。そのとき職場にいるにも関わらず、涙が頬を流れました。昔の自分の経験と重なったのです。その子はどんなに辛い思いをしたことでしょう。悲しく悔しいこの記憶は一生涯消え去ることはありません。親にも責任はなかったとは言い切れませんが、教育者である全国の先生方は、いま一度このことについて考えてください。

投書には、こうありました。身体の傷なら癒えますが、心に受けた傷は消え去らぬことが多いもの。心ない教師の行為は、心に消え去らぬ「疵《きず》」を残すことになると思います。

私にも経験があるのです。元来勉強より野山を駆け回ったり、いたずらなど遊びのＩＱ（？）のほうが良かったワタクシではありますが、決定的に勉強に興味を失ったのは、先生から差別的な扱いを受けたことが大きく影響しているような気がします。子供時代にこのような体験をしたことで、いじけやひがみの気持ちが植えつけられ、屈折してしまったように思うのです。

私が教師不信に陥ったきっかけは、小学校六年のときの出来事でした。フォークダンスの練習のとき、校医の息子の頭をうしろから「小突いた」のを当時の教頭に見つかり、殺されるんでないか?!と思ったほどの暴行を受けたのです。確かに原因は、私が同級生の頭を小突いたことにありますが、こうした行為には必ず何らかの理由があります。このときは校医の息子が女子と手をつなぐことを恥じらい、ダンスがスムーズに進行しなかったため、「オイ、早うせんか!!」てな意味でコツンと突いたのがその理由。私からすれば愛嬌のようなもので、悪気なんてなかったのですが、それを問うことすらせず、正木教頭は、問答無用でいきなり暴力に及んだのです。

ちなみにワタクシには、軍隊がえりの超スパルタの父がおり、殴られることは日常茶飯事で慣れていた筈なのですが、その私が恐怖に戦くほどの制裁でした。

正木教頭は、わざわざ運動場から講堂の裏へと私を連行し、殴る、投げる、竹刀で叩く……。「殺される!! 助けてくれ!!」私は心の中で叫んでいましたが、恐ろしすぎて声には出ませんでした。

当時の私はまだ社会の仕組みも知らず、大人の思惑も分別できず、それからはただ正木教頭の視線に怯《おび》える毎日……まだいたいけな少年やったなあ、ワタクシも。

二度目の屈辱を受けたのは中学二年のときで、このときも、原因はやはり私たちにありました。秋の遠足の帰り道、友達と二人でガムを嚙みながらほかの生徒たちより遅れて帰校したのです。

しかし、翌朝叱られたのは私だけでした。朝礼のとき、担任の西田教師が私だけを全校生徒の前に呼び出し、叱責したうえ頭を小突いたのです。小学校六年で級友を小突いたツケが中学二年で回ってきたともいえますが、それにしてもなぜ私だけが?

実は、一緒にガムをかみながら帰校した友人の親が、当時のPTA会長だったのです。

「差別だ!」「えこひいきだ!」の思いが募り、私は自宅からシンナーを持ちだし、闇にまぎれて自分のクラスに火を点けました。幸いにも「ボヤ」で済みましたが、学校側はこの事件を警察の手に委ねたため、火点けの動機となった「差別的処遇」が浮上し、差別問題まで論議されたとのちに聞きました。

私だって平等に罰を受けてさえいれば、火を点けるまでの無茶はしなかったと思います。貧乏人の「ガキ」なら叱る、恵まれた地位のある家庭の「子息」なら配慮される……中学二年生の私はこのような処置方法を「差別」と感じ、納得がいかなかったのです。

　私の家は中学校の隣。家のブロック塀を超えれば中学校、という恵まれた（？）環境でしたが、中学二年の途中から、私はほとんど通学せず、大半をパチンコ屋で過ごしました。

　当時のパチンコは一つ一つの玉を指で弾く手動式でしたが、終了させると四千五百円前後の金額が得られたのです。パチプロの大人たちが私に出る台を聞きに来ていたほど毎日のように「終了」させていた私には、貴重な財源！　卒業式の当日は、教師がパチンコ屋まで私を迎えに来てくれました。

　私と似たような体験をもつ人は、全国に大勢いるはずです。心ない大人の思惑から屈折し、本音で人を受け入れてくれるヤクザ界に身を置いた人も多いのでは……？

　こう書くと、川口は教師に対して悪い印象、辛い記憶しかないのか……と思われそうですが、そんなことはありません。中学一年当時の担任、東郷先生には親しみを感じておりました。何十回とビンタを張られ、連日のように叱られ、バケツを持たされ、立たされたものですが、その行為はワタクシに対する思い遣りだと感じたからです。悪ガキでも、いや悪ガキこそ教師の本音と建前を敏感に感じ取れるものなのです。

　この先生の教え子には「ゴルゴ13」でお馴染みのマンガ家、さいとうたかおさんが居り、「授業中マンガばかり描いていた悪ガキやった」と先生から聞いたことがあります。しかし東郷先生は私にこうも言いました。

「F中で数々のゴンタを送別してきたが、お前が一番の悪《ワル》じゃ!!」

　三十年を経た今も、東郷先生のこの言葉は耳に残っています。ことほどさように青少年期の感情は繊細多感で、教師から受ける影響は深いもの。だから教師というのは責任ある仕事なのです。

いつの頃からか、教師は教育者ではなく、ただ勉強を生徒に詰め込むだけの人が多くなったと感じられます。教える立場にありながら、自分も教育してもらわねばならぬ人間性の教師も目立つような気がします。教えるばかりで「育てる」ことを知らぬ人が増えたからこそ、教職者のハレンチ事件が紙面を賑わすのではないでしょうか。

山本五十六連合艦隊司令長官によれば、人を動かす骨《こつ》は「やってみせ」「言って聞かせ」「させてみせ」「誉めてやらねば」とのこと。確かに尊敬する人から誉められるということは、ある種の麻薬的効果があるようです。

私は今、絵、音楽に興味を覚えつつありますが、これも身近で尊敬する人から感化されてのことです。子供の頃はあまり尊敬すべき指導者に恵まれなかった私ですが、獄道生活の中で学ぶべき事柄や指導者に巡り合えたのはありがたいことやと思っております。

嗤《わら》わば嗤え

過日、この連載で各地拘置所の処遇情報を募ったところ、獄道方より多くの便りが寄せられ、北海道方面を除く殆どの拘置所状況が判明いたしました（ありがとうございました。まだ返信できず欠礼しております）。

それによれば、スポーツ新聞を休庁交付してもらえないのは、当、大阪拘置所だけ！　他拘はすべて休日も交付される上、購入方法も当拘のように毎日の申込ではなく、一五日から一ヶ月単位で可能ということも判りました。

午睡時は大半の拘置所で布団を使用。当拘のように毛布一枚しか使用できない場合、冬季は健康によろしくないと思うのだが……。

ここ都島では、何千人分ものパック飲料のストローを一本一本取り外すのだから、これも日々の労力は相当なものだろうと、やけに「猿の小便」（木＝気にかかる）です。

私なんて、紙パックの端を噛み千切って穴を開け、そこから吸引しています。なんとも横着なものですが、いちいちコップに注ぐと零《こぼ》すやもしれず、その都度コップを洗うのも煩わしい。慣れとは恐ろしいもので、そんなに不便も感じませんが、日頃ストローを利用している人からすれば、異様に映るやもしれません（元々性格は「いがんで」おったワタクシですが、昨今では「口」までいがんできたやも……?)。

ともあれ、一部の事故例で全員の利益を奪うことは、どう思考しても問題が残る、と思うのは私だけでしょうか。

肌着に関しては、他拘も殆ど三点から五点所持ですが、現物と直接交換できるのが都島と違う点。都島は三点所持ですが、一旦出さねば領置品借出しができず、しかもその手続きが週二回ゆえに、週五日着用（クツ下、パッチ、ステテコ）しなければならず、実質七日間で三点しか利用できません。三点でも現物交換できれば週六点着用可能となるし、係員の手間も省けると思うのに、効率の悪いことこの上ないのです。

クリーニングにしても、大半の拘置所では受け付けております。十年以上も家族との交流なしに拘束されている人（決して少なくないのです）などは、夏冬の服保存をどうしているのか?と思うとき、黙過できないのが私の性格なんです。まったく「得」な性分や?!

ところで、知人を介し、京都の小野寺忠雄という銭甲斐性に「縁遠い」、その分根性者と親しく文を交わしておりましたが、このたび、五代目会津小鉄・昌山組へ復しました。小野寺ほどの男でも、直参復帰ならない会津小鉄という組織の層の厚さには驚くばかり。

仄聞《そくぶん》ですが、小野寺は若い頃、他人のケンカまで買って出る突破者だった由。刑務所懲罰の最高が六十日なのですが、これを「ダブル」で受け、実に百二十日、獄中の獄に座り続けた男。損得抜きで行動できる男。他人への思い遣り深い、優しい男。はっきり言うて人に背を見せることはないが、不器用な男。「治」にあって用なし、一朝、「乱」にあれば頼もしいタイプ。死ぬべき秋《とき》を心得た男。ゆえに今後の活躍を誰よりも希っております。

さて、先日『検証・プリズナーの世界』（赤石書店）という本を読みました。菊田幸一・明治大学法学部教授が、出所者や元刑務官に取材したものをまとめた本で、現在外部の差し入れ業者（弁当業者を除く）が入っているのは東京拘置所と大阪拘置所ぐらいだとか。受刑経験者なら誰もが知る小田勉管理部長が同志社大学英文科卒業だと書かれています。ちなみに小田管理部長とは全国の刑務所を締めに締めて厳格処遇にし、職員仲間からも恐れられた人物です。

私は刑務官という職業を決して卑しい職業だとは思いません。むしろ社会正義のためには絶対的に必要だし、規律維持のためには厳格処遇も当然だと思っています。私は今回、八年少々獄道生活しとりますが、人間性を尊敬できる刑務官にも遭いました。

ただし、中には受刑者を辱《はずかし》める刑務官がいるのも確かです。この本にも、「お前の母親から届いた手紙を見たが、字が下手だ」とか、「お前の母親の顔を見てやりたいよ。お前の母親もクルクルパーか？」などと挑発する刑務官のことが書かれています。こういう人間は、個人の資質が乏しいのです。

私は、小田管理部長という人を、彼岸の人であっても高く評価しますし、決して「間違った」ことで管理徹底したとも思いません。しかし、人としての心に欠ける一部の職員を徹底教育できなかったことは、間違いと言えば言えるかもしれません。

どのような問題にも「両面の審理」があるように、職務といえど人間性を疑わせるような言動はすべきではないはずです。

古代ギリシャ時代、プロタゴラスという法律学者が裁判に勝つための弁論術を教えていました。あるとき、弟子が授業料を払わないので裁判に訴えたところ、その弟子は「裁判に勝つ技術は教わらなかった」と反論。プロタゴラスはそれに対し、「もし私が裁判に勝ったら、お前は判決に従って金を払う義務がある。私が負けた場合、お前は裁判に勝つ技術を身に付けたのだから、その謝礼を払う義務がある」と言うと、弟子は「もし私が勝ったら、判決通り金を払う必要はない。もし負けたら裁判に勝つ技術を教わらなかったことになるのだから払う必要はない」と言ったそう。このようなことが「両面の真理」です。

日本にも「盗っ人にも三分の理」という言葉があるように、管理側にある者にも「理」があるなら、管理下にある者にも「理」がある。絶対的な立場にあろうとも、人間性に欠ける「言動」はすべきではない、と思うのです。

話を刑務官から「本」の内容に戻すと、ここには二十年以上前の刑務所ではチリ紙の支給は一日六枚、しかも藁半紙のような粗悪品と書かれていました。私の初犯は二十五年前。藁半紙のようなチリ紙支給は六枚ではなく、七枚でしたが、もしこの頃すでに花粉症に罹っていたら?!と思うと背筋が凍る思いです！（ン、大袈裟か？）

私の花粉症は三年前、ひよどり山荘神戸拘置所で発症したのですが、当初はそう酷いものではありませんでした。ある日、突然ツーッと鼻水が伝い垂れ、ン?? 風邪か？　それにしてはシンドイことあらへんなァ……というのが始まり。当時は一ヶ月もすれば治っていました。

しかし、今年都島の人となり、三月、四月、五月に入ってもまだ酷さが増し、鼻呼吸もままならず、酸欠の「魚」よろしく「口」パクパク。朝、目覚めた直後なんて、口の中はカラカラで、ワシ、このまま花粉症で死んでしまうんと違うやろうか?……と不安になるほど。まあなんとか生きとりますが、どえらいもんに取りつかれてもうた!!

話題は変わって、ワタクシ、山本五十六直筆の手紙を持っております。もちろん、私宛！といっても、連合艦隊司令長官ではありません。友人・山本集《あつむ》が五十六歳のとき書いてくれた手紙であります。

その山本集のことを実録調で書いた本『男前』（南風社）の著書、岡本嗣郎さんの最新著書『9四歩の謎』（集英社）

がここからの話題。将棋の坂田三吉を書いた本であります。

何だ、将棋の本か？などと言うなかれ。この本は、坂田三吉の名は知っていても将棋はまったく知らぬ私も一気に読み終えたほど。道を極めた者の職人的哲学をえぐりだし、史実を掘り下げて既成の坂田三吉像を改めさせる資料としても貴重な一冊です。

坂田三吉は和泉国大島郡舳松村（現在の堺市協和町）生まれ。文盲だった徒だったが、生涯に「三」「吉」「馬」の三字だけを書道家の中村眉山から習ったという。眉山の教え方がまたユニーク。横棒を七本書かせ、縦棒三本つないで「土」と「口」にして、「三吉」という字に仕上げたとか。「馬」は三吉の干支《えと》でもあり、成り角の「馬」が殊のほかお気に入りだったので覚えたという。

坂田は食堂に入るとボーイを連れてテーブルの間を歩きまわり、食事中の客に「もしあんさん、それ美味しおまっか？」と尋ね、必ず「二人前」注文した。このうち一人分は、要らぬ手間をかけたボーイへの気配りだったと書かれています。

また坂田は、老いの憐れみを受けるのが嫌で、年を取ってから爪を美しく見せるためにブラシでていねいに磨いて油を塗ったり、白髪を目立たぬようにしたり、肌着は着物からはみ出さないように切り取ったり、死ぬまで美意識にこだわり続けた。これはサイヅチ頭、短小という欠点を補うがためのことと、筆者は説いております。

将棋では格上の者が後手を持つのが常識らしい。坂田がタイトルにある「9四歩」と指したときも、天龍寺で「1四歩」と差したときも、「後手なら差す」とゴネて始まったそう。一般では振り駒で「後」「先」が決まったことになっているが、この本ではこのような裏話も明らかにされています。

次期名人候補と南禅寺で対戦するとき、坂田は現役から一五年遠ざかっており、相手との実力差は歴然だったそう。ゴルフで譬えるなら、アマ・シングルプレイヤーが尾崎将司に挑むほどの「差」だったらしい。

なお、何故「9四歩」と差したが、羽生善治氏など現役棋士にコメントを得ていますが、「無謀」との回答が多い。将棋は知らないが、意表をつき、敵に攻めさせてその隙を反撃し、あわよくば勝ちを得るという捨て身戦法だったのでは?と私は思うのですが。巻末には坂田の棋譜まで収録されており、将棋を指す人には堪《こた》えられない一冊でしょう。

昔は旅がらすの渡世人同様、将棋指しも「ワラジ」を脱ぐ際、必要な「仁義」があったとか。目的の家へ着いたら「手拭い」一本を紙に包んで差し出し、「私はどこそこの誰それという旅の将棋指しでございますが、ご当地は初めてのこと、何分よろしくお願い致します。これはほんの土産印まで」と口上を伝えるそうで、相手が「手拭い」を受け取ったら上がれの意思表示。受け取らないときでも、五銭とか十銭のワラジ銭を包んだそうで、昔の股旅渡世人と何ら変わりません。

ちなみに私が十五、六の頃、飛田本通りで些細なことから双方が日本刀を振りまわしたとき、「モメごと」を聞き付けた虎兄貴が駆けつけ、相手に「仁義」を切って収めてくれたことがあります。

私は後にも先にも「生」で仁義に接したのは、このときだけ。「お控えなすって」「お控えなさんせ」と言って何度かやり取りするうち、互いの貫目が自ずと判断できます。このとき、相手を貫目上と観た者から所属団体、氏名を名乗るといったもの。文章で書けばこれだけのことですが、この駆け引きには凄まじいまでの迫力と迫力がぶつかりあい、決裂すればその場で殺し合うという切迫した空気が含まれており、体験せねば理解できないことだと思います。

この本では、坂田のライバル「関東」の関根金次郎が、二十二歳頃、清水次郎長一家に「ワラジ」をぬぎ、盃を受けたこと、イカサマ将棋の片棒を担いだ方法なども出てきます。関根は武者修行中、仁義の手拭いにもこと欠き、褌を川で洗い、それを切って「手拭い」にしたなど、ライバルのエピソードも満載。

　肉好きの坂田三吉は、結局家族の留守中、腐った鯨肉を食ってしまい、二週間寝込んだ末、不帰の客となったそうですが、最後まで己の好きなことを通し、死んでいったといえるのではないでしょうか。「9四歩の謎」が多くの人に読まれ、大阪府豊中市の服部霊園・東北隅二区五番地にある坂田三吉の墓前を訪れる人が増えるのでは？と楽しみにしているのであります。

　最後に一つ、獄道の皆さんへ。砂漠でスイカを冷やす方法を御存知でしょうか？　割って日向に放置すればいいのです。これは気化熱冷却という方法。

　施設では、夏季ともなると節水を厳命指導され、飲料を冷やすなんてことをすれば処罰にもなりかねません。こんなとき、気化熱冷却法をお試しください。パック飲料をチリ紙で一巻きし、五ミリほど水を張ったところに置いて数時間水を吸い上げさせるだけ。冷蔵庫のようには冷えませんが、けっこうイケますので、どうぞお試しを。

厄坐の快腸より

敢えて、要らぬ知恵づけを

各施設情報を寄せてくださった皆さんに、御礼代わりに坂本敏夫さんの著書『元刑務官が語る刑務所』（三一書房）を郵送させていただきました（一部の人にしか贈れませんでしたが）。

皆さん勾留中の身ゆえか、その本について深みと実感の伴う感想が、私のところに寄せられています。今月はまず、そのうちのひとつを抜粋することにします。

（略）元刑務官の内部告発にページを捲《めく》るごとに感動し、又、私の実体験がオーバーラップしたような感じで、時間の過ぎるのを忘れて拝読させていただきました。良い本を頂きましたこと大変に喜んでおります。所長や幹部や統括する者の傲慢さに独りで怒り、下っぱの看守も我々が受けたと同じ屈辱と痛みを幹部連中に押しつけられていたのか!! としみじみ知らされました。

私は長野刑務所に昭和五十四（１９７９）年から五十六（１９８１）年九月までおりました。亡くなった宮澤貢担当さんは覚えておりませんが、十工場のうち一、二、九工場以外はひと巡り致しました。

筆者は昭和六十二（１９８７）年から平成二（１９９０）年まで庶務課長とのこと。私はまだ三十歳少し行った若い時分でしたので、元気が取り柄とばかりに反抗したものですが、今思うに恥ずかしいばかりです。

（略）

私が仙台の方に昭和五十八（１９８３）年から平成七（１９９５）年まで務めていたときに、昭和六十一（１９８６）年か六十二（１９８７）年だったか、急に行状が厳しくなり、看守の締め付けに目を回す思いでした。そんな折りに、締め付けに耐えられず、首をくくって死んだ者がいます。この懲役は、無期刑の者ですが、仙台では一年や二年の刑の者も無期囚の者も一緒の部屋で暮らし、同じ様に締め付けをくっていましたから、これでは世を儚んで死にたくもなるというものです。

首をくくった無期囚は看守から注意されたのを「以前はこのようなことで注意はされなかった」などと文句を言ったそうで、保護房に入れられ、相当に「シメ」られた様子です。保安課の看守は、ものすごく悪いのばかりでしたから。保護房から出された無期囚は、出された夜に、窓の格子にシーツで作った紐で首をくくった様子です。

この話は、私の知人が隣の房で懲罰になっており、聞いたものですが、首をくくったのは、私たちが「ロバ」と渾名《あだな》していた無期囚で、成績も良く、たしか二級の上（一級と二級の中間に仮一級というので二級の上がある）だったのが、締め付けが厳しくなり三級に落とされ、このように激しくては仮釈はもらえぬと、世を儚んで首をくくったもののようです。保護房には、私も若気のいたりで、五度ばかり入れられましたが、仙台の保安課の担当らに、「ハンパ」でない「ヤキ」を入れられた経験があります。

『刑務所』の本の中にもありましたが、あの小田勉の「小田行刑」の煽りを私自身まともに受けたのですが、小田の若衆で松橋という、メチャクチャ悪いのが転勤して来ると、仙台は地獄になってしまったものです。

また、私は前刑、十七年ぶりに府中に務めることになりましたが、府中は舎房も工場も全部新築になっていました。昭和五十（1975）年から五十三（1978）年までの三年間を務めた折りには、それ程にメチャメチャな行状で締めることはありませんでしたが、平成七（1995）年十月に府中に入所し、これはもう、言葉に言い尽くすことのできぬ程、行状は厳しく、人権などは全て無視、看守が神様でした。

私は少々太っているのですが、衣類が少々小さい、と申し出たところ、衣類に合わせて着れ、と言い、交換はしてもらえず我慢。私は少々耳が悪くて、自然に声が高くなるのですが、舎房内での交談で、声が高いと注意され、「小票」（注1）を起こされ「優良房」（注2）は無し。歯を磨く折りに、窓の方を向かずに横を向いていた、というので小票を起こされ、優良房は無し。同囚と話をしていたのだが、横にいて話を聞いていた者が、面白いと笑ったところ、「サワガシイ」と注意され、小票を起こされ優良房は無し。作業始めになり、横向きになり取りかかったところ、余所見《よそみ》で取り調べ。班長に材料を頼んだが、愛想笑いをしたと、取り調べ。作業を一生懸命にやると、材料がなくなる。材料を頼んだところ、「早くやり過ぎだ」と担当に言われ、その場で目をつむり、材料のできるまで黙想して待たねばならぬ、などなどと、言葉に言い尽くせぬ程に、厳しく締め付けが行われて正気の沙汰ではありません。

『刑務所』を書いた、元刑務官の坂本敏夫さんのこの勇気に、そして内部告発に胸を打たれ、この告発を日本中の人に、又、世界中の人に知らせたい気持ちでいっぱいです。又、刑務作業の「キャピック」（注3）が、年商百五十億とは驚きで、高級刑務官の「天下り先」になっているとのこと。こんなことで良いのか、と、この話に改めて驚かずにはいられません。「刑務所よ、お前もか」と、声高に言いたくなる思いに駆られております。

以上のような感想が多数寄せられております。私自身は、坂本敏夫さんの本では「第四部　第二章　認められなかった過労死」を興味深く読みました。

前掲の感想にもあったように、長野刑務所で宮澤貢という工場担当さんが、階級にものを言わせた上司の執拗な苛《いじ》めにあい、勤勉従属したがゆえに過労死したという話です。

現場を知る担当さんには、宮澤さんのような人間的な方がおられるのです。人それぞれの人格を尊重してやれば何ごとも理解し合える、という信念を持って受刑者の心をとらえ、処遇に当たっている人です。

「刑務所の中ですから、自己が認められると他人をも認めようとする。ケンカも苛めも少なくなるのである」と坂本さんも書いておられますが、まったくその通り。力で抑え、従わせることはできても、相手を本当に思い遣る気持ちがなければ、心を開かせ自主的に改心させることはできないと思うのです。

工場の担当さんは、別称「おやじ」と言います。不自由極まりない規則に従うのは厳しくとも、ときには父となり母となってくれることを感じ取るから従うのです。立場こそ違えど、暗黙のうちに一体感のようなものを感じさせるからこそ、百人近くが従うのです。

人の性格は十人十色、百人百色。各自の性格を認め、個人の尊厳を尊重し合って接し、受刑中に教育してやることが、真の矯正だと私は思います。

刑務官といえども、退職後に「あいつ」と言われるか、「あの人」と言われるかで人間が知れるでしょう。この称し方は決して階級の、上下で決まるものではありません。ちなみに私が「あの人」と呼べる幹部殿は皆無でした。宮澤さんの章を読み進み、熱いものが込み上げ、なんという陰湿な上司なんじゃぇ!!　必殺仕置人に変身して一発懲らしめたろうか?!なんて我が事のように義憤、怒りを覚えたものです。

そういえばひよどり山荘生活中、巡察官総勢十名以上が、私たちがいた舎房を巡ったことがありました。幹部たちは粗相なきよう必死だったのか、緊張からか、「ウロ」きて（まごついて）おったようです。一人の巡察官が予定にない行動にでたのか（?）、急に「外人房を見たい」と発言。このとき当舎正担当さんは、総勢の後方にいたため、山荘幹部は事もあろうに「オイ!! 担当、何しとんじゃ、早う鍵開けョ、はよはよ!」と、私の房前で言ったのです。ふだんいい上司を装っていても、こんなときに本性が表れます。私たちは自分の舎房担当を、「おやじ」と慕っておりますから、このとき自分が呼び捨てされ、辱めを受けたような錯覚をし、無性に腹が立ったものです。日ごと顔を合わせ、面倒を見てもらう正担当には、このように慕う感情や一体感が芽生えるのです。

話を長野刑務所に戻します。宮澤さんの過労死後、後任のGさんが承認済みの年次休暇を取り消され、宮澤さんの二の舞いになる危険を感じて人事院に連絡。人事院から法務省官房人事課、矯正局と話は伝わり、長野刑務所は矯正局から説明を求められたそう。

「どうしてよそのおやじに言うんだい。それで解決できるのかね? （略）家の中のことは家の中でなんとか解決していくんだよ……」

Gさんは、その後、処遇部長にこう圧力をかけられた、と書かれています。

「人事院に言えばすぐ官房に（話が）いくんだよ」とも言われたそうですが、著者の坂本さんは、この言葉を「本音が出たよう」ととらえ、「上級庁に悪評が伝わるのを一番いやがるのである」と、元幹部の立場から見た泣き所を告発しています。

しかし、もしこれが幹部の過労死だったら、対応はまったく違っている筈。過去の例でも、一般の病気死亡ですら遺族の面倒をできる限り見たり、遺族を刑務官や事務員として採用している例が多いのです。施設長クラスの長期療養では、休職者給与を長くもらえるようにしたり、管区付きなどというポストをつくってまで面倒を見る世界なのです。一方、副看守長以下は単なる消耗品。幹部にしてみれば、「懲戒権と任命権をチラつかせて脅せば何もできない」存在で、受刑者より扱いやすく思えるのやもしれません。

坂本さんは、副看守長以下の身を削られるような重圧を、なんとか世間に知らしめたく、この本に訴えたと思うのです。

「いい刑務官がいい刑務官で居続けられる監獄でなければ、そこに収容された人たちの人権も守られないだろう。ましてや受刑者の更生の援助などできる筈がない」という坂本さんの訴えには重いものがあります。

まだまだ坂本さんの本には興味をそそられる話がたくさん書かれています。

例えば、明治四十一（1908）年に制定された監獄法によると、死刑囚の外部交通は未決拘禁者に準じたもので、「相手方の制限はなかった」のです。ところが昭和三十八（1963）年、突如「制限しろ」との通達が出された！

これには深い「ワケ」がありました。当時大阪拘置所に拘留中だった孫斗八死刑囚が、拘置所の処遇について裁判所に訴え、面会や手紙のやり取りで著名な支援者やマスコミまで味方につけて、原告席で、はつらつと監獄内部の実態を語ったのです。大阪拘置所も法務省も、彼一人に振り回され、想像を絶する労力を費やしました。

困りはてた法務省は、一方的に法律の規定をひっくり返してしまったわけです。つまり「囚人のくせにけしからん。外部との連絡を断てばこのようなことは起こらないだろう」というのが通達の目的であり、本当の意味。

絶大な権力者が支配する閉鎖社会では、権力に逆らって騒ぐほど、それが如何に正論であろうと自分の首を締める結果になってしまう。孫斗八死刑囚の闘争は、そんな典型例だった……と坂本さんは、現在の死刑囚が外部交通を遮断された理由も暴露しています。

また、刑務官の世界は辞めても一生階級がつきまとう、とも書いております。キャリアの結束は固く、良いことも悪いことも語り継がれていくそう。退職後もかつての部下が所長をしている施設を訪ね歩き、いい思いをしようとする恥ずかしいOBもいるとか。管区長や大きな施設の所長を体験した者ほど、その傾向は強いというから呆れます。

「面倒を見てやったあいつがワシのことを粗末にはせんじゃろう……」

そんな気持ちがあるのだろう、と坂本さんは記しています。反対に、本当に苦労した人、人の良い刑務官ほどひっそりと暮らしている、ともあります。

また、福岡拘置所で死刑被告人の逃走（未遂に終わったが）を看守が手助けしたという前代未聞の事件が起きましたが、看守がこの行為に及んだ原因は上司への反発、恨み!!だったそう。しかし、私はこれは福岡拘置所だけの問題ではなく、全国の施設に潜在している問題ではないかと思っています。

看守長以下と、看守長以上との間には根深い病巣があるのでしょう。それを根付かせたのは、手柄は自分のもの、不始末の責任は副看守長以下に押しつける幹部連中の人間性にあると思うのです。確かに看守長以上の人間は収容者と直接接する機会が殆どないため、事故は起こさないでしょう。事故を起こすのは、副看守長以下の現場職員なのです。しかし、事故や問題を起こさないように、職員が職員を監視するシテスムをつくりあげたことで、病巣は更に広がったと私は考えています。

本当に監視すべきは幹部たちの人間性であり、鮃指向《ひらめ》（上ばかりを気にする出世指向）や目先の点数稼ぎ主義である！と私は獄道生活で思うようになったのですが、如何がなものでしょう？

ともあれ『元刑務官が語る刑務所』という本は、施設に関係する者だけではなく、組織社会に生きるすべての人にとって興味深い一冊。塀の中の人間関係をこれほど見事に描いた本もまれで、一気に読めます。

なお、CPR（監獄人権センター）のパンフも、各地刑務所の事情が書かれていて興味が尽きません。CPRというのは、収容者や現場職員のためにも活動している組織だということを、ぜひ『実話時代』の読者の方々にも知ってもらいたいと願っています。

四半世紀前まで、イギリスの監獄も日本以上に劣悪な処遇だったそうですが、ある事件を機に市民団体が監視し始めたことから、現在のように施設からの電話が可能になるなど、様々な改善がなされたということです。

CPRも実力を備え、日本の監獄処遇改善に尽力してほしいものです。そのためには資金も必要。ニュースレター（年4〜5回）は年間五千円ですので、申し込んでほしく思います。余裕のある人はカンパもお願いします。

連絡先は以下の通り。

CPR（監獄人権センター）
〒160—0022　東京都新宿区新宿1—36—5
ラフィネ新宿902　アミカス法律事務所気付
電話　03—5379—5055
郵便振替口座　00100—5—77169
名義＝監獄人権センター

座して不服を胸に黙すことはストレスをためる因です。パンフ購入やカンパ活動が、明日への改善につながるのです。

CPRのほか、
救援連絡センター
〒105—0004　東京都港区新橋　2—8—16
石田ビル5F
電話　03—3591—1301

機関紙「救援」(購読料は開封四千五百円、密封五千円、協力会費は月一口千円　「救援」を無料で送付) 郵便振替口座　00100—3—105440

があります。ほかにも統一獄中者組合、死刑囚の「麦の会」、死刑廃止の会があることも知ってほしいです。官側からすれば、要らぬ知恵はつけてほしくないでしょうが、いい勉強になることもありますョ。

都島借宿町より

(注1) 刑務所内での違反キップ。
(注2) 刑務官が決める(与える)房のランクづけ。
(注3) 服役者が作った刑務所製品。または専門に販売している会社。

房中閑あり

七月某日。都島は蝉時雨《せみしぐれ》です。

ひよどり山荘で八回、都島で初めての夏を迎え、施設内での夏は計九回目となります。過去八回、都島のように輾転反側《てんてんはんそく》したことは一度たりともありませんでした。

さすがに寝苦しい日々です。首から鎖骨下のVゾーン辺りは、汗疹《あせも》で肌が死んだようにカサカサになってしまい、熱を持つためか痒さが倍加され、輾転反側に輪をかけ発狂寸前（てなことはないが……）、避暑地の山荘が偲ばれてなりません。

それでも私のいる四階はいちばん涼しいやもしれません。最上階の五階にいる者なんて、日中の余熱が伝わり、寝苦しいことこのうえないはず。

まあしかし、都島暮らしも悪いことばかりではありません。山荘では、二階にいたこともあり、限られた空間しか観られませんでしたが、都島は窓を左右に開閉でき、晴れた夜には月も星も楽しめます。おまけに「寝苦しい」ことが幸いし、満月も月暈《げつうん》も豆電球か?!と思うほど美しく、輝く星も連夜楽しむことができるのです。寝苦しいことを差し引いてもあまりある感動！　心洗われる美しさ！

都島にはもう一ついい点があります。夕方に限るのですが、吹き抜ける風に潮の香りが匂うのです。この香りは妙に気持ちを静めてくれる効果があるように思えます。昨今流行《はや》りのアロマ・テラピー効果があるのやもしれません。

海に近いとも思えない都島で、何故潮の香り？と、初めは不思議でなりませんでしたが、芝原（兄）が「淀川の河口に位置する当所だから、干満時、潮が逆流して潮の香りが漂う」と教えてくれました。

都島では、七月一日より木枠網戸が貸与されておるのですが、じゃまくさがり（横着）な私は、使用していません。それに、四階ということもあって、殆ど虫の侵入もないのです。

私の〝備忘獄記〟には、「六月三十日転房」「七月二日雨、両隣房人〝寝言〟多し」とあります。それからひと月近く経ちますが、左右隣人の寝言はまだ毎日聞こえております。二人とも六十近い人なんですが、よほど楽しい夢見とるんやろか……ワシにしたら迷惑な話や!! 暑さだけでも安眠できんのに。

某日、あんまり「ムカ」つくので壁を思いっきり足で、二、三回蹴ったろうか？ 思うたけど、まあええわ……と聞くともなしに聞いとって、アアッ、これやったんか！ と納得したのです。

「かんにんや!! かんにんや、おかあちゃん!!」

なんともはっきりした口調で、おかあちゃんに謝ってるやないか！ この人、よほど尻に敷かれているに違いありません。

その日から、寝言で何をしゃべっているか〝備忘獄記〟に書いたろうと思うて、手ぐすね引いて待っとります。しかし、連夜寝言こそ言いよるんやけど、言葉はなかなか聞き取れん。〝備忘獄記〟だけやなしに、この原稿にも書けんのが残念や！

某日、起床してすぐ、日課としている目覚めのお茶を飲もうかと思い、布団に座りかけてなんとはなしに布団カバーを見たら、「血点」!! スワア～!! 月の障りか？

とは思いません、私は男ですから。ははァ〜ん、そういえば昨日、耳元で羽音を立てているヤツがいよったな。と身体中を調べてみると、右足カカトうしろに真っ赤な点。ここから「血ィ」吸いやがったんか？　ワシの血ィ吸って下痢せなんだか？と、ワシのほうが心配したるがな。社会の隙間に針刺して血ィ吸うて生きてきたワシが、蚊に血ィ吸われて「シノ」がれるとは……。

久しぶりの来客ならぬ「来虫」やから、二、三匹ぐらいやったら血ィ吸わしてやっても可愛い、と思えるけど、これで何十匹も吸いにきやがったら、ワシも黙ってへんで!!　反対に血ィ吸うてもうたる?!

東拘の知人からの便りには、蚊が多く、その処置も後手後手で辟易《へきえき》、とありました。アースの噴霧器も金網も七月から貸与してもらえるそうやが、アースなんてアレルギーの因。人間の身体にもええことあらへんで。

昔の蚊取り線香の成分は除虫菊だったんだが、昨今はアレルギーを誘起する農薬が主成分（ピレスロイド系アレスリン）。それを木粉、デンプンで固め、緑色染料で着色したシロモノだから、著しく健康には悪いのです。

費用もかからず、蚊が寄りつかん方法を教えましょう。「蚊連草」という植物を、鉢植えで部屋に置けばいいのです。この植物の放出するシトロネラールという匂いを蚊が嫌い、寄ってこなくなるのです。蚊といえば、犬の「フィラリア」という寄生虫を媒介することから、愛犬家にも嫌われていますが、これも、犬小屋の脇に「蚊連草」を植えたら寄りつきません。

犬で思い出しました。かれこれ二十年ほど前、奈良の若者が土佐犬の子犬をプレゼントしてくれたことがあります。「テツ」と名付けて可愛がってたんやけど、子供の頃はコロコロに太って、ワシの顔を見ると転がるように走ってきたもんや。勢いがつきすぎて、砂利道で止まることができんと、ズズズーッと滑る姿を見て、笑うたり、愛《いと》しいと思うたものです。

しかしテツのやつ、人間でいうたら小六か中学生になったぐらいの頃から、何故か郵便配達員の「赤い」単車を見ると異常に興奮して、単車めがけて突進するようになってしもうた！　当時のワシの会社の事務員が「赤い」単車で出勤してきたときも、テツは赤いポコチンむきだして腰振りよったらしい。事務員は二十歳の女の子やから、びっくりして「会長ォ〜ッ!!」言うて、泣きながら会社に飛び込んで来よりました。理由を聞いてみれば、テツに襲われかけとった！

厳しく躾《しつけ》しているつもりやったワシとしたら、示しがつかん。早速テツのホッペタをつかんで振り回したのですが、テツのやつ、可愛がりすぎたワシをなめやがってか、遊んでもろうとると勘違いして、怖がるどころか大喜びしとる。そこで、犬の泣きどころといわれている「鼻」をおもいっきり咬んだった！　これにはテツも白目をむいて仰天しよったねえ〜。犬の専売特許とばかり思って、まさか人間が犬を咬むとは思わなんだんやろな。

それからは、「なんぞ悪さしたら咬み殺すぞ！」言うて「カマシ」を入れたんやが……やっぱりテツ、赤いものを見るたびに興奮するクセは直らんかった。

こんなテツにも、成犬になる前にケンカの初舞台を踏ませました。ケンカ犬は初戦で自信をつけさせるために、必ず勝てる犬と初手合わせします。テツも順調に調整し、ケンカの初土俵に出したんやが、結果は……負け!!　何でや？　ワシにもテツが負けた理由がよく分からん。

「親分、アキマヘン。変態負けですワ!!」

こう言われて「何や、それ???」と聞いてみたら……。

普通、土佐犬のケンカゆうたら、互いに咬み合い、独特な負け声を出すもんなんやが、テツのやつは、相手の尻の下へもぐり込んで、金玉に咬みつきよったそうや。ワシ、恥ずかしいて、茹《ゆ》でダコのように、顔赤うなったもんや。テツ、ワシに似たのか？　似なんだのか?!　生来の性格やったのか、粗忽《そこつ》な犬やったなあ。しかしテツのやつ、ワシに咬まれたとき、「俺の主人はマイク・タイソンか?」と思ったかも?

山荘と都島の話へ戻しましょう。山荘に比べれば、こ都島は本当に虫が少ない。山荘の窓は、一年中金網はめ込み型で、廊下側の窓も片側しか開閉できん。つまり、虫一匹侵入させせん造りやったのに、山地だけあってぎょうさん虫が来たもんでした。カミキリ虫、小クワガタ、蟻、蛾（十センチはあろうかと思われる大きなやつもたくさんいた!）、ハエ、ミツバチ、コオロギ、カマキリ、糸トンボ、赤トンボ、銀ヤンマ、ブンブン、カメ虫、テントウ虫、蚊、みんな可愛いやつやった。

クモなんて房内の各コーナーに商売道具張り巡らしてたものです。最初は、虫一匹出入りでけん山荘で商売になるんか?と心配したもんやけど、秋には丸まる太って越冬しとったし、商売道具には食べ残したハエやカメ虫が春までぶらさがっとった。わしの後に入房した安達君、魚屋のオッサンが驚いた!!　やないが「ギョッ（魚）」っとしたやろなァ。

春になれば、房の中には無数の「ホコリ」みたいな小グモがウロウロ。踏みつぶしたらあかん、とワシは細心の注意を払い、神経衰弱になるほどやった?!　この小グモ、認書中の手にまとわり付いたり、夜中こそばゆいので目え覚ましたら顔や手の周りを歩き回っとった。安眠妨害されても可愛かったなァ。

蝉時雨のこの季節になると、思い出すのは「コクワガタ」。こいつも「鉄」と名付け、山荘で同棲しとったのです。普通のクワガタは四年間生きる（注1）のですが、鉄は二年やった。昼間は殆ど出没せんのやが、満月の夜は異常とも思えるほど興奮して、角を突き上げて暴れ回りよった。狼のような習性があったのやもしれん。お陰でワシ、何度も起こされたもんです。鉄が顔辺りに来たら、痒いどころか痛い!!　夜間はどこからともなく、チリ紙に沁み込ませたハチミツを吸いに来て、越冬して次の夏までおったんやから、ワシの一番身近な友達やったなァ。

鉄にはナシ、スイカ、メロン、柿など、ワシの食いものをよう食われたもんですが、同じ釜のメシならぬ果物を食うて暮らしただけに、愛着も一入やった。この果物の甘い香りを嗅いで、ミツバチもよう金網まで来よったもんや。

鉄の死んだ後には、ハエぐらいの大きさの薄茶色のコオロギが、毎晩出張してソロ演奏を奏でてくれよった。ワシ、最初は窓の外で鳴いてると思ってたんやが、甲高い鳴き声がリ～ンリ～ンリン!!とあまりにも近い。あるとき、ふと頭のうしろを見たら、羽根を磨り合わせるようにして音を出してるコオロギを見つけた。これが毎晩聴けるんだから、考えようによっては、これほど贅沢なことはあらへん。コオロギがよく食いよる果物やハチミツで歓待したがな。いうたら出張ソロライブのギャラですわ。

ハチミツは糖度が八十度以上やから腐らん。濃度が高いから品質も何十年と変わらん。花粉や蜜を運んだ時点では濃度は高くないんやが、巣箱の中で羽根打ち振って水分飛ばして濃度を高めるんや。巣箱の中の異様な音はその音や。これをせなんだら、温度が高いから糖分がアルコール発酵してまう。ハチミツに「水」混ぜたら濃度が下がり発酵するんやで。ワシ、毎日二日酔いや?! 鉄やコオロギも酔い心地よかったんか? それにしてもワシ、鉄やコオロギになりたい、と何べんも思うたものです。

山荘のアリは、啓蟄《けいちつ》過ぎから出没し始めるのですが、この頃はまだ動きも鈍く、面会の往き復《かえ》りには踏みつぶさんよう、これも細心の注意を払うたもんです。押しつぶされた黒点を見ると、心を痛めたもんや。

山荘のアリは一センチぐらいのものと三ミリぐらいのと二種類いたが、小さいほうが強かった。運動場に落ちている爪（運動場でしか爪切りできん）や、髪の毛をせっせと運ぶんやが、大きいアリが横取りに行っても、小さいアリ四、五匹に慌てて逃げ出しよる。泣きどころを咬まれるんか、コロンと転ばされることもあった。

あんだけウヨウヨおったアリも、八年間に房内へ侵入してきたのはたったの一度だけやったなァ〜。あれは平成七（１９９５）年やったか？　二階ではめったに見かけんかったアリが、数日前から数匹ベランダ側でウロウロしとった。あのとき、ワシの房にあったハチミツと酢でできたラッキョウ汁を偵察に来ていたんやろう。

襲撃は山荘では珍しく、暑くて寝苦しい夜やった。身体を虫に這い回られるようなこそばゆい感じを覚え、目を覚ましたら手やパジャマにアリ、アリ、アリ……。

この時点ではまだ寝ぼけとるから払い落として寝ようと思うたが、次から次へと這い回りよる。で、起き上がったら、なんと白いシーツに無数のアリ！　ウヨウヨウヨウヨ、いるわ、いるわ!!

ワシ、もうパニクってもうて、「おんどれなめやがって……」と、声には出さなんだが半狂乱。ハタキつぶし、叩きつぶしたけど追いつかん。完全に目を覚ますと、食品棚の近くで黒かたまりになっているアリを発見。なんとラッキョウのタッパーの中にまで入っとった。このタッパーを水道で流し、トリ肌立てながら群がる元を断ったら、窓枠の隙間から退却しだしよった。

この時点で五百はつぶしたけど、まだ二千はおったやろうなァ。結局、千はつぶしたやろうな。このときだけや、畳の中にまで針を刺せるダニアースを借りたんは。それも夜中に報知機を押して、申し出たんやった。

「どうしたんや？」と夜勤の部長が覗いてくれたので、「アリに殴り込まれたんでんがな!!」言うたら笑ってはった。

ふいに何千匹もの黒軍団に襲われて、ワシもさすがに大パニックになって、大殺生してもうた。なんぼ夜間襲われたいうても、殺生せんでもほかに方法あったやろ。と、のちのちまで気ィ沈んだもんでした。

またこのときほど、人間ちゅうのは身勝手なもんやとつくづく省みたわ。血ィ吸う蚊でもアリでも、一、二匹ぐらいなら、よしよしってな調子で可愛がるのに、己の都合に合わせて殺生してしまう。そういえば昔、松茸《まつたけ》が軽四輪に一杯採れた当時は、先を競って高い金払うて食うもんもおらなんだそうやけど、希少になりだしてからは一本ン万円だしても欲しがるもんなァ。人間いうのはつくづく勝手なもんや……。

今回は「むしむし」する蝉時雨から始め、蚊に刺された痕《あと》を見て虫のことを思い出し、思い付くまま原稿の字面を合わせて書き進めてしまいました。そんな虫のええ話、ワシは読まんぞ!! なんてムシ（無視）することなく目を通していただき、ありがとうございました。

（注1）クワガタの平均寿命

オオクワガタ、コクワガタ＝二〜三年（孵化から三〜四年）

ヒラタクワガタ、スジクワガタ＝一〜二年（孵化から二〜三年）。

ノコギリクワガタ、ミヤマクワガタ、マルバネクワガタ＝三〜四ヶ月（孵化から二〜三年）。

ルリクワガタ、オニクワガタ＝半月〜一ヶ月（孵化から一〜二年）。

都島フレンドシップ

烏兎忽々《うとそうそう》。「住めば都」ならぬ「都島」での暮らしも早や半年を過ぎました。光陰矢の如し、ともいいますが、烏兎忽々も同じ意味。

中国から伝来した言葉ですが、東洋では烏は太陽、兎は月を意味し、その日と月が早く過ぎる（忽々）ことをこう言い表すようになったそうです。

この都島、都会のコンクリートジャングルの中と思いきや、さに非ず。カラスはたくさんいるし、ウサギこそおりませんが、ウサギに見立てた月ならば、いながら、どころか寝ながらにして見られる日もあります。

ある夜、ゴソガサ!!という音で目覚め、音のするほうへ目を向けたら、ネズミが窓辺に立つようにしてワタクシのパンを食うておるではありませんか！　しかもこやつ、「イタチ」ぐらいの大きさ。あまりのデカさに肌が泡立ったほどでした。

そのとき、夜中なのに空が明るすぎるのに気づき、雨の降る前兆か？　と空を仰ぎ見たところ、煌々《こうこう》と輝く満月！　あまりの見事さに起き出し、便器に座りこんで、しばし見とれて感動に浸ったものです。

感動といえば、ネズミにも感動させられたことがあります。都島の裏窓通路には長方形の空洞ブロックが積んであるのですが、これが老朽化。崩落の恐れありとのことで、防御ネットがワイヤで固定されています。ある日このワイヤを伝ってネズミが伝い降りて来るではありませんか。四本の足と尻尾をワイヤに絡め、それは見事にスルスル降りてきよったものです。

考えてみれば、ワタクシの安眠を妨害したイタチ大のネズミだって、美しい満月を見せてくれるために現れた、と思えば感謝や感動の気持ちも起きます。モノは考えようや！

「烏兎」のウサギからカラスに話題を移すと、こやつらは早朝よりグワァ〜グワァ〜煩く鳴きよります。この騒がしさにプッツン‼して、「コラアッ‼　静かにせんかい‼」とワメく収容者もおりますが、その怒鳴り声のほうが、ワシの神経には触るヮ。

確かにカラスの鳴き声は煩いですが、何のためにカラスが鳴くのか、どんな習性なのか興味を持ち、知ってみれば、ある程度はグワァ〜グワァ〜の声も我慢できるものです。

一般に市街地で繁殖するカラスはハシブトガラスと、ハシボソガラスに大別されます。

前者はクチバシが太く、澄んだ声でカァ〜カァ〜鳴き、後者は口ばしが細く、グワァ〜グワァ〜鳴くので、この声でも区別できるのです。都島にいるのはグワァ〜グワァ〜のハシボソですが、早朝や夕方に騒ぐのは探餌《たんじ》行為。四、五羽ごとにチームを組み、キジバト、ドバト、雀、ヒヨドリ、ムクドリなどの卵やヒナの食べ頃を見極めたり、親鳥の反応を探っているのです。

カラスは鳴き声も煩い上、不吉な鳥ともいわれ、人間からは嫌われ者ですが、実はかなりのキレ者。鳥界を制し、その頂点に立っているともいえるほどです。カラスの天敵はオオタカですが、知恵を使ってそのヒナまでも盗んでしまいます。その行動がまた、大胆にして細心。何羽かでオオタカの巣や親鳥に近づいて注意を引き、気を取られた親鳥が巣を離れたら別のカラスが卵やヒナを失敬するのです。まさに頭脳的チームプレー。私はここ都島でも、ドバトやキジバト、雀の卵やヒナが同様の被害に遭ったことを確認しております。

都島でも、と書いたように、ひよどり山荘（神戸拘置所）でも何度も確認しとります。もっとも、ひよどり山荘付近にいたのは、カァ～カァ～と澄んだ声で鳴くハシブトガラスでした。山荘は六甲山系中腹に位置するだけに、トンビも多く、運動中に二、三十メートル上空を飛翔している姿を目撃しました。まさに目の色まで分かるほどの距離で、何羽ものトンビと目を合わせたものです。

春から夏にかけ、トンビが紐状のものをぶら下げて飛んでいたこともありました。ヘビを狩ったのです。あるとき山荘の屋上に降下したかと思うと、ヒモをぶら下げてまた飛び上がりましたから、山荘の屋上にヘビがいたのでしょう。こんなトンビには、さすがのカラスも一対一では敵《かな》いませんが、カラスがチームを組んでトンビを追い回すところも見たことがあります。

都島ではトンビやウグイス、ホトトギスは声も姿も見えませんが、ドバト、キジバト、雀、ヒヨドリ、ムクドリ、セキレイ、モズ、メジロ、ツグミなどを確認しております。私の房の眼下にはポプラなどが植えられており、四月から五月には枝も見えないほど葉が急に繁ります。この時期にはキジバトが営巣を開始。わが窓からも、枯れ枝などをくわえて木にダイブする姿がよく見られます。

昨今ではキジバトが街路樹に営巣することも珍しくありませんが、これはカラスなど外敵から身を守るための知恵なのです。都島のドバトの中には廊下側のブロックの隙間に営巣するやつもおります。この場所なら確かに正面からやって来るカラスからは逃れられますが、裏側にいる人間が卵もろとも巣を落としてしまいます。するとハトたち、またせっせと枯れ枝などを運び、一から巣作りをやり直します。前門の虎後門の狼ならぬ、前門のカラス後門の人間という敵に対応しながら繁殖しているのですから、ハトたちもしぶといもんです。

先日の出廷の際、初めて気づいたのですが、当所表門の斜め前に公園ができており、朝からハトに餌を与えている人がおりました。嫌われ者のカラスに比べ、人に慣れ、甘えるハトだからこそ、都会で人間と共生できるのかもしれません。

当所の面会室棟辺りには、何の木かは分かりませんが二十メートル位の木が二本あり、ここには冬になるとムクドリが二千羽近く!!塒とするそう。その様は圧巻だと知らせてくれた人もおりました。また、ある施設からは、雀が房内まで入り、手紙を書いている机に乗って「ジャレ」たり、手のひらや肩に上ったり、ハトが入り込んで、「机の横に置いた菓子を食う音に気づき、驚いた」と手紙で知らせがありました。その人は、「雀は早朝より窓を開けてョ、とコツコツガラスを突っつき、催促までする様子がたまらんほど可愛い」とも書いておりました。

私の裏庭窓には、たくさんのドバトが飛来します。ドバトにも様々な顔があるもんで、左目の周りが焼けただれた大柄のやつは、伊達政宗を連想させるゆえ、政宗と名付けました。ヤケドさえなければ、堂々とした美男子ならぬ美鳩子です。ほかにもフリッパーと名付けた顔と頭の形が「イルカ」似の娘や、梶芽衣子似の娘、若尾文子似の娘もおり、各人各様の〝科《しぐさ》〟を眺めとりますと、飽きることがありません。

こんなハトたちの中に、断然どん柄の大きい、むちゃくちゃ元気なやつがおります。頭、顔も大きく、首は太く、その造りにマッチした目、軽石をつけたようなハナコブという容姿。ほかのハトをものともせず、我がもの顔でのし歩く様は、文句なく当舎内のボスであります。都島への移監当日、このハトが洗面台におるのを目にしたときは、腰を抜かさんばかりに驚きました。まるで、「ワシが先住者じゃ!!」といわんばかりの大胆さ、図々しさ。見ているうちに呆れ、吹きだしそうになりました。以後も侵入するこのハトから、あるとき石川五右衛門を連想し、五右衛門と命名した次第です。

五右衛門はとにかく賑やかなハトで、飛来すればすぐ分かります。休みなくノドをふくらませ、ほかのハトを追い回す様は、機関車を思わせる元気さ。こいつ一体何を食うとんねん？？？　かと思うと、頭の毛を逆立て、目をしかめて思索する愛嬌たっぷりの「科」も見せてくれるやつです。

いざケンカとなれば、五右衛門は一度たりとも相手に背を向けたことがありません。ハトのケンカといっても、クチバシで突つき合うだけではなく、翼を武器に代え、ハタキ合うのです。バチ!!　バチ!!　バチ!!と、ハトにすれば凄絶で、ときには脳震盪《のうしんとう》を起こしそうなやつもおります。今もまれに、身のほど知らずにも五右衛門に挑戦するやつがおりますが、五右衛門は当分都島のボスの座を渡すことはないでしょう。

一方、ひよどり山荘のボスは「テツ」。血統を偲ばせるいい男ぶりで、一年間に四回も妻を替えた「性績」のいいやつでした。ケンカも五右衛門に負けず劣らず強かったのですが、平成八（1996）年暮れ、このテツが背を見せる場面を見てしまいました。これがまた、世にも不思議なケンカ。巣立ったばかりでまだ黄色い産毛が付いたハトが、無鉄砲にもテツに立ち向かったのです。例えれば、入学したての中学生がアントニオ猪木に挑んだようなもの。しかも、いきなり飛び上がってテツの背に乗り、頭を突いたのです。それまで常識スタイルばかりで戦ってきたテツは、恐らく面食らったのでしょう。とはいえ、この若バト、正面からでもテツと四分六程度に渡り合えるやつ。まだ成鳩のように十分ノドもふくらませられず、鳴き声もビイビイ子供の声なのですが、とにかく相手構わず奇襲をかけるので、皆たまらず背を向けたものです。

私は小中学生時代、百羽近くのハトを飼い、ハトの習性は知っているつもりでしたが、この若バトは私の常識を打ち破るやつでした。私はこいつに「向こう意気八段」と命名し、飛来、訪窓を楽しんでおりました。しかし、八年間の山荘生活で、十二月に巣立ったハトを見たのもこいつが始めてやったなア。

私が飼っていたハトの中には、山形の酒田六百キロレースから帰巣したオスバトがおりました。普通レースバトは六十キロか百キロ位から順次距離を延ばし、訓練していくのですが、私はそれを知らず、このハトをいきなり六百キロレースに出してしまったのです。

こいつが帰り着いたのは、約一カ月後。記録除外の日数でしたが、あのときの感動は今も忘れられません。まさに尾羽打ち枯らしてボロボロ。痩せ衰えながらの帰還でした。しかし、無知とは残酷なことを強いるものです。

ハトは時速百キロ位で飛び、大阪・北海道間千キロを丸一日で帰巣するハトもおります。ただし、こうした優秀なハトは何千万円もの値が付いたりしますが。レースバトの管理も、きめ細かく行われます。風邪を引かないよう、日頃からビタミン剤が与えられ、風邪を引いたら抗生物質を投与。筋肉をほぐすために、入浴までさせるのです。

元々帰巣本能の強いハトは、レースだけでなく、昔から様々な場面で利用されてきました。紀元前七七六年、初めて開かれた古代ギリシャのオリンピックでは、貴族出身の選手が優勝の喜びを郷里の母に知らせるため、ハトに手紙を付けて帰らせたことから、この後もオリンピックでは平和のシンボルの意味とも併せ、ハトを放って彩りを添えるようになったそうです。

世界的にも有名なイギリスの大財閥、ネイサン・ロスチャイルドに繁栄の基礎をもたらしたのも一羽のハトでした。一八一五年、イギリス軍は海峡を隔てた地で、ナポレオン軍との戦いの真っ最中。そんな折、イギリス証券取引所で一人の男が大量のイギリス公債を投げ売った。ほかの客はそれを見てイギリス軍の敗戦と思い込み、こぞって投げ打ったものだから、相場は大暴落。底を打ったところで、最初に投げ売りした男は「一転」買いに出たのです。この男がロスチャイルド。彼はこの時点で、伝書バトを使った報告によってイギリス軍の大勝利を知っていたのです。

このような歴史があるからこそ、イギリスを始め西欧諸国のハトは改良に改良が重ねられ、血統的に確立されて高価になったのかもしれません。

都島では、血統がよさそうなハトはめったに見られませんが、ドバトでも可愛いものです。私の裏窓にやって来るやつらは、午睡時間に流れる演歌が好きなのか、その時間にやってきては収容者並みに昼寝しよります。私がハトたちを本気で怒ったことがないためか、手を上げて追い払う振りをしても逃げません。ひょっとして、やつらがいる格子まで私の手が届かないことが分かって、ナメとるんでしょうか?　まあワタクシは元来ハト好き。こんなに表情豊かで愛らしいやつらなら、顔にババかけられてもナメられてやります。いや、やっぱり今後ちょっとは躾もせないかんな?!

究極のブラックビジネス〝ブロイカー〟

苦しそに　カラダ震わせ　ハト便秘

てな私の駄句の感評を、沖縄・那覇拘置所の知人に頼んだら、手紙でこう書き送ってくれました。

　まったく以て幸せな苦しみ。北朝鮮辺りでは、人も飢えて死にゆく「今日」というに、獄中の囚人は独り独りその憂さを、寂しさを窓辺のハトに物語るものやから、お人好し（いや、おハト好し）のハトは、独房の数だけ憂さの受け口となって、とうとう便秘とは……。「ケツ」を指でもんでやれば、ドバット、スッキリするものを、獄窓から眺めて心配するほか手を貸せない作者の苦悶が読み手に伝わる「ハート……。」のある句かと存じます。

「おハト好し」だの「ドバット」「ハート」だのと、ハトに掛けて評してくれた発想の豊かさに感心させられました。

　以前、神戸港の汽笛が山荘（神戸拘置所）まで聴こえたときは、高い確率で雨が降ると書きましたが、鳥たちから天候を知ることも多いものです。

　例えば雨の前兆は、カラスの行動でも判ります。カラスは気圧が急に下がり、南風が吹いて蒸し暑いとき頻繁に水浴をする習性があり、昔の人は「カラスの行水は雨の前兆」との知恵を得たのです。

雀の行動からは、雨が止むことを学びました。昔の人は雨が降っていても、軒先で雀が鳴くと「じきに止む」と言ったものです。

鳥や動物たちの習性や生活から人類が得たものは多く、画期的な発明もそこから生まれました。その一つが、アデランスもアートネイチャーも真っ青の育毛剤です。

この発明者は、ライチョウやユキウサギが夏と冬で「衣替え」をするメカニズムに注目し、研究しました。その結果、ユキウサギは一日の夜の長さが十一時間以上になると、体内ホルモンの伝達で衣替えをすることを突き止めたのです。夏には茶色をしているユキウサギのコートは、冬を迎える頃に生え際から少しずつ白くなり、真っ白になるまで一カ月ほどかかります。冬毛から夏毛に替わるときは、白い毛がいちどきに抜け、一斉に茶色の毛が生え揃う。そこで、この冬毛から夏毛に替わるときのホルモンを、人間に応用できないかと実験してみたのです。

結果は抜群。頭が「逆ボタル」状態の人でもフサフサ生えてきたそう。このホルモンを更に利用して、白髪を茶髪、黒髪を白髪に変えることも可能だというのです。

頭髪の後退に苦悩する人たちには朗報ですが、難点は値段。なんとアンプル一本五千万円だとか……?!

ゼニカネを問わず何が何でも欲しい、と頭髪問題で悩める人に一瞬でも本当か?と思わせてしまったワタシの罪は、海より深く、地球より重いことでしょう。悪い冗談を書いてしまいました。しかし、将来的にはこのように効き目ある薬品が生まれるやもしれません。

ところで、人間がほかの生きものたちから学ぶように、我々の身近で暮らす鳥たちも人間から学んでいます。和歌山県の白浜に、人の手からエサを取るトンビが現れたそうです。自然界でエサを取るより楽な方法を覚え、「ズボラ」になったんだろうか？

昨今の脳研究では、ハトは明確にバッハとストラビンスキーを聴き分けられるとか。そういえば、山荘でも都島でも、午睡時間など演歌が流れているとき、ハトたちは窓辺でうとうとしとります。あれはきっと、人間並みにハトたちも気持ちいいんだと思います。

身近な鳥の中で、飛び抜けて学習能力が高いのはカラスでしょう。自分のクチバシでは割れない貝などは、空から道路に落として割る知恵もあるのです。そのうえ、数も三までなら認識できるそう。その証拠に、巣の中にある四つの卵のうち一つを盗んでも気にせぬ親ガラスも、三つの中から一つを盗られるとギャアギャア激しく騒ぎたてるのです。

カラスは好奇心も旺盛。何にでも興味を示します。昔、子供が焚《た》き火をすると、年寄りは「カラスが持っていくよ」と戒めたものです。そう、カラスは火の付いたタバコをくわえて行ったり、燃えさしの枝を運んで営巣し、巣が燃えてしまうこともあります。カラスが営巣する春に起きる山火事には、カラスが原因を作る可能性も否定できないとか。

昨今は環境破壊が進み、カラスも野山から市街地へと移り住み、ますます身近な鳥となっておりますが、カラスに関する民話、神話の類《たぐい》は古今東西を問わずたくさんあります。

旧約聖書では、カラスは雨を予知する晴天の鳥、太陽の鳥として描かれています。

ギリシャ神話でも、やはりカラスは太陽神アポロの寵《ちょう》愛《あい》を受けた鳥。その時代、カラスは黒ではなく「純白」の翼を広げて飛び回り、情報をアポロに伝えていたそう。

ある日、アポロの愛人「コロニス」が若い男に心を奪われていることを発見し、その事実をアポロに報告。アポロは即座にコロニスを殺したものの、悔恨の情に駆られて彼女を手厚く葬りました。その後、カラスのおしゃべりに怒りの矛先を向け、純白の羽を黒く変えて処罰したといわれています。

日本の民話にも、昔カラスは真っ白な鳥だったという話があります。おしゃれなカラスは、もっときれいになろうと思い、紺屋を営んでいたフクロウに頼みました。

「一番きれいな色に染めてください」

フクロウは悩み、あれこれ色を塗っているうちに、カラスはとうとう真っ黒になってしまったのです。

カラスはカンカンに怒り、フクロウは紺屋をたたみ、罪の意識からかカラスの活動する昼間はじっとしているようになりました。しかし、夜になると紺屋時代を思い出し、「のりつけほ～せ　のりつけほ～せ」と鳴くのです。

時々、白いカラスが現れたことがニュースになりますが、これはフクロウが紺屋を再開し、カラスを白く染め直したためかもしれません。

もう一つ日本の民話を紹介しましょう。昔々、イヌもカラスも三本足だったそうです。イヌは歩くのに不便なため、熊野権現様にこうお願いしました。

「足をもう一本授けてください」

熊野の権現様はイヌの願いを叶え、カラスの足を一本取ってイヌに与えたのです。こうしてイヌとカラスは今のような姿になりました。イヌが小便をするときうしろ足を上げるのは、神様から賜った足を汚さないためなのです。

また、日本各地でカラスを農事の神様として崇《あが》めていたこともあります。〝烏勧請〟という風習がそれ。苗代にする田に初鍬《はつぐわ》を入れ、三カ所に餅、神酒、洗米を供え、当時オミサギと呼ばれていたカラスがどの餅を食うかによって、播種《はしゅ》する種子を決定したとのこと。

これなど、嫌われ者のカラスが人間の役に立った数少ない例でしょう。本当にカラスは知恵も順応力もあり、繁殖能力も旺盛。先月も書いたように今や鳥界の頂点に立ち、我々の日常生活さえ脅かしておりますから、嫌われるのも無理ないかも。

カラスの体重は平均六百グラム。一羽が食べる量は一日百グラム、一年間にすると実に三十六キログラムだそうです。雑食のカラスはおよそ何でも食べますが、年間三十六キロの食糧のうち、半分は農作物。人間に及ぼす被害は甚大です。裏を返して言えば、カラスが寄りつかない「物」を発明すれば、世界的規模で商売になるというわけ。

カラスの害は、食べものだけとは限りません。送電線の鉄塔に営巣される電力会社にとってもカラスは大敵。そこで、中国電力鳥取送電区鳥害対策グループが開発したのが「鳥害防止器」です。これは、長さ五十センチほどのステンレス製二枚羽根に、カラスの天敵であるワシタカの目を描いたもの。羽根が風車のように勢いよく回る仕掛けで、こうするとステンレスに光が反射してカラスを驚かすし、羽根が止まっている状態でも、ワシタカの目がニラミを利かせ、カラスを寄せつけないというシロモノ。名付けて「カラスニゲール」だそう。

このカラスニゲール、一個千五百円と安価の上、試作品を実験したところカラスばかりでなく野鳥すべてが寄りつかず効果抜群。気をよくした対策グループは全国に売り出す用意をしたのですが、この頃にはカラスたち、すっかりこの装置に慣れてしまっていたのです。赤とシルバーの派手派手なカラスニゲールの真下にもカラスは巣を作り、三羽のヒナたちがプロペラの回転音を子守歌代わりにしながら育っていたことに、対策メンバーは大ショックを受けたとか。

これでは電力会社も「小◯（困る）」。結局、送電に支障のない場所にカラスが営巣するよう、対策を立て直したのです。方法は単純。害のない場所に、ビール箱を半分に切ったものをカラスの営巣用に置いただけ。人知もカラスの順応力には及ばないことを、自ら証明したようなものです。

ところ変わって、札幌の場合。ここではカラス駆除に年間数千万円費やすそうで、やはり真剣に安上がりな駆除方法が検討されております。

例えばカラスはマイナス一〇度以下になると凍死し始めることから、考えだされた方法がこれ。真冬の間、焼酎をたっぷり沁み込ませたマグロのアラをエサとして与え、泥酔させ凍死させるというのです。また、エサにタバコを混ぜ、ニコチン中毒死させる案も出たといいます。

過日、その道六十年という京都の植木職人が桜樹の害虫駆除方法として「幹に酒を注射し、アルコールの巡った葉を食った虫が酔ってポロポロ落ちるのを集めて潰す」と語っておりましたから、焼酎マグロでカラスを酔わせる退治法も、案外効果が望めるやもしれません。

マレーシアのクアラルンプールでは、ユニークなカラス退治が行われています。カラスに「ワシ」をけしかけて闘わせ、そのスキに調教したサルをカラスの巣に送り込み、ヒナや卵を盗ませるというものです。

世界各地、ところ変わればカラス撃退法も様々ですが、まだ決め手になる方法は見つからないようです。それだけカラスが賢い証拠でもありますが、ワタクシはふと、こんなことを考えてしまいました。もしカラスの肉がうまかったら？

我々はかつてコウノトリの肉が旨いことを知り、食糧にしてきました。アホウドリも肉を食糧にし、その羽根を布団に利用してきました。農薬散布や環境破壊で絶滅寸前にした鳥類もありました。こうして勝手なことをしておきながら、ある種類が絶滅間近になるや、希少種だからと判断して保護に回るのです。かつて食っていたコウノトリを、今は年間何億もの金を投じて守っているのですから、まったくご都合主義。身勝手もいいところです。

話がソレましたが、カラスも肉がうまければ我々は食糧にして、絶滅寸前まで追いやれるのではないでしょうか？　カラスの肉が旨いかどうか、ワタクシは知りません。しかし、これほど遺伝子工学が発達した世の中。カモの遺伝子とカラスのそれを組み合わせれば、美味しいカラスができたら、それをクローン化、増殖すれば商売になりまっせえ!!　名付けてブロイカーなんちゃって。誰か、真剣にこの研究に取り組んでくれる学者はいないかね？

インドネシアでは、コウモリのフンを肥料にした知恵者がおりました。かの国には何万という洞窟があり、それらの洞窟には何十年、何百年に渡って住んでいるコウモリのフンが、岩石のように固まっていたのです。そのフンが肥料に最適な窒素を含んでいることに目をつけ、応用したというわけ。この肥料、一キロ七十円で日本にも輸入され、宮内庁農園でも使用されております。窒素肥料としては極めて高品質で薬害もなし。しかも、コウモリが生きている限り、材料は無尽蔵。これなど不要な物、有害な物をうまく活用した典型例ではないでしょうか？

とすれば、ブロイカーとして旨いカラス肉を生産する発想も、まんざらアホウな発想でないかもしれません。もし成功したら早速特許を得、独占商売になれば……なんて取らぬタヌキの皮算用ならぬ、カラスの肉算用をするワタクシは、よほど時間をもて余しとるのかも……。

いやしかし、人間たるものどんなに馬鹿げた発想でも、飽くなき追求、研究を忘れてはいかん。ワシも人生の後半戦はブローカー、いやブロイカーで一発勝負かけたろか？

長役より

ロングウェイ、ロングディスタンス

この雑誌の裏表紙に羽田慶和編集人と記されておりますが、その羽田さんから平成九（1997）年十月末頃原稿を促す手紙が舞い込みました。年末年始は印刷所の都合も絡み、普段の月の締切日と異なる——なんてことに疎いワタクシには青天の霹靂《へきれき》。急に催促されても……。

恥やヘンズリ、頭ぐらいならすぐにでも「かけ」るんだが原稿用紙を埋めるとなると、作家ならぬ錯過なワタクシには、そうそう「かけ」るものではありません。といって紙面に穴を開け、迷惑をかけても……と、公判の大事な局面を了えたこともあり、原稿用紙に向かっておりますが……。

思い起せば、リバーサイドスピリッツ第一回目の原稿を書いたのが、ひよどり山荘（神戸留置所）から移監直後の二月。入浴場面を書きました。蒸気湯が浴槽の底を流れており、「サオ」と「フグリ」を蒸気が直撃、危うく不能になりかけた、てなことを。

八年間の山荘生活と異なる入浴習慣で、馴染めなかったのです。が、人間とは恐ろしいほど環境に順応するということを、身を以て知りました。当初は熱い蒸気の直撃が苦痛であったのに、近頃では快感へと昇華しているのです……いかん、いかん、書くことがないからといって、書き出しから「下ネタ」へ向かってどうする?!

ひよどり山荘で思い出したことを書きましょう。山荘にマッチョ「F」と呼ばれる看守部長がおりました。渾名の通り、全身筋肉の塊のような体格。顔相といえば、言葉にするのも憚られる容貌。ただしローレックスのコンビをはめていたり、顔に似合わず優しくおしゃれな部長でした。

あれは阪神大震災の年の暮れ、クリスマスのイルミネーションも輝き始める夕刻。山荘の大型護送車で神戸地裁尼崎支部に出廷した帰り道、こともあろうに一台の乗用車が護送車に「オカマ」を掘ったのです。それも私が座っていた座席のすぐ近く。といっても、私さえ気づかなかった程度の追突でしたが、被告を乗せた護送車が追突事故に遭うなんてごく稀少なことでしょう。相手はデート中の、如何にも「か弱そう」な大学生でした。

さて、ここからが笑えます。追突に気づいた護送車のドライバーと、同乗していたF部長が事故確認に降りたのですが、F部長の姿を見た大学生はビビってしまい、なかなか車から出ませんでした。悪役プロレスラー、いや凶悪な被告にでも見えたんと違うか？

しかし、彼が怯える気持ちは至極当然。何を隠そう、たいがいの人相には動じぬ私でさえ、初対面の折、ゴリラが官服着てる‼と思ったほどですから……。

まあ学生君もF部長が官の護送者と分かって安心したのか、事故箇所の確認後自分の非を認め、両者揃うて最寄りの葺合《ふきあい》署だったかに報告へ出向いたのですが、ここでまた可笑しなことがあったのです。この出来事は、私が「ヘソ」の緒を切って今日までの五指に入る痛快・爆笑事‼　それでも慎み深いワタクシのこと、大声で笑うことはしませんでしたが、笑いを堪《こら》えるのに大変苦しみました。

何が起こったかって？　F部長葺合署の前に立ったとき、アル中のお化けのような五十歳ぐらいの女が突然、ツ、ツツ～とF部長に近寄り、「兄さん、何してるの？ええ男やねえ」と声を掛けたのです。F部長は何が何やらワケ分からず、オッ、オッ、オオオッ……なんてしどろもどろ。このシーンを車中から見ていた私が間髪を入れず、「部長!!　もてるやないの。知り合い?」と問うと、「アホウ!」「知るかえ」なんて応じておりましたが、夜目にも顔が赤くなっておりました。

この日、私は山荘からやってきた代わりの護送車で午後八時頃帰拘し、翌日は丁重な扱いを受けました。医務課長からは「もうええ!!」というぐらい熱心な診察を受け、事故に対して不服申し立てをしないなどの誓約書にサインをさせられたのです。自己申告の診察とはえらい違う親切さですが、それでも刑務所に比べると、拘置所医療はやはり丁寧だったことは間違いありません。ちなみにF看守部長、風聞によればぱ係長へと昇進したとか……。

大阪リバーサイドへとまた話を移しましょう。ここへ来た早々、面接で様々な改善をお願いしましたが、官の壁は厚い!　もとよりワタクシも、すべての要求が通ると思うほどNO天気ではありませんが、それでもいくつか改善して頂けたので、それを報告しておきます。

①以前は「ゾウリ」しか扱っていなかった履物が、サンダルも扱うようになった。

②パッチ、ステテコ、クツ下の三点所持から、二点追加の五点所持になった。

これだけでも大収穫、一歩前進であります。二歩目の前進のために、焦らず、慌てず、諦めず、の「三ず」精神にて、たゆまぬお願いをし続けて行くつもりです。

とりあえず、高齢者のためにホカロン購入はぜひ実現させたいお願いの一つ。東拘（東京拘置所）など、すでに購入可能な施設もあるのですから、大拘（大阪拘置所）が不許可というのは納得できないのです。

高齢者といえば、私の房から一つ隔てた房に、八十代のじいさんが入所してきました。このじいさんが起こした事件は、新聞で読んだ人も多いでしょう。平成九（1

997）年九月末だったか、西成のアパートで起きた殺人事件。被害者は五十八歳、加害者が八十二歳だったか？

この記事を目にしたとき、西成てとこは何て所や、八十代の殺人犯なんてイケイケ過ぎるやないけ！　顔見てみたいわ、なんて考え、妙に印象に残ったもの。こんな想いが呼び寄せたのか、この加害者がワタクシのすぐ近くに入所してきたのでした。

入浴に向かうじいさんを初めて見たとき、西成の殺し屋じいさんや、と直感。しかしその殺し屋は、私の房を歩いて通過するだけでも数秒を要するほどのヨレヨレ、ヨタヨタぶり。あれじゃあ、ハエが肩で媾い、卵を産みつけるんじゃないだろうか。パンツの下には紙オムツをしているようにも思え、起訴せんで免訴にしたらんかい!!　この状態なら、今年中にも裏門出所（死亡出所）や?!　法に厳しさはあっても情けはない、と思うたものです。

それにしてもこのじいさん、右手親指付け根から欠損しとるのに、よくもまあ刺殺できたもんだ。このヨボヨボじいさんに殺された五十代のやつ、よほど「非」のあったやつなんだろう。それとも「のろま」だったのか？

「子供叱るな来た道じゃ、年寄り笑うな行く道じゃ」

昔の人はこう諫《いさ》めたものですが、人生の中間点を過ぎたワタクシにとって、このじいさんは来し方行く末を考えさせてくれる人でもあり、達人と呼ぶことにしました。

しばらく達人を視察していると、なかなかおしゃれ、センスも良く、チェックのボタンダウンのカッターシャツにGパンとか、とても老人のセンスとは思えません。近頃では獄舎にも順応し始めたのか、以前よりシャキシャキしてきた様子です。某日なんか、電気カミソリを買うと言って担当さんから説明を受け、注文しとりました。美意識にこだわるというか、生来ダンディーなのか、若い頃は相当な男前だった面影がうかがえます。

担当さんたちの接し方も良いのです。例えば配食後すぐ食器を引きあげるのが通常の施設にあって、一食一食ずらせて食器を引きあげてやったり、温もりがあります。行儀の悪い収容者相手なら厳格に処遇する職員さんにも、このようなヒューマンな面があるのです。拘置所内の人情も、まだまだ駅前の自転車（捨てたものではありません）。そんなヒューマンな光景を目にすると、私の心までもほのぼのとしてくるので、ここにレポートする次第です。

ついでに所内レポートをもう一つ。当舎の前庭に樹高三メートル、直径十センチくらいの柿の木があるのですが、なんとこの木、今年が初結実だそう。実が生《な》るまでには桃栗三年、柿八年と言いますが、今年がその八年目に当たるのか、鈴なりの柿が連なっております。

ドングリを二回りほど大きくしたような形で、ビワ大。秋が深まるにつれ、薄ビワ色から柿色へと移ろうのを観ていると、一枝手折って……という衝動に駆られますが、ままならぬ環境。先月号に書いたように、幼少時は鬼ばばにカマシ上げられながらも自由に手にしていた柿なのに……と星霜流転《せいそうるてん》を思わずにはおれません。まあ、手にしたところで、ドングリ形は大半が渋柿だと思いますが。

話は変わりますが、あるデータによると、深刻な不況に突入すると、半年か一年後から拘禁施設の人員が増し、好況時には減少するそう。現在東拘が二千名少々、当大拘が千七百から千八百名近くと思われますが、留置所では護送待ちの被告が満杯といいますから、大不況を裏付けているようです。ひよどり山荘こと神戸拘置所も、阪神大震災当時二百名内外だった収容者が一年後には三百名と五割増しになり、長らく閉鎖されていた雑居が再開されております。

留置所からの移監を受け入れられないのは、スペース不足ではなく、職員数が足りないからでしょう。現場職員は超多忙な仕事に見合った給与をもらっとるんだろうか？　こんな状態で大事故が起こらんのが不思議なくらいです。

とりとめなく話題は変転しますが、『実話時代』を読んだ人たちから週平均四十通近くのお便りを頂戴します。すべての人に返信するべく努めておりますが、発信枠は一日二通。未だ多くの人に返信できないこと、心苦しく思っております。

私自身、『実話時代』の中では「仁義なきひとこと」コーナーが何より楽しみであり、励みです。十二月号のこのコーナーには、私の四つ隣の房にいる花桜武士氏が、私の原稿を読んだ感想を寄せてくれました。

この花桜氏は、当舎におった利己的、礼儀知らずの輩を追い払うようなこともしてくれた人物（ようやった）。

今、当舎には知人M氏などもおり、体育会系正担の下、満員の四十名近くが実に和気あいあいの雰囲気で暮らしております。

法も守らんやつらが拘禁されとる所だから常識知らずの集団だろう？　一般の人はそう思われるやもしれませんが、「和」を乱す先のような輩は稀。大半の人は入浴の際、後に入る者のために少しでも不快感を残さぬよう心配りをしたり、隣近所に迷惑をかけぬよう静かに生活しています。収容者は己の身分を弁え、集団生活で問題を起こさぬことが不文律。未決未体験の人も、この心掛けさえあれば安心して入所できます。

私の房は四階。裏窓から見える向かい棟の四階には、ひよどり山荘から私を追うかのごとくやってきた知人T氏がおり、向こうからは私の顔や青洟垂らしヨダレを流しとる姿まで手に取るように確認できるそうです（どこで見られとるや分からん、うかうかまぬけ面もできんな）。

こちらからは光線の関係で殆ど確認できないのですが、手を振ってくれる姿は見えます。大の大人二人が（しかもT氏は全身見事な入れ墨）、女子大生が恋人と別れる場面さながら、胸の辺りで小刻みに手を振り合うのですから、我ながら笑ってしまいます。

ところでここ大拘では、差し入れ衣類の検査が厳格。ブレザーなど上着の肩パット類も、縫製をバラバラにして調べるほどです。昔はこんなに厳しくなかったのですが、肩パットに薬物を仕込んだやつがいたため、私たちが「ツケ」を払わされているのです。

このように解体されることを嫌うためか、移監後九カ月になりますが、面会の行き帰りなどに一度たりともブレザー姿の人を目にしたことがありません。ひょっとして、プレザーで面会に出向いているのは私だけだろうか？

平成九（1997）年十月には、衣類などを保管してもらう領置システムが制限されました。以前は鍋、釜から子供のおもちゃまで数量規制なく保管してもらえたのに、今は四十八リットル収納箱三個まで。それを超える者には差し入れ、購入も停止する、なんて恫喝《どうかつ》的に強いるのです。長期拘禁で社会と交流を断たれた人の持ちものは、三箱でとうてい収まるものではありません。このような通達を強制する前に、クリーニングを受け付けることなどを先にするほうが人道的だと思うのは私だけだろうか？

拘置所の中もだんだんと住みにくうなってきました。昔、チコとビーグルスの曲に、「帰り道は遠かった、来たときよりも遠かった」というフレーズがありましたが、ほんま、帰り道は遠い！

現役獄道より

雪隠の火事

大阪西成区のアパートで初老の男を刺殺した八十二歳の老人が、私と同じ階の隣々房に入所したことを前回書きましたが、私の父も存命ならば八十二歳。父親の姿を観る想いでその老人に注目しております。

そんなわけで高齢者関係の事件や情報にも、自然と興味がわく今日この頃です。先日は四国・高松で、同じアパート内に住む者による刺殺事件があった、と報じられました。

夕方、酒を酌み交わすうち殺人事件に発展したそうですが、被害者は六十一歳の男、加害者は七十九歳の男だそう。

埼玉では老人ホーム内で女同士の事件が起こりました。八十二歳の女性が八十一歳の女性を刺殺したというものです。しかも加害者側も刺傷などで重傷とか。私が思うには、この事件、色恋沙汰のもつれでは？　男性は不能になればどうにもならんが、受け身の女性はお婆ちゃんになっても、いや灰になるまで「可能」だそうだから、あり得ることだと思うのです。

八十歳前後といえば思慮分別に長けた域に達し、人生長い目でものごとを見るほうがプラスになることを学んできたと思うのですが、人間の業の深さというか、未練、執着などは幾つになろうと断ち切れないのでしょう。

それにしても老人が老人を殺さなければならぬということは、被害者側によほど問題があったたか、残り少ない余命に「雪隠《せっちん》の火事（焼けクソ）」になったのか？　いずれにせよ、若い世代の衝動殺人とは異なると思います。

日本の殺人事件は年間五百から六百件。今後は高齢化社会に伴って老人の殺しが増え、監獄内が老人ホーム化する、てな現実に至るやもしれません。八十、九十のヨボヨボ爺さんを叱ったところで「蛙の面に小便」だろうし、中には呆けたふりして看守をおちょくる老人囚も将来出て来るやも？

事件で死ぬ者が六百人に対して、交通事故死は年間一万人内外。思うにこれは豊かさゆえの犠牲者といえるでしょう。貧しかった者が豊かになると、物質などへの執着、未練が高じ、精神の安定を欠いてしまいがちです。貧しかった原点に還るという簡単なことに気がつかず、「恵まれすぎた不幸」に浸ってしまうと、果ては命まで落とすこともあるのです。未練をすっぱり切り離すことが、苦悩から救われる道、と私は思います。

ブラジルのアマゾンに、直径二十センチ、長さ二十五センチという世界最大の「ナッツ」があるそうです。この実の中にはゴルフボール大の種子が数個入っているのですが、これが世界最高の味といわれています。歯ごたえサクサク、淡泊にして上品な「ナッツ」で、人間だけでなく猿の大好物でもあるとか。

この実が熟して落ちると蓋があくので、猿は夢中で中に手を入れ、種を取ろうとします。ところが種を摑むと、手が抜けなくなることもしばしば。ナッツにとり憑かれた猿は、人が近づいても実の中に手を入れたまま、実をひきずって逃げようとするのですが、重すぎて逃げきれず、人間に捕まって食べられてしまうらしい。

欲ぼけの猿を嘲笑する意味と、生命と引き換えにしても放せないほど美味しいことから、この果実に付いた名前は「モンキーポット」。

猿もやはり、欲と未練が不幸な結末を招くのです。猿の例で恐縮ですが、人のふり見て我がふり直せ、ではなく、猿のふり見て人も未練断て、ということを教えられる話ではないでしょうか。

ちなみにモンキーポットは蓋付きで密封性に富み、堅くて丈夫。水漏れもしないそうで、文字通りポットとしても使用できるとか。私はそれを知ったとき、オオッ、日本に輸入したら室内装飾品としても受けるんと違うか?と、つい欲を出してしまいましたが……。

老人の話に戻すと、先に書いたような悲惨な事件ばかりではなく、ほのぼのとした話題もときどき目にします。

ある老人ホームでは、八十代の男女がちょくちょく不在になるので理由を問うと、「ラブホテルに通っている」と、顔を朱色に染めて告白したそう。この二人は入園以来若々しく変貌したことから、園長は二人に同居を奨め、ほかの入居者にも「ホーム内恋愛は遠慮せず報告してほしい」と公言したとのことです。

私が「姉」と呼び、ときたま文を交わしている東京の恵子さんも、先日自分の父親の話を手紙に書き送ってくれました。恵子さんの父親は八十五歳。八年前に妻を亡くしたときはオロオロするばかりだったのに、最近では元気な独り住まい。「デパート巡りを楽しんだり、七十代の〝彼女〟を連れて家へ遊びに来るほど。私は父のガールフレンドならぬバールフレンドと密かに呼んでおります」なんて、洒落たことを書いてくれました。老人になっても「ときめく」若さと心を持ちたいものです。

一方、老人性痴呆の身内を抱える家族は、大変な苦労でしょう。呆けでも、十分な食事を済ませた直後、「ワシまだメシを食うてへん」という程度なら愛嬌ものですが、突然徘徊されたりすると、身内としては生きた心地もしないのではないでしょうか。

日本語の「呆け」の呼称には、どこか馬鹿にしたような、蔑んだような意味合いが多く含まれていますが、英語の「呆け」に当たる言葉は「メモリーロス」。日本語とは異なって、いい響きではないですか。数年後には日本も六十歳以上の高齢者が六十五パーセントを占めるようになるそうですから、メモリーロスのような感じのいい横文字はどんどん活用したらいいと思います。先に書いたように、数年後には監獄にも老人囚があふれ、メモリーロスはいち早く看守たちの「隠語」として使用されるようになるやもしれません。

ところでワタクシ、十代や二十代の頃には老人を労るなど考えもしませんでしたが、昨今は高齢者に対して純粋に労りの心や優しさを抱くようになりました。何故なんや？　ワシもそろそろ歳かいな？と、当舎の八十二歳のじいさんを見ながら深く思考してみると、存命ならじいさんと同年の実父以外にも思い当たることがありました。

あれはまだ私が園児の頃。「おじい」と呼んでいた人が老人ホームに入所していたのです。父の兄か姉の連れ合い、つまり私の伯父になる人だったと記憶しています。家からホームまではおよそ五キロ。その道程を、私達兄弟はよく歩いて遊びに行ったものです。老人を案じる、思い遣るなどという優しい気持ちからではありません。おじいは、私達兄弟が行けば、必ず五百円札をくれたので、五百円欲しさにせっせと通っていたのです。

老人ホームに入る前、おじいは私の自宅近くに住んでいたこともあり、四歳頃の私はよくおじいに連れられて銭湯へ行きました。おじいの全身には、蛇だのヒョットコ、般若などが彫られており、当時の私は、おじいはほかの大人と違うんやな、と思ったものです。なんのことはない、今考えればワシの大先輩やったんや‼　私達可愛さに、おじいは貧しい財布の中から小遣いをくれていたのでしょう。

今になって老人に対する思い遣りや、優しい心が芽生えてきたのは、不純な動機でおじいの元へ通っていたという心の負いが、免罪符を得ようとしているからではないか？と思い至ったのであります。

このように考えると、不純を知る者こそ、真の純粋さに目覚められるのやもしれません。不純なんてまったく知らず、「純」だけに培養されとる人は、本当の純粋さを果たして理解できるのでしょうか？　私には、不純を経て純に目覚めた人のほうが、人間として深みを増すように思えてしまうのです。

話題は変わりますが、本誌・酒井信夫さんが自殺への道を歩んでおります。といっても、糖尿病を患いながら治療を放棄し、緩慢なる自殺を選択しているという意味ですが。

この酒井さんが過日、本誌に〝病理列島〟という文を書いたことがありました。ヤクザ社会を描いた『病理集団の構造』（岩井弘融著／誠信書房）という本を紹介し、「ヤクザだけが病理集団ではなく、昨今では政治家、財界、官僚、教育界、宗教界、医師、司法界に至るまで病理を孕んで日々新聞沙汰になっている」という内容です。

ヤクザ、イコール憎むべき悪、とマスコミなどは決めつけますが、では何故ヤクザが悪いのか？　と問うと、「犯罪者だから」ぐらいしか答えられないのではないでしょうか。確かにヤクザに犯罪者は大勢いますが、非道を犯した者は希有だと思います。酒井さんの「弁」を借りれば、「非道を犯さないように教育するのがヤクザ」ゆえ、病理集団の中でも健康的な集団に値するのではないでしょうか？

ヤクザ、イコール悪としか答えられない者は、ガッコの先生の教えを鵜呑みにし、自分の頭で考えられないのでは？　事の大小はあるでしょうが、何の罪もない人間なんてあり得ない、と私は思います。

犯罪者を取り締まるべき警察でさえ、利欲優先の仕事ぶり。私は二十代の頃、警察ＯＢ会を取りまとめる女親分に可愛がってもらったことがあります。この女親分は、ある署長の餞別を集める折りに運転手役をしたことがあり、個人商店主でも十万、二十万と包むことを知りました。大きな署の署長なら餞別で家一軒建つ、と私に教えてくれました。当時若かった私は、実感も分かず深く考えもしませんでしたが、その後やはり署長の「運天手」をした警察官一人からも同様の話を聞いたものです。彼らは公務時間に私的運転手？として使役に駆り出され、「何十軒と回って莫大な餞別を集めたのに、一銭の小遣いも出しよらんし、ご苦労さんの一言もない。銭に汚いやつや!!」と言っておりました。

『わが罪はつねにわが前にあり』（オリジン出版）の著者で元警察官僚でもあった松橋忠光氏と、元兵庫県警察官で『交番のウラは闇』（第三書館）、『交番の中は修羅』（飛天出版）などの著者・松本均氏の会話を読んだときにも、妙に感心し、目が釘付けになったものです。兵庫県警の署長は家一軒建つほどの餞別が集まる、という松本氏の言葉に対して、松橋氏が「家一軒？？　神奈川県警なら〝ビル〟が建ちます」と、アイロニーたっぷりに応じているのですから。

別段うらやましいとも、ワシにもよこせ！とも思いませんが、それほどの大金をもらっても、恐らく税務申告はしとらんでしょう。出すのはものをもらう「手」と、無心をされて断る「イヤベー」の「舌」だけ、というのは誰しもの人情としても、企業への警備人員の増減に配慮するとか、餞別額の多寡で何らかの手心が加わるとなれば、由々しきことなのであります。

警察は、少し前にはパチンコ屋の利権からヤクザを追い払い、昨今では企業から総会屋を総締め出しにかかっています。しかし、どちらの場合も邪魔者を締め出したあとは、警察ＯＢがその位置に居座って利権を得るのですから、摘発の動機は極めて不純。ヤクザは蟻と一緒で「甘い」所へ群がりますが、それを押し退けてまで群がる警察はヤクザ以上じゃないかい？

警察上層部がこんな状態だから、現場警察官が見習っても責められませんが、不祥事で処分されるのはいつも現場警察官だけ。現場の刑事さんよ、もっとうまくやらんかい!!

松橋、松本両氏の本を読んで、このようなことを考えてしまいました。

カレル・ヴァン・ウォルフレンの『人間を幸福にしない日本というシステム』（毎日新聞社）は、日本社会の構造を外国人が分析した本ですが、大多数の人は「偽りの現実」を信じこまされているということが書いてあります。そしてなんと、ここにも日本の社会構造を分かりやすく知る一冊として松本氏の『交番のウラは闇』が紹介されていることを発見しました。

今まで世間から堅実で潰れることはないと思われていた銀行、証券会社、保険会社など様々な大企業が潰れたことで、もはや日本の幻想も崩壊しつつあります。人の為す地位や財産、名誉はすべて「偽り」と喝破した人がいたように、「堅実」とされたことが崩壊し、偽りの現実が見えてきたのです。

年寄りは耄碌《もうろく》していると思われてきたことも、実は幻想なのではないでしょうか。他人を殺してまで生きようとするほど元気な老人も多いのですから。当舎の八十二歳、獄道の達人ともいうべき老人を見ながら、そんなことを思っている次第であります。

近々獄道厄坐から極道厄挫やも……。

獄書の鉄人

収容施設のカレンダーは、殆ど「矯正協会」と書かれているので統一品だと思っていたら、ここ都島（大阪留置場）で違うことが分かりました。ひよどり山荘（神戸留置所）のカレンダーは「下敷き大」で一年分記されていましたが、都島のものは五十二センチ×三十六センチ大で上半分がカラー写真。灰色に近いベージュのカベ！壁！　かべ！　房内に数少ない彩りを添えてくれます。本来は活け花が理想とは思いますが、単調な生活の私達には、写真でも大いに慰めになります。

ひよどり山荘で八枚のカレンダーを眺め、都島では三枚目。都島のカレンダーは半年用で入所当時の写真は

「カタクリ」の花、次が「向日葵」、そして今年平成十（1998）年度の前半期分は「福寿草」です。福寿草の根は強心薬として利用されるそうですが、私はお世話になったことはありません（別段心臓が強いわけではないが）。

カタクリは幼少時、湯で溶いて砂糖を加え、風邪引きのときなど食べた記憶があります。向日葵も種を食べたり、リノール酸を抽出するほか、様々に利用されています。

などと、平成元年から十年まで、あれこれ考えながら施設でカレンダーを見続けてきたワタクシですが、獄道生活の「岐路」ともいう日を、二月末に迎えることにな

りました。

三十五歳で入所した私も、すでに四十四歳中端。四十一歳の前厄、四十二歳の本厄、四十三歳の後厄も「厄」が「坐」ったまま。ゆえに「厄坐」とか「獄道」などの「造語」で自嘲してきたのです。しかしこの二月に、「厄坐」ならぬ「厄挫」となるやもしれません。

いずれにせよ、私の残生を賭けた運命だと思っていますし、多くの方々に御支援いただき、結果如何に関わらず後悔はありません。

なんだ川口、お別れのような書き出しじゃないか？　と感じられた人は鋭い!!　そうなのです、二年少々に渡って御愛読いただいたこの連載、本稿を以て終了。理由は一方的な私の事情からであります。

二月末「キャッツアイ事件」の二審判決が下るのですが、これが無罪になっても私にはまだ交通事件があるのです。昭和六十（１９８５）年十二月、「銃刀法事件」の控訴保釈中に時効援用を狙って逃走し、確定させたのですが、交通事件はそれ以前に起こしたもの。ゆえに、本件「キャッツアイ事件」が一審で十五年（求刑無期）、交通事犯が一年六ヵ月と個々に判決を受ける「羽目」に陥ったのです。

未決留置の通算は千二百日ですが、本件キャッツアイが無罪になっても、それが二件目の交通事犯に算入されない恐れもあります。しかし、結果の如何に関わらず、争いの余地なき交通事犯は潔く服す決意をしたのです。洒落ではありませんが、一年六ヵ月の「交通」事犯を服すため、すべての「交通」を断たざるを得んというわけです。

ペンネーム藤村昌之という作家が、平成四（１９９２）年より当大阪拘置所に在監しております。作家といっても社会での職業ではなく、獄中を「学舎」とし、自らの犯罪を『シノギの鉄人』（宝島社）と銘打って出版したりしている人物です。私は発表と同時にこの本を読み、なんという発想、実行力、感性の豊かさなんだろう!!と感心、得心。特にシノギ面では私と共通の感性に親近感を抱き、面会にきた若者に『シノギの鉄人』を読んで勉強せい!!と奨めたほど。ものごとは何をするかではなく、誰がするかで大半決することを教えてくれたり、我々にとって良き「参考書」となる本です（ちなみに私が本書を奨めた若者は、類似犯にて現在獄中）。

また藤村氏は、獄中から月刊誌『宝島』に原稿を書いたり、大阪の夕刊紙『大阪新聞』に「なにわ法廷サスペンス劇場」のタイトルで百六十七回（約十ヵ月）に渡って連載もしています。ここには大阪弁護士協会の下村忠利、山之内幸夫両氏が、村下利忠、駒内雪介との変名で登場。実は藤村氏にとって、下村氏は選任弁護士でもあります。一方、山之内弁護士は、作家としての師匠。何でも藤村氏が強引に弟子入りを請い、無理やり「入門」を認めてもらったとか。それなのに藤村氏、「サスペンス劇場」の中では、山之内師匠のプライベートな部分をパロディ調で暴露しとります。

駒内弁護士こと山之内弁護士のストレス発散法は、SMクラブで「おむつ」をし、ミルクを飲みながらSM嬢にあやしてもらうこと、といった調子。先生がアバアバ赤ちゃん言葉を使って小便し、気分が乗れば「大」までするというくだりには、「褌のゴムが切れる？」と思うほど笑ったものです。事実は？？？ながらも、ほんまと違うか、と思わせるリアルさ！

また、取り調べ刑事と被疑者との「駆け引き」も微に入り細をうがった描写。新種の文学的メタファには出色のものがあります。まったくこれほど取り調べ状況を「えぐり」だした書物も稀でしょう。「敵を知り己を知れば百戦危うからず」と兵法にありますが、刑事との攻防も相手の手の内を知れば精神的不安は半減すると識るだけでも、心強い読みもの。裁判官、検事、弁護士、警察関係者にも多くの読者を得た事実も納得できます。

今や東の浅田次郎に次ぎ、西の直木賞候補第一に挙げられるのが藤村昌之先生。感性、作品とも浅田次郎に決して劣るものではありません。ちなみに私の親分、東勇の弟分で私の相談役的存在である芝原将晃（兄）を介し、藤村氏と知り合い、便りを交わすようになりました。ひょっとしてその縁が因で、藤村先生が私に代わり、本誌の連載を引き継いでくれるやも。乞う御期待！　であります。

先日『蒔絵職人　霜上則男の冤罪』（正延哲士著／東京法経学院出版）を再読し、つくづく故・波谷守之という親分は陰徳を積んでおられた親分だったと再認識しました。本書に描かれているのは、山中事件ともいわれるもので、一、二審は死刑判決、上告審にて無罪を獲得した強盗殺人事件（一人を殺害）。

正延氏は波谷事件を支援する過程で波谷親分の純粋にして無償の行為、美徳に感化され、波谷親分を通じて山中事件に関わったのです。

今回の再読で、改めて発見がありました。例えば波谷事件で活躍された原田香留夫弁護士（私の弁護団にも参加中）も、山中事件に加わっていたこと（初読の折、読み落としていた！）。現在オウム事件の裁判長を務めている「阿部洋文」氏は、ロス疑惑事件にも関与していましたが、波谷事件、山中事件の控訴審でも陪席していたことも識りました。誤審をしても、その責を負わされることがない、というのは素人の私には納得できないものがあります。

それにしても、一、二審の死刑判決が上告審で無罪になった例は稀でしょう。波谷御大は、この事件のほか徳島刑務所で受刑していた天道浩太郎こと金洙元氏をも支援。正延先生や原田弁護士、田中峯子弁護士の尽力で現在検事抗告中とか。これも覚醒剤事犯では希有な例。冤罪を証明しようとする関係者の熱意と執念には驚嘆するばかりです。

私は金洙元氏の再審開始を新聞で知ったとき『地の果

てまで』のストーリーが頭をよぎりました。やはり冤罪を扱ったA・J・クローニンの小説で、私は以前本誌の兄弟誌『BULL』から感銘を受けた本について尋ねられたとき、この本を紹介したことがあります。

この物語が昭和四十七年に東北放送でテレビ放映されていたことも、『蒔絵職人　霜上則男の冤罪』を再読して知りました。出演は近藤正臣、二谷英明、奈良岡朋子、大原麗子、金田竜之介らというから豪華キャスト。

簡単に内容を記すと、幼い頃死亡したと聞かされていた父親が、実は刑務所に入れられていることを知った息子が、事件を調べ直し、父の冤罪を晴らすのです。しかし、十五年も続いた苛酷な受刑生活で、父親は人間性を失っていました。身内も神父も彼を見放していきますが、息子だけは変わらぬ深い温情で接し、父親は少しずつ人間性を回復していくという感動の物語です。

金氏も十五年の獄中生活で、屈折しきってしまうのでは？と思ったのですが、幸い金氏の場合は拘束以来妻子が支援し続けてきました。仄聞するところでは、仮釈されるまで模範囚として受刑したとか。妻子のみならず、原田、田中両弁護士や正延先生の存在も、金氏の支えになったに違いありません。

ところで、「我、木石にあらず」を愛読していただいた人たちから多くの感想やお便りをいただき、交流を深めたりしました。また「どんな本を読んでいるのだ？」という問い合わせも多かったので、印象深かった本を最後にまとめて紹介します。

まず、先程から書いている正延氏の作品といえば、波谷御大を描いた『最後の博徒』(三一書房) があまりにも有名。私たち業界人にとってはバイブル的書物であります。その他『伝説のやくざボンノ』『土佐の高知のはりまや橋で』『戦後史秘話　総理を刺す』(ともに三一書房)、『鯨道』(洋泉社)、『極道暗殺』(徳間書店)、『異説　春日局伝』(毎日新聞社) などが出版されています。この中で『土佐の高知……』は異色の作品ですが、はりまや橋を知っている私には興味深い一冊です。

松下竜一著『怒りて言う、逃亡にはあらず』（河出書房新社）は、赤軍派ハイジャック事件で人質交換要員として超法規釈放された「泉水博」氏のことを書いた本。当時のマスコミは、政治性のない強盗殺人の凶悪犯、と泉水氏の情報を流しましたが、これは政府とマスコミが意図的に煽導したもの。無期刑にて千葉刑務所に収監されていた泉水氏は、当時仮釈放目前ながら、同刑務所が行う四人仲間への医療処置に義憤を感じ、管理部長を人質に取って処遇改善を求めた「義侠」「任侠」の人なのです。「かくすればかくなるものと知りながらやむにやまれぬ大和魂」と詠った吉田松陰のごとく、結果を知りながら友を思う捨て身の行動。私は深く考えさせられました。

この本には泉水氏が交換要請に応じた心境も描かれています。また、丸岡修氏（左翼ハイジャック事件にて無期判決上告中）が、同志であり友である泉水氏の真の姿を伝えようと訴える友情にも打たれ、この本を紹介する次第。獄道に在りては右翼、左翼、ヤクザ、思想信条に関係なく友を思う気持ちに変わりなく、呉越同舟せねばならんと思うのです。

日本のミュージシャン原田信夫氏がフランス監獄での受刑体験を綴った『アガダ　パリ刑務所の日本人』は、日本とフランスの監獄処遇の差がイヤというほど分かる一冊。かの地では、受刑者にビール、タバコも許され、肉、野菜、米、調味料も使って自炊もできる上、テレビ、ラジオも許可。職人ランクの受刑者になると、一ヶ月三十万近く、賞与金がもらえるなど、日本の現状に比べると「ため息」ばかりです。

その他、読売新聞創立者・正力松太郎の所業を徹底的に〝えぐり〟だした『巨怪伝』（佐野真一著／文藝春秋）、日本最大の航空機事故の疑惑を検証した『疑惑ＪＡＬ１２０３便墜落事故』（角田四郎著／早稲田出版）、元警察官僚だった松橋忠光氏の『わが罪はつねにわが前にあり』（社会思想社）、元刑事・鍬本寛敏氏の『警視庁刑事』（講談社）、はたまた宮尾登美子の『朱夏』（新潮社）もいい。

『キャッツアイ冤罪事件』（矢島慎一著／ナユタ出版）は、私の本件を取材して著した一冊。浅田次郎作品では『きんぴか』（光文社）が一番面白いと思います。天児直美の『炎、燃えつきる時』（春秋社）は、『山の民』の作者、江馬修との五十歳の年齢を超えた同棲生活が題材。男のエゴに耐えた心情を吐露した自費出版本です。

『わら一本の革命』（福岡正信著／春秋社）は不起耕、無肥料で農業を実践している著者の本。野菜栽培などに興味ある人には、目からウロコが落ちる書物です。

『高安犬物語』（戸川幸夫著／新潮社ほか）は、忠犬たちの習性を盛り込んだ、犬好きにはたまらない短編集。『さらば星座』（黒岩重吾著／集英社）は、戦後の浮浪児が夢を追い、実現していく、夢のふくらむ物語。

雑誌では、隔週誌『サライ』（小学館）と月刊誌『噂の真相』（株式会社噂の真相）を愛読しております。『サライ』は伝統食品や音楽芸術など、毎号興味深い記事が載っているので楽しみ。『噂の真相』は、権力の圧力に曲筆屈する大手出版とは異なる姿勢でスクープし続ける雑誌。他の追随を許しません。この雑誌には写真家アラーキーこと荒木経惟氏の「包茎亭日記」という連載もありますが、ここにはオイオイッ、こんな丸出しで大丈夫かいな？と思うほどの芸術的な女性裸体写真が載っております。独り身のワタクシには刺激のきついものがありますが、ついつい眺めてしまいます。


連載を終えるに当たって別段書くこともないのですが、十年に渡る獄中生活で得た教訓を二つ記しましょう。書詞家、相田みつをの言葉、「しあわせは、いつも自分の心がきめるもの」これが私は好きです。

「ソロモンの忠告」という中年向きの童話からも得るものがありました。殺人の嫌疑をかけられた商人が旅に出て、ソロモンに二十年間召し使いとして仕えます。貰った給金は全部で銀貨三百枚。商人は帰郷の途に着く前に、その銀貨と引き換えに、ソロモンから三つの忠告を得たというお話。その忠告とは「新しい道のために古い道を捨ててはならない」し、「他人のことに口を出してはいけない」「怒りを爆発させるのは翌日まで待ちなさい」。

商人は道と口出しの忠告を守ることで命拾いし、怒りを翌日まで待つことで妻と息子を射殺せずに済んだのです。私は商人が二十年かけて得た忠告を、足掛け十年の獄中生活で悟った……と言うとおこがましいのですが、ともかく自得したことは「己の器量の分だけ心も揺れる」。この言葉を完の言葉としたいと思います。

希厄挫より

【第三部】

獄道交差点

府中刑務所にて

『実話時代』平成二十二（２０１０）年七月号～平成二十三（２０１１）年二月号にて「〝獄道〟交差点」のタイトルで連載。


平成十四（２００２）年三月六日、宮城刑務所収容。

平成十八（２００６）年九月二十一日、宮城刑務所から府中刑務所に押送《おうそう》。厳正独居という隔離処分。

平成二十二（２０１０）年、十二年振りに刑務所編として連載再スタート。

同年十二月十七日、出所。二十二年振りに社会復帰。五十七歳になっていた。

少年期の思い出

平成二十一（2009）年七夕、府中刑務所（以下府中刑）にて就床。鬼界ケ島に流刑された僧・俊寛が詠んだとされる〝罪なくて見る配所の月〟ではありませんが、寝ながらにして月暈を眺めていると一瞬にしろ暈《かさ》が晴れ、鮮やかな月が顔を出したことに発奮興起したとでもいいましょうか……。

約二十年前から始まった、府中刑の建て替え完了のセレモニーが法務大臣出席の下催された記事を読んだこともあり、私が逮捕された平成元年（1989）年当時から、建て替えが始められていた府中刑のことと併せ、このたび獄道二十年目、通算三十年近々を追憶し、ペンを執ることとしました。

平成二十一（2009）年三月末で府中刑すべての建て替えが完了しました。総費用二百二十億円近くを費やし、規模共に日本一の刑務所となりました。

私の居棟である東五舎の裏庭から十メートル先にあった高さ四メートルの仮鉄塀も工事完了とともに撤去され、これまで十メートルほどだった視界が、外塀がある約六十メートル先まで劇的に広がったのです。

そして外灯が新設されたことで、夜間でも観庭が可能となりました。これは、私のような昼夜間独居生活者にとっては劇的な環境変化で、獄道者の精神衛生上悪かろう筈ないゆえ、観察が詳細にすぎるやもしれませんが、あえて記すことをご理解ください。

府中刑は昭和初期に開所し、平成初期に建て替え始められ今日に至る。

開所に際し植樹された桜やケヤキが、今なお生き残っています。ゆえに樹齢は八十年以上です。南向きに裏窓があり、夏や冬の陽射しを計算して建てたのであろう、一一〇×一一〇センチのアルミサッシ窓から冬期は陽が差し天然暖房で暖かい。夏は太陽が真上、四〜五メートル先にある桜の葉が茂ることで暑気が遮られ、一階は案外涼しいものです。

今回の逮捕で神戸拘置所（以下ひよどり山荘）、大阪拘置所、宮城刑務所（以下宮城刑）、府中刑と四施設を転じました。

ひよどり山荘は昭和五十年代半ばに、市街地から六甲山系中腹の現在地に移転し新築されました。平成三（1991）年、尼崎地裁から午後二時に帰拘した折、正門気温がマイナス八度と申しておりました。その寒さがうかがい知れるでしょう。房内温度が零度ということも多く、まるで「人間チルド」状態、素肌に空気が触れると痛みを感じたものです。翻って夏夜は涼しく快適でした。

ひよどり山荘は鉄枠窓、金網はめ込み、旧式の広さ。

一方、大阪拘置所は昭和四十四（1969）年頃に新築となり今日に至りますが、金網なし、鳥たちを餌付けすることが可能な環境です。

また、宮城刑は私の移送前の平成五（1993）年頃から建て替えが始まりましたが、伊達政宗城跡ということで、史跡調査に年月を要するため遅れております。老朽化もひどく、天井の電灯は裸線、和式便器も水洗でしたがパルプ式。鉄枠窓は隙間だらけ、寒風が入り込み、監獄ならぬ〝寒五苦〟に一転しました。

三施設とも旧式のスペースのため、気密性に欠けていました。府中刑は新式サイズで多少は広く、アルミサッシゆえにさすがに気密性にも優れております。

平成十八（２００６）年九月二十一日、私は宮城刑から新幹線で府中刑に移送されました。車中、ペットボトルのお茶を買ってもらい飲みましたが、「宮城刑の茶はなんだったんだ？」と感じるほど旨いお茶でした。

九月十八日には府中刑職員の個人ブログに、私の移送が公表されていました。日本一の組織の当代、ミュージシャンで某人気グループにいた〝N〟、私、エイズ発症者の四人の個人情報が実名で公表。当該職員は、私たちの「処罰を望まない」の意見にも関わらず、停職六カ月の処分を受け、依願退職したことが記事になりました。

事情聴取のもと、当時の東京地検特捜部検事は、「停職六カ月ならワシでも辞める」と申しておりました。この職員はブログに、全国の処遇困難者を府中刑に送り込む上級庁への非難も含め書いていましたが、移送前に公表されたことは、警備上由々しきことだったのでしょう。

平成十八（２００６）年六月、宮城刑でのことです。他工場に不正連絡の手紙（通称闇ガテ）を、うっかり本と一緒に工場へ持ち出す箱に入れてしまったのです。平成十七（２００５）年から宮城刑の不祥事が発覚し、問題化していくなかで処遇の厳格化が始まり、警備のO主任から何人もの獄同者が「一方的暴行」を受けたり、自殺したと公表されました。

そこで、暴行死の疑いが否めない件なども含め助けてほしいとの相談を受けて、CPR（監獄人権センター）を介し、三名（I、N、M）が提訴しました。しかし、Nが途中で提訴を取り下げる旨を代理人の菊田幸一弁護士（明治大学法学部名誉教授・行刑改革会議委員でもあった）に通告。取り下げ理由は養父から牽制、圧力をかけられたとのこと。

三人連名提訴のなかで、Nのレントゲン写真が暴行の証拠として有力だったので、Nが抜けることは敗訴の危惧もありました。ゆえに、この取り下げを留意させるため、菊田弁護士が養父に面会したところ、会話中に養父が激高、アクリル板を叩き、殺すのなんのと脅されたとのこと。

この面会後、引き続き私との面会となり、養父に脅すことをやめる旨を伝え、了解を得ることができました。

その次に提訴主旨は、何人にも一方的暴行を加えたO主任だけが狙いである旨と訴訟遂行を依頼しました。不正連絡の手紙を検挙押収され懲罰二十五日を受け、解罰後、府中刑不良移送され今日に至っているのです。

ちなみに養父は、配役されて間もなく工場転役（他工場に変わる）、通常では考えられない早さで二級（新法後の二類）進級し、二級集会で私の前に座り、菓子を食べていたのです。この養父とは一面識もありませんでしたが、教えてくれた者がおりました。

どこの刑務所でも夜間独居希望者は多く、宮城刑では何年も待ってようやく入室できる独居に、養父Nはほぼ新入りでありながら入室していました。

結局この提訴は、平成二十一（２００９）年四月、国側に四十三万円支払いの原告勝訴判決。被告側控訴中です（控訴審十月も勝訴）。

O主任は平成十七（２００５）年四月に就任、健全だった宮城刑職員の品格をも一人で貶《おとし》めたに等しく思います。

余談ですが、文中に記した七名の通称名の実在人物を官は把握しておりましたが、彼らやガテを一瞬にしろ預かった者は、誰一人として取り調べを受けておりません。

私は昭和二十八（１９５３）年七月二十四日、父・龍吉、母・ハナ子の間に生まれましたが、母はまだ私の記憶のない頃に死亡。兄・隆清と父子三人家庭で育ち、昭和四十九（１９７４）年二月、大阪拘置所受刑被告中に父の死亡通知を受け取ります。その直前には、成人式の紅白まんじゅうや成人手帳などを官からもらい成人を迎えました。

兄・隆清は大学卒業後、機械メーカーに就職したのち友人四人と不動産会社を立ち上げ、その事務所開きの二次会へ出向く道中、対向車を避けようと電柱に激突、同乗者四人中生存者一名という大事故で死にました。唯一の生存者は私の数少ない友人で同級生です。後部座席に乗車していたことが友人の彼岸と此岸を分けたのでしょう。

人は身近な者の死に直面して、人の死というものを深く掘り下げて思考するようになりますが、父や兄の死以上に滝下（唯一の兄弟分だった）の死は、さらに深く掘り下げて考えたものです。

渡世入りのきっかけは、この世に区別や差別が存在することを、中学二年生で実感したことからかもしれません。小学校六年生の折、フォークダンスで女子と手をつなぐことを恥ずかしがる学校医の息子の頭を「はよせんかい」というような意味で小突いたことを教頭に見つかり、講堂裏に引っ張られ何十発も殺されると思うほど殴られました。当時は貧富や社会的地位などで差別などがあることを知る筈もなく、ただただ恐怖を刻まれただけでした。

中学二年生での徒歩遠足で、PTAの会長の息子と二人で帰校が遅れたことを、翌朝の朝礼で担任N教師から全校生徒の前に〝私だけ〟呼び出され叱責されたとき、差別を実感しました。中学二年生ともなると「少し片手落ちじゃないか？」と思えるようになり、当日夜、家にあった仕事用のシンナーを持ち出し自分の教室に火をつけたのです。

十四歳ということで、警察の取り調べだけで処罰はされませんでしたが、教育界に相当波紋を広げたようです。この事件以降殆ど通学せずパチンコ屋に出入りしで生計を立て、お定まりのコースとでもいうのか、パチンコ屋に出入りするヤクザの尻に付いて業界入り、今日に至っております。

当時「卒業式だけは出よ」と先輩ヤクザに強いられて、学校差し回しの車でパチンコ屋から学校に送迎してもらい、卒業証書だけはもらいました。これは、ほかの教師が教え子だった先輩ヤクザに、私の式出席を頼んだからです。

教師に殴られたということでは、中学一年の担任だった東郷先生に何度も殴られていますが、これはぬくもりのある愛の拳でした。白髪と八重歯が特徴の定年前の教師で、「足を踏ん張って立て」と言って自身は真っ赤な顔をして、びんたや拳で殴られました。「拳は川口だけじゃ」とも申しておりました。余談ですが、同じく東郷先生の教え子でもあった『ゴルゴ13』の作者〝さいとう・たかを〟は、私の家から百メートルくらいの近所に住んでいて、「斉藤も悪かったが、今までこの中学で川口が一番悪い」と、よく嘆いておりました。

府中刑で流れるラジオ番組「J-WAVEグルーヴライン」で、DJのピストン西沢が「ゴルゴ13」のデュークく東郷の出典を知る人を募っておりましたが、回答者はいませんでした。私は東郷先生を慕っていたゆえに用いたのだと思って聞いておりました。それにしても、私は教師からよう殴られておりますから、よほどチョカチョカしていたのでしょう。

ちなみに、同級生の親であるPTA会長は保護司などもされる地域の名士で、高校の新設に関わっており、ある地所を学校用地として買収する情報を事前に得ておりました。この時あるトラブルが生じ、その交渉を依頼され、当時、私のビジネスパートナーだった社長とこれを解決。最初の仕切り値――取り決めなら三億円近い金額［昭和五十七（1982）年当時］を手にできたはずが、五百万円という手数料だけで片付けられ、ヤクザが居直ったといわれるのもいやだったので従いました。

昭和五十八（1983）年に逮捕された銃刀法違反事件は、このときの手数料が小切手だったため、大阪府警銃器捜査班がPTA会長の銀行口座も調べたことから、銀行からPTA会長、そしてPTA会長から私への捜査があることを知らされていたのです。

当時、私はフィリピンやタイなどへ数多く出国しており、タイではビジネスパートナーたちと高級ラウンジ三店を営んだり、国営競争馬を共同で所有しておりました。タイ国王主催の競馬で、私たちの所有馬に薬物を仕込み一着。つぎ込んだ元金を数倍にしただけ。予想オッズどおりなら「大儲け」だったのですが、事前オッズは急落……。現地の警察署長も一緒でしたが、署長は大儲けしたようで、翌日夕食に「シーフード」をごちそうしてくれました。この件は、日本ヤクザが八百長……という見出しで一面記事となり、慌てて帰国の途に就きましたが、夕食の「シーフード」が〝大当たり〟。帰国までの約六時間に渡り四十八回も機内便座の世話になり、往生しました。

また他のビジネスパートナーの社長の知人に、宝石商を営む華僑がおりました。社長は、京大出の宝石商の妻と旧知だったことから交流するようになったそうですが、私もサファイアなど分けてもらい日本で鑑定したところ、日本の宝石商でも五倍もの値を付けた良質な「石」でした。

この華僑は原石の落札権を得ており、彼らの商法は落札石が仮に十個とすると、まず悪い石から二、三個を売って元金を回収し、残りでもうけるのだと申しておりました。

これらの出国歴から、かなりの確証を得て大阪府警銃器捜査班は私の内偵に入っていたようです。

競馬といえば、日本中央競馬会の馬も共同で有しておりました。といっても、のちに府会議員となり拳銃自殺を遂げた社長名義のものでしたが――。この馬は新馬戦で一着となり有望だったのですが、後ろ脚で前脚を蹴り廃馬処分となりました。京都競馬場でこの一着のときの写真も撮っております。

昭和五十七(1982)年、銃器捜査班の内偵が入ったことは、ＰＴＡ会長から聞いていて知っておりましたが、翌年四月二十八日に逮捕。八月末、緊急に執行停止入院することが決定します。結石で尿路がふさがり一週間も排尿できず、痛みと結石を降下させるため曽根崎署の留置場内で夜間にジャンプしていたところを当直課長に問われ、理由を説明。翌日、府警本部に連絡したあと、曽根崎署指定病院で受診しました。レントゲン撮影の結果、腎臓が倍くらいに腫れており、緊急手術も……という状況でした。

刑事二人に両脇を固められて紙コップに採尿したときのことです。なんと、紙コップに小指の爪半分ほどの白濁石灰化した石が、音を立ててコロリと出たのです。この生々しい現実を見た二人の刑事は、仮病ではなく本当に苦しんでいることを信じたのです。

この日、執行停止入院となり、その後保釈に切り替えてもらい、一審で二年六ヵ月の判決。控訴審途中で取り下げる旨を検察庁に通告すると、この日から五年を逃げ切れば時効適用となることから、逃走生活に突入しました。

逃走すること三年、平成元（１９８９）年一月十七日に逮捕。逃走中、他人名義で二枚の免許証を取得していたことから、一年六カ月の増刑となるのですが（現在、高裁抗告中の再審）、本件の裁判で四月六日ひよどり山荘に移送され、この日から銃刀法違反の二年六カ月を受刑被告の身で受刑することとなったのです。

闘争への狼煙

昭和五十八（1983）年、曽根崎署の留置場にいたとき、否認を貫いていたため当然ながら接見を禁止されていましたが、某日に突然、当時の小若会会長（のちの五代目会津小鉄会・図越利次会長）が面会に来てくれました。どのような伝手《つて》で面会できたのかは存じませんが、京名物の鮨や竹筒に入った冷えた水羊羹の差し入れをしてくれ、数時間の面会を得ました。

図越会長とは、平成十（1998）年の大阪拘置所時代も面会を得ております。当時の京都はゴタゴタ直後で、拘置所や警察当局もピリピリしていたようです。このとき「次は私がお礼に参上します」と約束したのですが、現在は会津小鉄会も六代目体制となりました。

私の渡世経過について綴らせてもらうと、十五歳で本家部屋住みとして東組に入り、十七歳で「新世界事件」に参加。この事件が初犯となりました。

新世界事件とは、縄張りのトラブルから東勇親分（初代清勇会会長）以下五人が、大阪のシンボルでもある通天閣下で相手方の若頭に両脚貫通の銃創を負わせ、初代清勇会事務所に拉致監禁した事件です。この事件で親分は三年、私は一～二年の不定期刑を受け、私は姫路少年刑務所に服役することになります。

新世界事件で東勇親分は、右ふくらはぎを私に撃たれたと申しておりました。しかし、私が発射したのは車内で相手の太ももに銃口を押しつけての一発だけ。興奮した相手が拳銃を握ったので、安全ピンを入れ揉み合いとなりました。包丁で相手の手を斬り拳銃を奪い返した親分が、車外から相手の脚を狙って撃ったその反射弾が親分自身に当たったのです。

それにしても、大阪市内から堺市まで負傷した脚で車を運転した親分の精神力には驚かされました。清勇会事務所で自ら治療しているのを見て、私たちは初めて親分の負傷に気付いたのですから。自動式二十二口径だったのが幸いでした。

この事件で保釈された数日後、身内が些細なことから多勢に無勢で一方的にやられました。数日を要して相手方を捜し出し、三名を拉致。車中で突きつけた刃物がそのうちの一名に刺さり出血、興奮していたせいか、ヤキ入れ中に水を要求され理由を問うまで出血にはまったく気付きませんでした。

のどが渇くと言うので視線を落とすと、座布団に血がべったりとにじんでいました。もの知りの先輩の「水を与えたら死ぬ。病院へ搬送せよ」という言葉に従い、病院へ連れて行ったのですが、翌日に死んだのです。刺された本人が「道中で刺され、誰が刺したか分からん」と警察に述べたことから新聞にもその通りの記事が載り、長らく判明しませんでした。

この傷害致死事件は結果的に罪名変更され、重過失致死ということで罰金二十万円で処理されましたが、これは東清総長の姐さんが東京の遺族に慰藉《いしゃ》に出向いてくれたおかげだったのです。

新世界事件で姫路少年刑務所に受刑中、大阪阿倍野署にこの件の余罪で引き戻されました。

そんな留置場生活での夜中の二時ごろだったでしょうか。刑事部屋のガラスが派手に割れ、騒いでいるのが聞こえてきました。入留後も騒いだので、「コラッ！　皆、寝とるのに静かにさらせ!」と怒鳴ったところ、ピタリとおとなしくなりました。

翌日、取り調べに出ていると、刑事課長がいる奥の席に二人の男が出向いて来ました。N刑事課長が先に席を立ち、二人を迎えていたのが印象深く、後で聞いたところによると、刑事課長をも圧する貫禄だった男たちは、松田組系村田組・村田岩三親分とその若者だった初代大日本正義団・吉田芳弘会長だったのです。

私の取り調べ係長は、村田親分は昔、大阪府警に柔道を教えに来ていたことなども教えてくれました。この係長は十数人が関与するこの事件を「川口、一人で背負っていけ」と、私を〝男〟にしてくれた人物です。

私は当初、係長の言葉を信じられず、同時期に逮捕されていたこの事件の原因である者の釈放が確認できたら決めると申し向け、釈放されたのを確認後、〝男前〟となりました。昔はこのようなこともまかり通ったのです。

係長曰く、「長い刑事生活の中で、こんな処理をしたのは酒梅の四代目と川口ぐらいやど」と申しておりました。

山口組と松田組の第一次大阪抗争に発展した、昭和五十(1975)年に豊中の喫茶店で起きた「ジュテーム事件」は、松田組系組員が山口組系組員三人を射殺、一人に首貫通の重傷を負わせた事件でしたが、組員たちは一審判決前から丸刈りとなり、十八年の懲役を受けると即下獄しました。その潔い態度、所作は大阪拘置所の職員はもとより、収容者たちの間で語り草となりました。

のちに山口組の三代目を狙撃した鳴海《なるみ》清《きよし》は、公務執行妨害で拘束された際、刑事部屋をグチャグチャにしましたが、柄受けに吉田会長や村田親分が出向いて来ていました。それほどに可愛がられていたのでしょう。おそらくこのような面倒を何度も見てもらい、絆を重ねたゆえに、死を賭して京都の「ベラミ事件」に至ったのだと思います。

話を戻しますと、重過失致死事件では約十ヵ月、大阪拘置所で受刑被告生活となるのですが、そこには当時の関西護国団団長のR、行動隊長のIがおりました。R団長は一審無期、控訴審で十八年に減刑となり、徳島刑務所にて受刑。出所後は不動産業で成功し、森喜朗元首相とのツーショットを〝フォーカス〟されてもいます。行動隊長も十八年の受刑被告の身でしたから、一緒に運動に出ていた獄道の先輩です。

関西護国団事件とは、警官の拳銃が奪われ、その銃で死者が出たという事件です。R団長は控訴審で被害弁償として五百万円の慰謝料が奏効し、有期になったと記事にもなりました。

私は処分が決まるまで、三、四年の増刑を覚悟しておりましたが、罰金二十万円で処理され、姫路少年刑務所に戻り、昭和五十（1975）年一月に出所。

この年の秋、だんじり祭りで身内の者が揉めたことから、自宅斜め向かいの相手方事務所に〝カチ込んだ〟容疑で逮捕され、この年の御用納めの日に保釈、二年の判決を受けました。この保釈中、実兄の名を騙った免停中の運転で一年六ヵ月。再度、大阪拘置所受刑被告となり、京都刑務所を昭和五十五（1980）年に出所したのです。

このカチ込み事件は、相手方組長とカーチェイスの末、相手の車が横転し、向かいの警察署内に走って逃げ込まれたため追跡を断念。私の車を運転していたのが、現・二代目東組二代目関谷組の西川英男二代目でした。

この相手方組長は、何かと私に好意を寄せてくれていたのですが、「ことの是非」は別として、ひとたび抗争となると仕方ありません。

姫路少年刑務所はYB（若い再犯傾向者、少年院などの体験者）が服役する刑務所ですが、私はまったくの初犯で受刑しました。

新入りで更衣室（検身場）に一級生（当時は一～五級の階級で所内の自由にかなりの格差があり、一級生は所内独歩可だった）の計算夫と二人きりで入れられたのです。

一級生は裁ちバサミを片手に「オイ」「コラ」調で衣服を投げるなど指図するので、初犯で要領も得ず、しきたりを知らなかったこともあり、「コラ、川口と呼べ」と切り返し、拾った服を右手に巻き対峙すること数分。「お前、そんなこと言うとったら生きて出られんど」と、なおもカマシ上げられたところで正担当が鍵を開けたのでものの別れに終わりました。

数カ月後、また「オイ」と呼びかけてきたので、一人食堂にいることを確認すると金づち二つを持参し、一つを差し出して「川口と呼べんのなら、こい」と挑んだのです。結局、相手が川口と呼ぶことになり、金づちを取ることはありませんでした。

この一級生は、十五歳で殴り込んできた相手二人を殺し、五～十年の不定期での受刑でした。

のちにこの一級生は二人組に工具で顔をザクロのようになるまで殴られるのですが、殺されるととっさに感じた私は、一級生をうしろから押さえつけている一人を羽交い締めにして彼から離しました。

一級生は工場に戻ると、目を赤くして感謝をし、また二人組も私に謝罪のようなことを言っておりました。二人組は減食罰、懲罰六十日で済みましたが、現在なら事件送致で二年近くの増刑でしょう。

一級生は正担当から絶大な信用があったのか、工場内でケンカを現認した正担当が非常ベルを押そうとした手を止め、「私に任せてくれ」と言って処理をしたことがありました。今考えても大したものだと思います。

私が姫路で二級生に進級直後、職員から不公平な注意を受け、抗弁し開扉とともに殴りかかったところ、張り付いていた警備隊員たちに犬コロのように引きずられ連行されました。彼らは私にドンゴロス（麻袋）を被せ、ボコボコに殴る蹴る……。

両手うしろワッパで三日目に前ワッパに変更されましたが、一週間はめられたままでこの間絶食しました。千日回峰行では一週間不眠、不臥、断食、断水するのですが、落命しかねない苦行とされております。現在の私なら「断水」が如何に無謀なことか知るところですが、当時は本当に無知でした。

全国七矯正管区で情報公開している資料を読みましたが、府中刑務所の受刑外国人は拒食で体重が二十九キロになり、監獄人権センターの海渡雄一弁護士が担当され、八王子医療刑務所で治療に及んだと書いてありました。

現在なら絶食しても水分補給さえしていれば、おそらく四、五十日くらいなら耐えられるだろうという程度の知識は得ております。

姫路少年刑務所の折は、若く無知であったということもあり「死んでも信念を曲げん」という決死の意志が通じたのか、当該職員が謝罪してくれ、即座に食べ始めました。ワッパ解除の折、警備部長が肩や腕のマッサージをと言ってくれましたが、それを断り運動を始めたら驚いておりました。絶食一週間とはいえ身体とは正直で、翌日くらいから排便がなく、かろうじて赤茶化した小便がチョロチョロと出た程度でした。

ワッパ解除後、水道水で手を洗ったところ、皮膚から水が吸い込まれていくように感じました。昔の房は畳がなく板張りに〝むしろ〟が一枚敷かれただけでした。もちろん水洗ではなく汲み取り便所だったため、窓や便器、板間などからすきま風が吹き込んできたり水道管が凍ったりなど、厳冬の二月だったのでさすがに寒かったものです。

この姫路少年刑務所時代の一番の思い出は、なんといっても三代目侠道会・池澤望会長の若者だった滝下健夫との邂逅《かいこう》です。他工場から雑居に転じてきた滝下の挨拶、所作に惹かれ、社会での再会を約束して兄弟分の契りを交わしたのです。

私が部屋住み当時、柳沢という先輩が相手方組織組員に拉致され受傷するということが出来《しゅったい》しました。

柳沢は少年時（昭和三十年代）、事務所近くでケンカとなり、多勢に無勢で殴られたのち、包丁を手にして相手を追い詰め、ケンカ相手が交番へ逃げ込んだところを別の身内が交番内でその相手を刺殺。柳沢は原因が自分ということで身代わりとして八年受刑した侠です。この件は赤松國廣組長（現・二代目東組本部長）の父親が近隣の顔役だったことから、交番外での刺殺だったということで処理されたそうです。

拉致された柳沢がいくら〝ヤキ〟を入れられても音を上げなかったことから、持て余した相手方が東組事務所に電話を入れてきました。その電話を東勇親分が受けたのです。ことの経緯を聞き及んだ親分は、「戸板に乗せて戻せ」「己ら皆、長い懲役行け」とまず相手方を〝カマシ上げ〟て度肝を抜いたのです。とっさに出たこの立て引きの言葉は、今でも私の生き方のバックボーンとなっております。

電話の内容を聞かされた柳沢も、さすがに阿吽の呼吸というのか「殺して帰せ」と言い続けたとのこと。そして親分は「柳沢とワシを交換せい」と、単身柳沢を迎えに出向き、柳沢を連れて戻ったのです。仮に柳沢を戸板で運んでくれれば、二十名近い相手方を拉致監禁して〝ヤキ〟入れした者たちも長い服役を余儀なくされます。こんな間尺に合わないこともありません。

この話を私は滝下に何度か語っており、「同じ殺されるなら、相手方に一人でも多くダメージを与える死に方を」と言っていたのです。ゆえにかどうかは分かりませんが、滝下は拉致されヤキを入れられ、「泣きを入れるなら帰す」と言われるも、「生きて帰したら、お前たちを殺す」というようなことを言い続けました。

滝下が拉致されたと滝下の家人から連絡が入ったとき、私が「奴のことだから葬式の用意を」と言ったのには、このような滝下とのやりとりがあったからです。

壮絶なリンチの末、数十カ所を刺された滝下は海老反りに縛られ、崖から十数メートル下の砂浜に突き落とされるも息があり、果ては海水に引きずられ溺死に至ったのです。

私は生きる長さに価値があるとは思ってはおりません。短くとも、その中身だと思っておりますから、滝下も男前に死んだと思いますし、兄弟分として誇りに思っております。

滝下の話は、坂本敏夫先生が『日本アウトロー列伝伝説のヤクザたち』（洋泉社）という本の中で書いてくれております。

平成元（1989）年四月六日、兵庫県警尼崎北署で本件の調べを終え移管されたひよどり山荘は、過去の最低気温がマイナス十五度。尼崎市街地の桜は散り果てておりましたが、ひよどり山荘の桜は数輪咲き始めた程度の一分咲きで、この日はプロ野球の開幕日でもありました。一審判決で十五年（求刑無期）を受け平成九（1997）年二月まで生活することになります。

昭和五十八（1983）年八月、結石で執行停止入院のくだりは前号でも記しましたが、平成三（1991）年五月までの受刑被告中にも結石で七転八倒の苦痛を味わうことになります。

平成元（1989）年秋、結石の間欠痛が生じ、あまりの苦痛にタオルを口に入れ悶絶寸前のところへ医師が来房。合成モルヒネを注射してもらうも効かず、再訪で二本目を注射してから数時間後、やっと薬効なのか痛みの峠を越したのか楽になりました。

私が初めて結石痛を経験したのは、フィリピンの首都マニラから飛行機で三時間を要する島のホテルで、夕食中のときでした。

食事の途中、初となる間欠痛に襲われ退席。室内で七転八倒していると、食事を終えた同行者が転がって悶える私の様子から結石痛と判断し、水分補給のため「ビールを飲め」とのアドバイスを受けました。十数本飲み続けての約三時間後、悶えが峠を越したころやっとドクターが来診。この折、本物のモルヒネを注射され、ふわふわと雲上を歩いているような心地良い快感を得ました。

ひよどり山荘では平成五（1993）年くらいまで尿とともにポロリポロリと排石しました。石灰化しベッタリとした結石は痛みが殆どないのですが、栗のイガのように鋭角で茶色の結石は、神経を縮めたり尿道をふさいだりするのです。この際には傷つき血尿も出ます。赤い尿だったり、とろりと固まりかけた血液だったりしますが、痛み止めのブスコパンを飲めども、それで痛みが緩和されるわけではありません。

読売新聞に「医療ルネッサンス」という連載があり、専門医が縄跳びで結石を降下させ排尿で排石すると知り縄跳びに努めたところ、これは効果があったようです。古株の拘置所医からも房内ジャンプの許可を得ました。古株の専門官は拘置所初の許可と申しておりました。

ひよどり山荘は、運動でビニール製の縄跳びの貸与が可能で、私は運動時間の三十分のうち十五分をランニング、残る十五分は縄跳びを続け結石予防に努めました。これも新聞に書いてあったことですが、十五分の縄跳びはゴルフの一ラウンドに相当する運動量だそうです。

ひよどり山荘が寒冷地だということは何度も記しましたが、寒冷期の縄跳びで足から火花を散らす思いを何度もしております。ビニールの紐は厳冬になると鉄の棒のように硬くなるので、うっかり足に当てようものならみみず腫れとなり、痛い思いをすることになるのです。

受刑被告の某日、私が房内で痛みで汗を流し青い顔でジャンプする姿を見て、いきなり怒声を放ち立ち去った幹部がおり、正担当に理由の説明と願出の旨を申し出たところ、「あんなあほ、放っておけ」と、のたまったのです。

以降、この正担当を信頼するようになりました。怒声をまき散らしたこの幹部は「K」保安課長（現在の首席）でした。

平成三（1991）年五月、受刑被告の銃刀法事件が刑期満了となり未決囚の身分に変わったのですが、私にとってここからが今日までにおける処遇改善への抗戦の始まりでもありました。

どちらかと申しますと、姫路少年刑務所や大阪拘置所受刑被告、京都刑務所時代の受刑態度は従順で、実に御しやすい受刑者だったでしょうが、K保安課長の〝おかげ〟で鍛えてもらいました。

記念すべき（？）処遇改善の初めは、「受刑被告中購入許可」で、使用していたえんぴつ削りが使用不許可と告知されたことに対してでした。同じ施設内で制限の少ない未決囚なのに不許可。すぐさま会計課長に面接し経緯を説明したところ、実に紳士的に傾聴してくれ「一課長の一存ですぐに許可はできないが、待て」との説明を受け、約一年待って許可されました。

一般的に、幹部は長くても二、三年くらいで転任するのですが、この会計課長は私の知る限り六年おり、のちに高松の部長職で転出したとのことです。

この会計課長は、食品購入品数をも増やしてくれた人でもありました。たしかに許可が下りるまで時間はかかりましたが、「待て」と言われたので、それを信じて私も待ち続けたのです。

受刑被告中に習字の通信教育の許可を求めたところ不許可。M専門官〔当時は部長、専門官制は平成五（１９９３）年くらいに採用されたと思います〕は強引にK保安課長に交渉してくれたようですが、それでも許可は下りませんでした。

某日、M専門官に呼び出され、「弁護人から所長に許可要請の手紙を出してもらえ」とサジェスチョンを受けました。早速実行してもらったところようやく許可され、以降写経などもするようになったのです。

未決囚の折、出廷に際し「生活の手引（所内の生活の決めごとや規則を明文化した冊子）」にも書かれている靴の使用許可について、前例の有無を正担当に確認し願出したにも関わらず、不許可とされ激しく抗戦しました。のちに副検事として転出することになるO主任から教えられたのは、願出に官は告知する義務があるということでした。告知せねばならぬO主任がKN区長とやり合ったのです。

この翌日、O主任から告知義務を怠ったと大変丁重な、いや丁重すぎる謝罪を受け恐縮……。KN区長に不許可理由を求めたところ、「説明する必要なし」と、けんもほろろ。木で鼻をくくった対応に、売り言葉に買い言葉ではありませんが、「なら出廷せんど」と挑んだのです。

出廷日、ステテコにシャツ姿で座っていると、警備隊員四人を引き連れてK保安課長が出廷を促しに来房。大声で怒り狂って「連れ出せ」と連呼したため、警備隊員は仕方なく入房し私をつり上げようとしましたが、刹那、「裂帛《れっぱく》の気合」で「心臓」を指し、「これを止めて連れ出せ」と啖呵を切ったのです。これには、房外で興奮状態にあるK保安課長も諦めて退却。あとで聞き及んだところでは、上司の指示に従わなかったとかで、警備隊員たちは始末書を書かされたということです。

この件の不許可がどうしても納得できず、当時のビジネスパートナーに伝えたところ、社長は大阪管区に退庁時間を狙い定めて連日交渉を重ねてくれ、最後には強要で告訴とまで言われながらも、不許可を出した担当者に私への訂正（要は謝罪）、「生活の手引」の問題で生じた靴使用云々の条項を抹消し刷新させるとの言質を得たので、「この辺でどうや？」ということになり、十分以上の成果に大いに納得しました。

「生活の手引」を刷新なんて、矯正施設において異例中の異例なはずです。

昭和五十六（1981）年から五十七（1982）年頃の抗争でのことですが、西成署刑事課長と東大出の二十代見習いキャリアが東組に来訪した際、手違いで東総長と遭遇させてしまったことがありました。刑事課長に西成署に出向いてくれと請われ、運転して東総長を西成署まで送っていった私は、このときのやりとりを室外で聞いておりました。

刑事課長はさすがに西成署の四課長を務めただけあり、

経験豊かで権力的対応をしませんでしたが、経験不足の若いキャリアは礼儀も弁えず、四課長と総長との会話中にも関わらず、「ヤクザが世間を騒がせて」などとスピッツのように横からキャンキャン。室外で苦々しく思っていると、総長がキャリアに「今、課長と話しとる。礼儀を弁えよ」と一喝し、沈黙させたのです。良い人生経験をしたことでしょう。

K保安課長とKN区長の立ち合い面接中、KN区長が「土瓶の口」を出した（横から口出しする）ので、間髪を入れず「おんどれは黙っとれ。課長と会話中や。了解も得ず、礼儀を弁えよ」と言い放つと、真っ赤になり震えておりました。

KN区長をやり込めたこの術は、先の東総長のやりとりから学んだものなのです。この手の駆け引きはタイミングを逃すと効果がありません。それにしても良く効きました。

伏魔殿《ふくまでん》にて燃ゆ

平成七（1995）年一月十七日、阪神淡路大震災が発生。その直後、ひよどり山荘では、A保安課長が拘置所内の協会売店W（矯正協会）の物品すべてを購入停止とする旨を告知放送しました。購入停止の理由は「ライフラインの寸断により、当分入荷が困難だから」というものでした。疑問に思った私は、「それはおかしい」とすぐに面接で異を唱えたのですが、「一旦決めたことだから」と退けられました。

面会者に管区へ赴いてもらうと対応した管区課長も、「そりゃ、おかしい。神戸拘置所に連絡する」ということで、当日のうちに「在庫が売り切れるまで販売する」と告知放送されました。これこそ朝令暮改の最たる例でしょう。結局、購入品が品切れになることはありませんでした。

A保安課長は実に軽い男でした。一和会ヒットマンだった御仁が運動連行中、たまたま巡回で行き合ったA保安課長が「スリッパを引きずるな」と注意をしたところ、逆に激しい剣幕で、足が不自由だからドクターの許可を得ていることなどを反論され、ただただ立ちすくむという体たらくぶり。現場のことを把握せず、一方的に注意するからいらぬ恥をかき、こんな失態を演じてしまうのです。

某日、我々が運動中にネクタイをゆるめ両手をズボンのポケットに入れ、「おお寒ぶ、おお寒ぶ」と眩きながら、A保安課長が私の前を通過しました。何度も記しますが、ひよどり山荘の厳冬は過酷で、運動の追い回し職員はもっと寒いのです。暖房が効いた部屋からのぼせ呆けを冷ますために追い回しに出たのだとしても、A保安課長の言動は上司としての態度ではありません。嘘でも部下にまず、「ご苦労」と労りの言葉を掛けるのが上司の務めだと私は思います。

面接の折、A保安課長に私がそのことを指摘しますと、視線を外して沈黙。こんな幹部が二本金線（注1）に出世して、大阪拘置所の処遇次席に納まるのですから――。「K」や「A」までは保安課長という名称でしたが、「S」の時代から「首席」という名称に変わりました。震災当時、Sは庶務課長でしたが、横滑りでAの後の「首席」に就いたのです。

S首席は確かに仕事のできる有能な幹部だったと私も認めますが、ごますりで出世した男でもあります。私もある時期までは尊敬もしていましたし、好意も寄せておりました。阪神淡路大震災の対応処理にはその有能ぶりを発揮したのですが、あることからボロを出してしまいました。

刑事施設というのはマグニチュード7～8くらいの地震に耐えられるように造られており、自家発電もできます。燃料も貯蔵されていますが、水だけはどうしようもありません。が、ひよどり山荘ではあの大震災後も、入浴は一回延期されただけで、以降はタンクローリー車で調達していました。社会の人たち以上に殆ど不自由なく生活できたことは、S首席の指導力、職員の尽力の賜物と、今でも想起するほどです。

「ボロを出した」とは、上級庁のお偉方が視察に来拘したときのことです。私の隣房の外国人用ベッド室を見たいと言い出したので、二十人近くの人数で長く伸びた列の後方にいた正担当に、S首席は「おいっ、早よ開けよ」

と慌てて命じたのです。遠くにいたとはいえ、正担当に対するその態度に、当の正担当よりも私のほうが納得いきませんでした。

そこで面接の際、「もっと正担に対し言い方があるだろう？」と指摘したところ、「そんなこと言うとらん」としらを切ったので、立ち会い主任に確認すると、横を向いたものの否定しませんでした。何よりも、指摘後のS首席は、私の視線を正面から受け止められないようになりました。それまでは堂々と私の視線を受け止め、私も好感を抱いていたのですが――。

大震災直後、宅下げ物（注2）の受人は印鑑が必要と手続きが変更されました。それ以前は拇印でも可能で、印鑑の必要はなかったのです。

告知放送後、即面接を申し入れて、S庶務課長に「仮に北海道から来た高齢で二度と来面（面会に来ること）できないような親族でも、印鑑がないと宅下げ物を持ち帰れないのか？」と問うと、銀行も印鑑が必要云々と理屈を並べる。「一度決定したことは変更できないし、しない」との返答に、それならば、と私は退室。

まず私宛に果物を郵送させ、宅下げ手続き後保管。会計職員が「なんとかしてくれ」と来房しましたが、受人が印鑑を持参していないので宅下げられない。「今後も中央市場から腐ったタマネギがトレーラーで届くで」と、冗談を言うと、往生しておりました。現場職員としても無用な手続き変更に不審を抱いていた様子。この件も結局は印鑑なしで宅下げ可能と再変更になり、改善されました。

Sが庶務課長から首席となった新年早々、新任間もない各階の正担当二人が左遷されました。左遷理由に当人たちは思い当たらず、苦悩したはずです。

S首席は郷党意識が強く、左遷の穴埋めに同郷の若手を補充しましたが、この者は責任感に欠ける男でした。派閥をつくるタイプのS首席は、ひよどり山荘の職員の人間関係をかき回したと申せましょう。

Mという職員は目がうつろで、巡回の際も「これは正常な目ではない」と感じました。のちのち大阪拘置所の隣房者から奇しくも聞いた話は驚くべき内容でした。Mはパチンコ好きが高じて「バカラ」など違法賭博に嵌められ、総額一億円近くの借金を重ねていたのです。嵌めたのは私の隣房者の仲間でした。Mは借金の金額をS首席に過少申告。S首席やほかの同僚たちが保証人となり、一度は借金の精算をしたかに見えましたが、結局姿を消してしまい、保証人たちが支払わされたとのこと。

本庁の参事官とかいうお偉方が神戸の飲食店経営者に〝あご足つき〟で接待された折、S首席もこのゴルフにごますり参加。ところがこの経営者は前科者で、接待後に覚醒剤事犯か何かでひよどり山荘の住人となり、S首席と対面したのだからたまりません。声を掛けたところ、S首席は足早に立ち去ったそうです。経営者は、「ただで飲み食いさらして、都合悪うなったら知らん顔さらす。別段、便宜を図ってくれと言うたでもないのに……」と嘆いていました。

S首席在任当時の所長はY・M専門官と同期拝命。処遇一本できた現場たたき上げのY・M専門官と会議か何かで意見が対立し、その直後に処遇からY・M専門官の姿が消えました。会計窓口や領置係に左遷され、肉体的、精神的ショックからか短時日《たんじじつ》にしてげっそりと痩せ、変わり果てておりました。

管区情報公開請求資料で、行刑改革会議録に、収容者が担当をなぜ「おやじ」と呼称するかを問う委員がおり、役人はこれに回答できませんでした。大半の職員も懲役たちも、この理由を知りません。私がひよどり山荘時代、Y・M専門官に教えてもらったところによりますと、「収容者は鉄格子の房に閉じ込められ、手も足も出せん赤子のようなもんや。担当を介してでないと何もできん。いわば父親代わり、ゆえに〝おやじ〟と呼ぶ習慣が根付いたのや」とのこと。Y・M専門官は近々定年ということもあり、「退《や》めたら九州に帰り、右翼でもするわ」と申しておりました。

Y・M専門官と同期の所長は、変態かと思うようなことを新任早々にやってくれました。廊下の壁をピンク系に塗り替えたのです。前任所長が転任直前の三月にベージュにしたばかりで、一カ月も経たずに塗り替えたのです。しかもセンスの悪いピンク系なのですから、驚くやらあきれるやら。

のちのちS首席は、この所長に抱いて回ってもらったのか、神戸刑務所長と処遇首席とのペアで転任しました。

平成十九（2007）年だったかに、大阪拘置所で不祥事が発覚したときの処遇首席がそのSでした。上手にまたま立ち回ったのでしょう。その後Sは、京都刑務所長だったかに出世しておりました。

私の真上の三階に鳴りもの入りで入拘したK本が、突然窓ガラスを割るなどの大騒動を起こしました。挑発し騒動を起こさせたK担当が交代で二階の私の棟に来た折、「えらい騒ぎでしたね」と声を掛けると、「あれはワシが挙げた。三階の担当に当てつけでやった」と申したではありませんか。その言葉を聞き「職員間の確執に収容者を巻き込むな」と怒ったところ、逃げ去りました。この件での処遇に、「K担当を収容者と接する部署に配置するな。武士の情けで理由は説明せん」と申し入れたのです。

しかし、翌日も交代で入ったので、私はブチ切れ「コラッ！」となり、面会での「新聞記者を面会に」との発言が官に対する強要罪ということで、二種房（二十四時間カメラ監視房）に転房。受罰二十五日となりました。

この件で所長が出勤の際、官舎から五十メートルほどの距離なのに、警備隊員をガードに付けるなどの警戒ぶり。私はK担当への悪口を一切言わず受罰しましたが、審査会、懲罰言い渡しでもS首席は私と視線を合わせることはありませんでした。

K担当は他収容者と不適切な行為などあることも判明

して、のちに辞めましたが、この件で取り調べに当たったのがS首席でした。K担当は私が何も言わず受罰した経緯を告白し、それを把握していたからこそS首席は視線を合わせられなかったのでしょう。

K担当は私に、上司がKと私の間にも不適切な関係があるのではと疑っていると告げたので、「コラッ！　ワシがなぜ疑われるんじゃ。Kよ、お前、ワシが潔白であることを一番知っている本人なのに、なぜ弁明せんのじゃ」と抗議すると、這々《ほうほう》の体で立ち去りました。

大騒動を起こしたK本は、兵庫県警の所轄署留置場内で収容女性と不適切行為、逃走未遂などを起こし、県警本部長以下に処分を下させた人物で、拘置所当局としても「緊揮《きんこん》一番」の処遇をしていた獄道だったのです。のちのち私の言動を知ったK本から便りが届きました。徳島刑務所を出所、元気だとも聞き及んでおります。

今日まで二十一年間、現場職員に怒りを表したのは二回だけです。その一つは平成九（１９９７）年のことで、大阪拘置所に移送された翌朝、採血に来房した専門官のあまりにも横着な言動に対したときでした。

朝、食器孔（注３）をコツンと叩き「腕を出せ」といきなり言われたので「何でか？」と問うと、「出せ、採血じゃ」との返答。「コラッ、まず順序としては、採血だから腕を出せと説明するのが筋やろう」と応じたのです。

あとで記しますが、この専門官がラムゼイ・ハントの折も何かと治療に反対したり、部下に指示していたのです。若い部下（看護師）はのちに私に涙ながらに謝罪しましたから、提訴も追及もやめましたが――。

Yという警備隊長がおりました。ひよどり山荘は取調室の前に処遇本部があります。ある日、面接中に向かいで上司から叱責されている警備隊長をチラリと見ました。おそらく、当時の首席にいじめられていたというか、失敗を叱責されていたのでしょう。その文言が「バカ」「カス」調だったので印象深いのです。のちに大阪拘置所の会計次席となったYと対面するのですが、ひよどり山荘時代同様、精神科に通院と入院を繰り返していたようです。

「表情は最大の密告者」とか「下男の目に英雄なし」などと申しますが、目や表情で分かることは多くあります。精神的に落ち込んだり、病んでいる人の目は、どこか〝うつろ〟で泳いでいます。単調な獄道では感性が研ぎ澄まされるのか、少し注意を向けるだけでこのようなことが分かるものです。

S首席の次はまたまた横滑りで、Fが首席に就きました。Fが庶務課長だったとき、選挙投票を望むか否かのアンケート用紙を配し、選挙権の有さない隣房の外国人にまで署名、押印させていました。面接で外国人には必要ない旨を指摘したのですが、実に高圧的な態度でした。

腕を組みふんぞり返って対応する態度にカチンときたので氏名を問うと、「拝命から実名を名乗ったことはない」との返答。前述の指摘を鋭く一時間ほど続け、頃合いを見計らい「ワレ、名を名乗らんのなら、管区の名簿で調べるど。どうさらすんじゃ」とスチール机を蹴り上げ迫ったところ、頬をピクピクさせ「Fです」と名乗りました。「最初から名乗らんかい！」と突っ込もうかと思いましたが、名乗ったことに免じました。このFは、のちに姫路少年刑務所長に出世しました。

話は少しさかのぼりますが、平成四（1994）年正月明けのことです。腰が抜けて歩くのがやっとの状態になり、受診し採血した結果、C型肝炎とのこと。GPT、GOT（正常値五～四〇）数値が七〇〇IU／L近くに達しており、触診でドクターは「この数値だと起きているのも大儀」と診断。おそらく検査所のミスだろうと再検査をしましたが、一カ月後やはり同数値でした。即ベッド室で横臥し、肝数値を下げるミノファーゲンを点滴。その後も点滴を一年間続けましたが、数値は三〇〇を維持、これ以下に下がることはありませんでした。

このストレスからか就寝前に突然吐血（洗面器半分くら

いの量）。意識を失ってリノリウムの床に倒れ込み、目覚めたときは警備隊長の腕の中でした。間もなく救急車で娑婆の病院へ搬送されましたが、車中で脈拍を測った看護師が計測不能と申しておりました。

病院で胃カメラなどの検査を受けたのですが、原因は判明せずそのまま帰拘しました。処遇本部直下の二種房（テレビカメラ付ベッド房）に入室。その直後に下血し、先ほど病院搬送に同行した医務課長が、帰宅していたところを呼び戻され再診察するも困っておりました。

数日後、ドクターが「拘置所ではこれ以上のことはできないので、社会で精密検査をしてもらってくれ。意見書は書いた」と告げてくれたので、〝執行停止か？　娑婆か？〟と期待しましたが、いつの間にか立ち消えに――。この期待を抱かせる言動のせいかどうかは分かりませんが、その直後にドクターは辞めました。

ミノファーゲンを一年間点滴後、尽力してくれる者があり、元法務大臣秘書が所長に交渉、刑事施設では初の試みとされる官費でインターフェロンの投与を受けられるようになりました。

平成元（1989）年四月六日の入拘当時は、C型・B型肝炎は同定されていませんでした。当時は非A非Bなどと称しており、平成三（1993）年頃、アメリカでC型肝炎と同定されました。入拘時の採血で非A非Bは陰性。社会の肝臓専門医の意見では、「慢性肝炎では三〇〇IU／L」以上にはならない。六〇〇IU／Lということは急性肝炎で、一カ月内外に感染したと思われる」とのことでした。官がインターフェロンの官費投与を決定したことで、所内感染を認めたに等しいと思っております。

感染源はおそらく、当時使い回されていた「ひげ剃り」「バリカン」「爪切り」「針」ではないかと思われます。エイズ問題などもあり、平成五〜六（1993〜94）年くらいに「ひげ剃り」は個人貸与に変わりました。バリカン一本だった理髪も、「ハサミ」も使用されることになりました。

関西では昭和四十年代半ばまで、ハサミで理髪を行っていたそうです。理髪中にハサミで職員を刺殺する事件が発生し、それ以降ハサミは使用禁止となったのです。刺殺したヤクザは、生きて大阪拘置所を出ることはありませんでした。命には命――というやつです。

インターフェロン投与には、肝臓の状態やウイルスの型に合ったものを投与せねばならず、そのための肝生検検査が必要となります。ひよどり山荘から約一時間ほどかけて、兵庫県内の病院に出向きました。沢口靖子似の色白看護師から座薬を放り込まれ、効いたところで三層構造の鉛筆の芯の半分くらいの針を、横腹から肝臓に向けてブスリと刺し込まれました。採取したミミズのような肝組織片を見せてもらいましたが、赤くただれた組織片でした。

検査後一時間もせずに帰拘させられたのですが、高速道路のジョイントの振動ごとに針を刺された箇所がズキンズキンと痛み、出血の感が否めませんでした。大型護送バスに横になりひよどり山荘に戻りましたが、一週間くらいこの痛みは抜けませんでした。無謀な帰拘だったと思っております。

この後、週三回の筋肉注射が約半年間続きました。インターフェロンは副作用も強いようで、髪が抜けたり、「うつ」から稀に自殺者まで出ることがあるとのこと。私は注射後、微熱や倦怠感こそありましたが、これといった副作用もなく経過しました。しかし冬には寒さで足が冷え、なかなか寝つけませんでした。

のちに大阪拘置所のドクターはエコー検査の折、肝臓の一部が欠けていると申しておりました。現在では回復し、「著効」が続いております。C型肝炎は完治とはいえず、経過観察で問題なければ「著効」というそうです。ひよどり山荘の医務ではエコー機器も備えておらず、おもちゃのような旧式を借りてエコーを撮ったほどでした。

監獄を〝寒五苦〟とも申しますが、施設では就眠できぬほどの冷えがあっても、許可が出なければ身体を温める術も品も手に入らず、この件でも抗戦が始まるのです。

　昭和四十年代は未決でも湯たんぽが買えましたし、医療用湯たんぽの貸与もありました。そこで、医療用湯たんぽの許可を求めたところ不許可。「ならば、ホカロンの購入を」と求めると、それも不許可。自己の寒さをしのぐことを目的と解釈されるのも片腹痛いので、投与完了後、再度ホカロンを求めるも不許可。

　この経緯を面会に来たライターの矢嶋氏に伝えました。拘医の教授筋に当たる大学病院内で矢嶋氏が写真を撮り回ったからか、スキャンダル発覚を恐れたのか――ひょどり山荘ナンバー2である総務部長から矢嶋氏の自宅に電話があり、「川口にホカロンの再願出させよ」と申し向けてきたとのこと。これを受けて願出、即許可となりました。

　以降、大阪管区でもホカロンが許可され始めたのです。府中刑務所でも平成十九（２００７）年から購入可能となったのですから、時代の流れを感じます。領置金のない受刑者は買えず、格差は広がるばかりではありますが。

　先の吐血で「臨死」体験だと思われることがありました。私より十二歳ほど年上のカタギの協力者に「マーチャン」という人がおりました。

　私の実家は陸軍の厩舎を改築したもので、ガラス玉を作る窯を据えたり、プラスチック加工などを生業とする工場でした。借地だったこともあり、相続のこともあって、工場内で片付けをしていたときのことです。

　藁縄で三本結束されている薬品瓶を見つけ、バラして開栓しようとしていると、マーチャンが「何やら分からんので危ないで」と言いました。その口調が妙に強かったので、彼の言葉に従いその瓶を裏の井戸に放り込みました。さらに上からレンガを落とし瓶を割った途端、大音響とともに水煙と火炎が何メートルも噴き上げたのです。私たち四人は逃散、九死に一生を得ました。

残りの薬品の処理に困った私たちは、当時出入りしていた「不良」消防署員に相談。処理班を出動させ回収してくれて一件落着と思っていたのですが、その夜、「不良」消防隊員たちと雀卓を囲んでいると、消防車の出動サイレンが騒がしいではありませんか。

冗談で、「おい、消防署が火事と違うか?」などと笑っていたら、工場周辺に警察や消防が出動して大変だと知らされました。急行してみると各家の屋根のあちこちから火が出ているではありませんか。

昼間爆発した薬品は水に反応するもの(たしか塩素酸ナトリウム)で、水煙とともに飛散した薬品が周りの屋根に残っていたのが原因だったのです。警察の出動責任者は旧知のO主任で、上手な処理をしてくれましたので、本当に助かりました。このときの命の恩人は間違いなくマーチャンです。開栓しようとしたときは、小雨が降っていたのですから……。

この命の恩人ともいうべきマーチャンは、私が吐血して意識を失った際、私を遊びに誘いに来ました。「今日は他用が」などと断ったところで、若い警備隊員に抱かれて目覚めたのです。

吐血当時、マーチャンは故人となっていたので、誘いに乗っていれば、彼岸の人となっていたやもしれません。これが、未決生活第一回目の「死線」のさまよいでした。

阪神淡路大震災の年の、クリスマスのイルミネーションがにぎやかな頃でした。尼崎地裁(神戸地裁尼崎支部)から公判の帰り道、日も暮れ三宮交差点で信号待ちをしていた私たちの大型護送バスに、大学生カップルの乗用車が接触。私の座席真下への接触でしたが私はまったく気付きませんでした。F部長は下車して確認のため乗用車に近づいたところ、大学生は恐れて車から出てきません。

それはそうでしょう。警備服にマッチョゴリラのような体型なのですから。F部長はのちに大阪管区の柔道指導者として係長転任したほどの体育会系ですから、気弱な大学生ならおびえて当然でしょう。車中の同僚たちは、この光景を見てぐすくす笑っておりました。

軽い接触事故とはいえ、所轄署には事故届を出さねばならず、長田署に出向いたのですが、なんとこの〝マッチョF〟にアル中かボン中かとおぼしき老婆がフラフラと近寄り、「兄さん、ええ男やねえ〜♡」と声を掛けたのです。当然ながら私は間髪入れず、「知り合い？　部長、もてるやないの」と茶化したところ、烈火のごとく怒って「あほ！　知らんわい」と申しましたが、同僚たちは忍び笑いで苦しそうでした。

代車が迎えに来て、私は先にひよどり山荘に帰拘したのですが、翌日この件で事情聴取。身体に異常はないかと執拗なほど問われ、不服申し立てしないというような署名指印し処理されました。それにしてもあんなにタイミング良く老婆が近寄るシーンに遭遇できるとは……。どっきりカメラの仕掛人のような老婆でした。

（注1）二本金線＝幹部クラスの刑務官を指して金線と呼ぶ。制服や制帽に入った金線や銀線、あるいは階級章の星の数などで階級が表される。

（注2）宅下げ＝所持品や領置品などの私物を親族などに引き渡すこと（差し入れの逆）。

（注3）食器孔＝主に食器を出し入れする扉。独居のものは、おおよそ縦十五センチ×横二十センチ。

死線を彷徨う

ひよどり山荘（神戸拘置所）には棟間の庭にクチナシが植えられており、六～七月頃には白い花を咲かせ、甘い芳香を漂わせ単調な生活に刺激を与えてくれました。運動場には北海道の花、ライラックが五月頃から紫色の小花を咲かせ、山茶花《さざんか》、桜、ツツジなども楽しめたものです。

私はひよどり山荘時代、三センチほどの「クワガタ」と二年近く〃同棲〃しました。夏の満月の二日間、夜間動き回り顔面を這われ、目覚めたもんです。クワガタも狼のような習性があるのかもしれません。冬眠用のベッドはスポンジをくり抜き用意してやりました。冬眠から目覚めると、はちみつや時々出る果物などを与えたら、二年間生存し続けました。

土鳩は、私の裏窓の隣房と通声できぬように立てられた仕切りをねぐらとして、数羽常におりました。冬期の夕方、ポトリポトリと音がするので見ますと、大きなドングリを吐き出していました。こんな大きなドングリをどうやって口に入れたのかと思うほどの大きいドングリで、鳩がドングリを食べることも初めて知りました。

現在私がおります府中刑でも、ヒヨドリがやって来ます。ヒヨドリの糞が乾くと種だけが残り、この種をネズミやキジバト、雀などが食べるところを見かけます。

ドングリを吐き出したのは薄茶のシルバーで、土鳩にしては姿も顔も抜群に整った〝美人〟でした。この美人土鳩に似たアメリカのレース鳩は三〇〇〇キロメートルを帰巣して高値が付いたのです。

四分の一のメロンが出たときの種を、水で浸した綿に植えたら芽が出ました。これが五十センチ近くまで成長したのですが、あまりに目立つので処分しました。何かを育てたりすることは、単調な生活に刺激となります。独居だと人恋しくなるのかもしれません。

拘置所というところは、おそらくどこの拘置所でも一緒だと思いますが、水道代がばかになりません。水道代というのは使った量（上水）だけでなく、流した水（下水）も代金徴収されるのです。ゆえに、使用量を減らせば代金も減る。現在でこそ拘置所も各階で洗濯機を設置し、官洗濯しておりますが、昔は洗濯板を売っていたほどで、すべて自洗でしたから「洗多苦」でした。水道代がかさむことに当局は苦慮していたのです。

某日、M専門官との面接中に水道代の話題となり、入拘以来疑問に思っていた洗濯と水道代のことを開陳。「洗濯機を買って官洗にすれば、収容者も喜ぶし節水もでき合理的」と提案したところ、「その洗濯機を買う予算がない」と言うので「そりゃ、卵が先か鶏が先かでっせ。実施したら解決しますよ」。

そして後日、ひよどり山荘は実施し、予想以上の節水効果。この効果で、ほかの備品などにも予算を回せたのです。

三井環・元高検公安部長に女を世話したりしたTという者は、私の若者だった者と幼少の頃からの友達でした。このTの供述で三井氏は実刑となり、静岡刑務所養護工場にて受刑中［平成二十一（２００２）年現在］です。

平成八（１９９６）年某日、Tから同所内（Tもひよどり山荘在監）受信。私の本件の内幕を知らされました。ライオンズクラブ、検察、警察、弁護士会などがスクラムを組んで、暴対法のスケープゴートに仕立てたのです。そのためアルバイトの学生が虚偽を強要され、報導もこのストーリーで一貫しました。Tの会社の顧問弁護士Nが本件の内幕をTに語ったと知らされました。ゆえに被害者に都合の悪い事実は表面化しなかったのです。

　具体的には、被害者と京都府舞鶴市の東組関係者と狙撃相手の店長とは三角関係にあり、被害者から店長の情報が私の配下にもたらされたということ。この件はのちに、私の取り調べをしたO元刑事からも、大阪拘置所で面会の折に確認しております。本件の捜査官だった〝元〟が付くとはいえ刑事が、私の事件に情報協力してくれ、「控訴審では証人出廷してやる」とまで申し出てくれました。

　当時、O氏は警察を辞して警備会社を営んでいました。万一強行出廷し、公安委員会より警備会社免許取り消しのリスクを負うことを承知の上で出廷してやるとまで申し出てくれたのですが、弁護団が協議の結果、見送ることになりました。

　理由は……。決めごとがあるそうで、申請しても却下されるだろうからあえてしない、という結論に至ったのです。警察の関係下に許認可権があり、警察に不利な証言をすればO氏の警備会社の免許の取り消しは明白。ゆえに、私としてもO氏の生活基盤を崩壊させることは忍びず、弁護団の出した結論に従いました。上告審では本件の捏造経緯を陳述書として提出してくれました。

　私は元取調官が好意的に協力してくれることをどうしても理解できず、面会の際に協力の真意を問うたところ、「川口という男に好意を抱いたからだ。事実はどこまでも事実だからな」というような主旨で伝えられました。何の利害関係になく、男冥利に尽きる想いを味わったもんです。このような経緯をたどっても裁判所は採用しないのです。

　ひよどり山荘に、舞鶴市に東組系事務所を出していた原組長と、日本拳法で国内タイトル七回、世界チャンピオンに輝いた中嶋組長が来面してくれました。この折、「尼崎事件は当初、原組に捜査が入っていたんやで。原組組員と被害者が交際してたからなんや」と、原組長から教えられました。

Tはさまざまな事情に通じた男でありました。ひよどり山荘では収容者の領置物（入拘の際に預ける所持品）が紛失したことがありました。しかも時計など高価な品に限り――。ひよどり山荘の執行者が領置物確認で紛失物があることを申し立てたのです。しかも複数人。「仮釈に影響するぞ」この一言で初犯の超エリート受刑者に抗う術はなくなるでしょう。その後、領置倉庫扉周辺に監視カメラが設置されたとか。要は、収容者が自由に行ける場所ではなく、文句を申し立てたら満期だと、口封じしたのです。

昭和五十（1975）年秋に逮捕。相手方組長とカーチェイスのくだりは既述しましたが、この折、だんじり祭りで有名な岸和田市の署に府警本部預かりで入留しました。この折の岸和田署四課係長がO主任でした。このときの入留置場でFとHと知り合い、のちのち私の配下に加わりました。

某日深夜、地元では手の付けられない乱暴者が入留して来ました。入留しても酔っているため騒ぐので、「静かにせんかい！」とみんなに迷惑が及ぶ旨を伝えたのですが、「誰にぬかしとんのじゃい！」と逆ネジを食わされました。手も足も出せない他房のため一睡もせずに朝の洗顔を待ちました。留置場では一斉に毛布を片付け、順に洗顔するのですが、この一瞬を狙いすまし、乱暴者の房に行き、一発で房内中央に倒し、ザクロのような顔にしてやりました。

府警本部預かりとは申せ、所轄署としてはあまりのひどい顔（血塗れ）に、なんらかの処理をせねばなりませんが、O主任は私の顔を見てニヤリ。「元気な若者はおまえか……」で、お咎めなしでした。この乱暴者は岸和田署の常連で、留置場の担当は皆がみんな手を焼いておりました。

この夜から、定年前の主任からは保護房にて「竹刀」で素振りを伝授してもらったり、夜勤者と廊下でテニスボールでキャッチボール、ほかの夜勤者と一緒にテレビを見ながらタバコをくわえ、コーヒーブレイクさせてもらったり、現在では信じられない「待遇」を受けました。よくやってくれたと、感謝を口にした人もおりました。

Fは乱暴者のことをよく知っており、一発で倒しザクロ顔にしたことに驚いておりました。それはそうでしょう、乱暴者はプロレスラーのように大柄で、倒した私自身も驚いたほどなのですから……。

O主任が他署に転任していったとき、身内の者が当時大流行中のゲーム賭博機を「ギャング」したのですが、私に返還する旨の連絡が入りました。私は即座に断りました。ギャングした者はそれなりに身体を賭けての確信犯だから、警察から強盗なら三年内外と脅されても、「はいそうですか」と従えないからです。私はO主任の提案をギャングした本人たちに伝えたところ、「ゲーム機で三年も行けない」というような意思表示を読み取り、O主任には「返還はしないが、今後店には手出ししない」ということで納得してもらいました。この和解で双方のメンツは保たれたと思っております。

ちなみに私は昭和五十（1985）年一月に出所しておりますが、私の経済基盤はこの賭博ゲーム機で成されたと申しても過言ではありません。和解させた私自身が連日、ギャングのようなことをしていたのです……。出所直後、「ゲーム機がシノギになる」と身内の者に話したのですが、「百円玉のシノギなんか、たかが知れている」と笑われました。が、その後の私のあまりの羽振りにワンパターン化、学習しておりました。

当時、壁に掛ける競馬ゲーム機で一回に三十万円が入り、これを店と折半。多いときは一台で一日三回集金するという流行ぶりでした。床に置く競馬ゲームなどは百円玉で百万円が入るのです。これを二回集金した日もありました。この手の店が何十軒もあったのですから、笑いが止まりません。

出所後、この収入原資で金融業を同級生に任せたのですが、御用納めの保釈金を段取りせよと連絡するも、何千万の原資金とともに姿を消しておりました。せっせと〝ヤバイ橋〟を渡り稼いだ「銭」を金融に注いだのに、何の因果か同級生は私の収入源だった賭博ゲーム機に注ぎ込み、すってんてんとなって姿を消したのです。

金融業はその後、兄・隆清を口説き任せたのですが、既述したように彼は事故死しました。その後も続けましたが、現在では何の事業も残っておりません。産業廃棄物処理会社を興して、金融会社の最後を任せていた社長に兼務してもらいましたが、根がまじめな元公務員ですから、いくら「不良」だったとはいえ、私からすれば気弱な感が否めませんでした。産廃の許可を得るためにも社会にいなければならず、時効狙いの逃走に踏み切った一因でもあります。

一期処分場に許可も出て、順調に滑り出しましたが、許可を得るまで任せた社長は「会長、絶対に無理です」と言い続けました。その都度、アドバイス。結果的に地権者との和解に至り、運営できたのです。

長い裁判で十五人内外の弁護団を組んで闘い続け、三億以上の費用を注入できたのも、この産廃会社があったからこそ可能だったのです。二期、三期まで運営できれば百億の仕事。当時、大阪府下一の処分スペースだったのです。結局、バブルの崩壊とほかの物件に手を広げすぎて倒産に至るのですが、倒産前に国税に三億五千万円の追徴に応じており、「払う前に倒産しとかんかい！」と、思わず突っ込みたくなります。

私は今年の十二月に出所となりますが、「ゼロ」からの出発ではありません。事業はすべて消えようとも、規模は小さくなったとは申せ、本業の事務所の明かりだけは灯っておりますから、「一」からの出発ができます。馬小屋で転んでも、犬の糞を掴んで起き上がる私のことですから、なんとかなるでしょう。不況不況とみなさん嘆いておりますが、私は楽観というか、何からでも生計は可と思っております。

昭和二十八（1953）年七月二十四日が私の生年月日ですが、私を含め同じ生年月日の者が三人おります。一人は田中明彦（現・二代目東組二代目清勇会若頭）で、明彦とはゲーム機の利権で対峙しました。当時、ゴリラのような体型で老け顔をしておりました。二十一歳の私と同年にはとても見えませんでした。えらい押し出しの強い奴、という印象でした。この田中明彦と京都刑務所受刑で出会うのです。

新入で工場入りしたその日に、妙に馴れ馴れしく肩に手を回したのが田中明彦でした。そして、生年月日まで一緒だということを知り驚いたもんです。現在惜しくも引退してしまいましたが、中野雅己組長が仲介してくれ、結果的に私の身内となり今日に至っております。もう一人は姫路少年刑務所で隣房だったIで、Iも実に老け顔で同年には見えませんでした。三人が同じ釜の飯を食う、こんな奇遇も稀だと思います。

昭和の終わり頃だったでしょうか。日本同和会会長だった尾崎清光というその筋では有名人が東京歯科医大入院中に射殺されました。尾崎清光は結核で片肺、大阪の池田組系の元ヤクザでしたから小指も欠損。私が十五歳で部屋住みの頃、出入りしておりましたが、当時は落目で私の支払いでホルモン焼きを食べたこともあります。西郷元法務大臣の私設秘書もしたことがあり、西郷先生の手形乱発のサルベージに桜井正友たちも関わったことがあり、この桜井が滋賀刑務所受刑中に偉い人の視察があり、盗み見ると見たことのある顔や……と思ったら、手形サルベージの折、乗せて運転した人物だと気付いたと申しておりました。

尾崎清光は大阪拘置所在監中、購入物の出金を克明に記帳し、領置金残高と照合したところ合わず、大騒ぎになったそうです。当時、東清総長も在監中で、尾崎清光が「東の兄さんの言うことしか聞かん」と述べたものですから、所長室でコーヒーを飲み、総長の「清光、文句言うな」の一言で内々に収束。

昔、宮城刑務所でも、何人もの受刑者の領置金から少額ずつをかすめ取り、刑事立件され問題化したこともありました。

府中刑務所でも昔のことですが、塀外からクレーンで塀内に侵入、受刑者に酒やタバコ、甘味菓子などをたびたび持ち込み、五回目に逮捕となった人物がいたらしい。当時の所長はその者に「今回が初めてということで……」と示唆したものの、結局、示唆したことも露見し、大恥をかいたとか……。

昭和四十年代中頃、堺の拘置所は古く、房内に便器がなく、桶にまたがり用を足し、毎日桶を回収処理していたので、くさくて不衛生な環境でした。昭和五十年頃までは施設に畳などは入っておらず、板張りにござ一枚。堺の拘置所では、塀外から所内の者と通声したり、釣竿にタバコなどを吊り所内に渡していたこともあります。「もう少し左、左、上……」などと言って、こんな牧歌的な時代があったのです。

徳島の元代紋頭だった親分からは、「徳島刑務所下獄に際し、入所してすぐ医務の雑役に取り立てられ、薬品箱を持って各工場を回った。運動会のときなど、はしごを掛け塀外から侵入して一緒に走り、帰っていった。信じられん時代だった」と聞いたことがあります。この親分、三年少々の刑期なのに一級生になったと申しておりました。

現在は弁護士、若き頃は検察官だった者から聞いた話。昭和三十年代末か四十年代初め頃、奈良少年刑務所所長が所内のある事件で逮捕。昔は豚舎があり、豚には通常現場職員たちにとって〝余禄〟があったようです。この所長になってから現場職員に余禄が回らなくなったため、内部告発され逮捕となりました。しかし、所長を辞することで、立件は見送られました。昔は処罰にも温もりがあったのでしょう。

東清総長が大阪刑務所から出所した昭和四十五（1970）年当時は、正門にズラリと何百、何千人もが並び、大物の放免はまるで映画のワンシーンのようでした。総長出所後、ほうきで清掃し、塵一つ残さず、持ち帰ったものです。出所翌日には、祝い酒を二トントラックで官舎に届けたりもしました。

平成十二（2000）年頃だったか、大阪拘置所時代、出廷帰り官舎で葬儀が営まれていました。H課長が二次会でO所長と意見対立し、その直後の自殺だったそうです。O所長はH教育課長の残された家族に労災がもらえるよう尽力する——というような言動で家族の口を封じようとしましたが、労災の下りない家族が弁護士に相談。この件を管区も知るところとなり、キャリアだったO所長は相当遠回りをしたと聞き及んでいます。

H課長は現場仕事に長け、ある乱れた拘置支所を管区特命で支所長として立て直し、その功労として大阪拘置所教育課長に着任しました。私も何度か巡回の姿を見ておりますが、視線に温もりのある課長でした。

平成八（1996）年二月、一審判決で十五年（求刑無期）が下りました。即日控訴。平成九（1997）年二月、大阪拘置所へ移監となりました。検事控訴ということもあり、結果的に未決通算は全日算入されました。

二回目の死線をさまよったのは、平成十一（1999）年四月二十八日の夜、大阪拘置所においてでした。

私は平成七（1995）年、ひよどり山荘時代に突然花粉症を発症しました。当時、花粉症なんてものは女子の発症するものくらいにしか認識しておりませんでした。十一（1999）年正月明けから風邪をひき、二月に入って併せて花粉症を発症。正月明けから翡翠色の鼻水や痰が出続けており、これが死線をさまよう前兆だったのでしょう。風邪や花粉症くらいと軽視しすぎました。

四月二十八日、坂本敏夫先生（広島拘置所総務部長を四十六歳で退職、現作家）と知人看護師の面会を受けた際、坂本先生に「川口さん、顔色が良くないですね」と言われ、「実は頭痛が……」と答えました。この夜から五月三日まで死線をさまよったのです。

ゴールデンウイークということもあり区専属看護師がおらず、体温三六・八度（当時の私の体温は三六度内外で現在は三六・七度）だったので、ゴールデンウイーク中の横臥許可欲しさの詐病と疑われたのでしょう。無理矢理食べるも嘔吐や下痢がひどく、「水分さえも吐く」と申告したところアスピリン投薬のみ。

五月三日、O正担当が出勤、私の顔を見て涙を流してくれました。正担当は部屋に転がるリンゴを集め、炊場でジュースにして冷やして届けてくれ、「生き抜かねば」の心を強くできました。五月三日までは激しい頭痛、嘔吐、下痢に苦しみ、さすがの私も「死」を覚悟したほどの苦痛だったのです。

ゴールデンウイーク明けの五月六日、左耳内に突然水ぶくれが数個でき、これで嘘のように頭痛から解放されました。代わって歩行困難に陥り、この年の秋まで車いす生活となりました。五月六日、拘置所医師はベル麻痺と誤診、後日、血液検査でラムゼイ・ハント症に訂正。弁護人は五月六日、身内のドクターからラムゼイ・ハント症だと聞き及び教えられていたので伝えるも、誤診だったのです。諸症状としては、顔面麻痺、兎眼（まぶたが閉じない）、歩行困難なめまい、耳鳴り（隣房の水道から水滴が落ちるだけでも激しく響く）など。ほかにも、約二年ほど会話中に激しく咳き込んだり（これで相当心臓が弱ったかも）、一日だけでしたが右目の光が失われたりもしました。右目視力を拘置所医に申告すると、「戻るでしょう」とのことで、拘医の予告通り一日で光は戻りましたが、視力は著しく低下したままです。

平成二十一（２００９）年現在でも後遺症は厳然として残っており、高い金属音のような右耳の耳鳴り、右目まぶたが就寝中に開きドライアイから失明の恐れがあることから夜間その都度点眼薬数回。右視力低下、めまい、暗所ふらつきなどがあります。

大半の人が子供時代に水疱瘡に罹患しますが、この菌は神経節に巣くって生き残り、健康体ならおとなしくしていますが、免疫力が低下した折に暴れ出し、帯状疱疹などを引き起こします。せき髄に入ると髄膜炎、脳に入ると脳膜炎、どちらもよくて植物人間、悪くすると「死」に至ってしまうという大変な病気になるのです。

ゴールデンウイーク明けの五月六日から、大阪拘置所病舎に入病。ステロイド治療を受けたのですが、副作用から「命の行き止まりでは?!」と思えるシャックリで、息を吸うことも吐くこともままならず、「息止まる」ことの繰り返し。ちなみに、シャックリでも年間何人かが死亡するとのこと。

諸後遺症こそ残りましたが、それにしてもよくここまで回復したものだと、身体の強さに驚きます。

小林一茶の句に、

夜の霜　耳はしんしん　蝉の声

という句があり、五十三歳で結婚、二男一女を授かりながら子を亡くし、妻まで病没、寂しい境涯にあった一茶が耳鳴りに苦しんでいた折の句で、同病の私もこの句を読んだとき、心に染み込んだものです。

現代人も耳鳴りに苦悩する人は少なくありませんが、耳鳴りが不眠を誘発したり、高じて鬱病になったりもするようです。

府中刑務所入所後も八王子医療刑務所に出向き、耳鼻科を受診すること二回。官も後遺症を認定してくれているのでしょう。

星霜流転

山口組の元顧問弁護士である山之内幸夫弁護士も大阪拘置所に拘置され、無罪確定されましたが、無聊《ぶりょう》を慰めるためか、便座に座り土鳩に餌を与え、注意を受けた由。

大阪拘置所は昭和四十二〜四十三（１９６７〜68）年頃に新築工事が完了したのですが、昨今の新築施設とは違い、金網はめ込み式ではありませんから、残飯などを与えたり、馴らして鳩たちを捕まえたりすることも可能でした。

私が入拘したその夜に、四階から張られたワイヤーを伝い、ネズミがスルスルと三階に降下するのを見て驚きました。体型上ドブネズミはこんな器用なことはできませんから、クマネズミ（コートが黒でしっぽと爪を利用し高いところにも行き電線のビニールなどをかじり嫌われる）でした。その後ネズミは夜間には房内にも侵入し、ピーナッなどを食べておりました。昼には土鳩が出入りし、にぎやかでした。

一審無期、検事控訴で残念ながら死刑確定のＫに、私の房には「雀が出入りして、机の上で遊んで帰って行くで」と伝えても信用しませんでしたが、某日、私の房を覗き、机上に雀がいるのを見て驚いておりました。後日、自分の房にも出入りするようになった、とＫは喜んでおりました。

私は午睡時間（昼食後）に写経をしていたのですが、この時間帯が訪雀でした。おかきやピーナツを小さくして置いておくのですが、なぜか写経中の私の小指の爪をくわえて戯れることを好んでいました。近房者が雀侵入の話を専門官に語ると、「あほ、死刑囚棟では、ヒヨドリが手からパンを食うとるで」と申しておりました。おそらく、この雀も恐ろしいほどの時間を要して馴らされ、死刑囚棟から出張していたのやもしれません。

私は犬や猫、小鳥、蛇などを飼いましたし、小学校から中学二年生くらいまで、鳩を百羽近くも飼っていましたから、鳩の習性を心得ております（百羽近くの餌代を新聞配達で稼いでいました）。人間百人百様と申しますが、鳩も百鳩百様で見分けられるもので、目に訴えてくる鳩もいるのです。ひいきの土鳩が何羽か出入りしておりました。土鳩の心理、捕らえ方を伝授したところ大ブレイクしたこともあります。

某者は頭羽を少し抜き、赤いカラフルな紙で帽子を作り糊で貼り付け放鳩したものですから、拘内で大変注目された鳩もおりました。「大阪拘置所の鳩は帽子をかぶっとるで」と。足輪も多くの鳩にはまるようになりました。

大拘の鳩は廊下側のブロックなどに営巣するのですが、カラスやネズミだけでなく職員に発見されても天敵となります。職員の場合は抱卵時点で処分ですが、ネズミは足をかじったり、障害鳩にしてしまいます。

大拘の前は大河でこの川にカモメが舞うのですが、橋上で餌付けする愛鳥家がおります。

冬の某日、愛鳥家が休んだのか、突然大拘内をカモメたちが群舞、その数五十羽近くで、刺激の少ない獄道者には殊のほか壮観でした。あるカモメは食パンを一枚、口に飛翔……ほかのカモメは魚肉ソーセージを一本口に飛んでいたりで大笑いしたものです。しかし、このカモメを捕らえたのは私だけかもしれません。

大阪拘置所の棟間の庭には、桃、梅、桜、キョウチクトウなどが植えられ、桃や梅の花は微かに芳香を放ち、季節感を感じたもんです。桃の花は廊下の磨りガラスをピンクに染め、存在感を出しとりました。運動場には牡丹桜や八重桜、ソメイヨシノなどが植えられており、初犯の四十八（1973）年当時は細い幹だった桜樹の成長ぷりに、四半世紀という歳月の流れを感じたものです。死刑囚棟庭には大樹があり、この大樹をムクドリがねぐらとして数千羽集まり、あまりの騒がしさに苦情が出て切られてしまいました。

大阪拘置所での処遇改善は、縄跳びとレタックスが許可になったくらいでしょうか。以前は電報のみが急ぎの用を足す手段でしたが、なんとKは毎日一万円近く電報を打ち続けていたのです。同じ用を足すにせよ、レタックスなら五百円くらいで済みます。私が郵便局員との面会の折、レタックスを大拘に導入するよう尽力してくれと依頼すると、「管轄の郵便局長に伝えます」と好意的だったのですが、某郵便局の不手際から実現しませんでした。座右の銘でもある「三ず（焦らず、慌てず、諦めず）」の精神で気長に何度も交渉し、最終的に官が許可してくれました。

縄跳びはひよどり山荘時代の職員が警備隊長としていたので申告すると、理解を示してくれ、驚くほど短期間で許可されました。両方とも鴨下守孝所長時代の許可だったはずです。

ちなみにKは京都刑務所二年の受刑で、出所まで暴行、受罰を受け続けたのです。この不当を提訴し、一審は敗訴するも控訴審では逆転勝訴を得ました。Kは拘禁病で手を一日何十回も洗わねば落ち着かないのですが、これを処遇は不正な水使用として従わせるための強権、受罰を打ち続けたのです。京都大学から出向していた精神科医が、拘禁病だから懲罰を打ってはならないと、上申していたのにも関わらず……。

一審ではこの精神科医の証人不採用も控訴審では採用となり、拘禁病である旨と所長上申内容を証言。五万円の支払いとはいえ、逆転勝訴となったのです。K曰く、「百五十万近い弁護料を費やし、五万円取り戻しました……」でした。

Kは一八〇センチ、体重は百キロを超す大柄な男で、京都刑時代に彼に暴行を加えた幹部と大拘で遭遇。幹部が慌てて視線をそらし遠ざかる光景が印象的でした。いくら強権を発動できる刑務所であっても、どこでも堂々と視線の交わせる仕事をしてほしいものです。

中央統括と面接の折、水道代の話となり、ひよどり山荘時代の経緯を話したところ、ひよどり山荘に確認したのか大拘でも洗濯機を設置、官洗が実施されました。実績を上げ、この年の正月は前例のないほどの豪華な折り詰めが、しかも二回出ました。残念にも死刑囚となってしまったKは、腕のいい板前だったので問うと、「これ、材料代だけでも五千円くらい必要ですよ」と言ったほどの立派な折り詰めでした。長い獄道生活でも、あんな豪華な二段重ねの折り詰めは初めてでした。

平成十三（2001）年二月、資格移動といって上告審が確定し、懲役の身分として分類を受け、宮城刑務所へ三月六日に移監されるのですが、大拘確定時期、入浴のときに官物タオルを一本別に渡され、このタオルで身体を洗い、すすがずバケツで回収しておりました。節水には最も効果的で感心させられました。

従来の入浴ですと自分のタオルで身体を洗い、その後石けんの付いたタオルをすすぎます。このすすぎに洗面器四〜五杯は湯水を使います。そのタオルで身体を拭き、タオルを房に持ち帰りすすぐ。これにも三杯くらいは使います。少なくとも一回の入浴で七杯の節水ができるのです。何千人という人が入浴するのですから、大きな節水となります。

昭和四十九（1974）年頃のことですが、当時は鯨がよく出て、わらじのように大きな鯨カツにカレーをかけた鯨カレーは、大拘名物と称されたほどです。天ぷらの翌日は味噌汁の具に前日の天かすが山盛り入ってました。

冬期などは熱々を食べると身体もポカポカ温もったものです。大拘の食事はさすが「大阪の食い倒れ」といわれるだけあり、不服はそうなかったのでは、と思います。

私は未決時代も殆ど菓子や弁当を食べず、官の食事で済ましとりました。ゆえに食べられる環境にある未決時代でも平均体重を維持、宮城刑までは六十三、四キロをキープしておりました。

現在はどこの刑務所でも自刑製の正月折り詰めは作っておりませんが、昭和四十九（１９７４）年当時は自刑で作っていました。大拘のは二段で、本物の鯛を焼いたもの、鶏モモ一本など、貧しい子供時代には口にしたこともないような折り詰めで驚いたものです。大拘も昨今は業者発注の幕の内弁当のような仕出し折り詰めです。ひよどり山荘、宮城刑、府中刑も似たようなものです。食品が豊富になったのに質が低下したといったところです。

受刑者の社会復帰を促進するため、労働需要に見合う資格取得を目指す職業訓練として取り入れ（例えば栃木・喜連川社会復帰促進センターのように調理師免許を与えるシステム）、炊夫を増員し自刑製にし、腕を磨かせれば一石三鳥だと思うのですが……。ほかのＰＦＩ刑所（注１）では、盲導犬の子を飼育しとるそうですが、長期刑務所ほど情操を育てたり命の大切さを自覚させるためにも私は必要で採用するべきではないでしょうか。アメリカの受刑者の少年に犬を育てさせたところ、驚くほど更生効果を得たという記事を読み、宮城刑時代に思うたもんです。

現場を知らない役人がトップダウンするのではなく、もっと自主的に現場を知る職員からボトムアップシステムも有効活用すれば、所長に対する苦情システムも刑事施設視察委員会のような刑務所監視システムも必要ありません。良策と思えば誰の意見、提案であろうとも採用改善に努めれば懲役の不服も皆無となります。

ひよどり山荘九年在監は最長記録だそうで、不名誉な記録保持者となってしまいました。大阪拘置所に四年、宮城刑に五年少々。平成十三（２００１）年三月六日移監となり、幸いなことに夜間、昼夜間独居の違いがあるにせよ、今日に至るまで、独居生活でありがたいことです。未決の十三年間は単独処遇でした。鴨下守孝所長時代、ラムゼイ・ハント症のリハビリを考慮してくれたのか？運動だけは集団に解除されたのです。

大拘の隣房にMがおりました。このMから、ひよどり山荘の看守Mがバカラ賭博で借金を重ね姿を消したことなどを聞いたのです。Mの仲間が賭けごと好きのMをはめたのです。Mは腕の良いディーラーのようで、思うようになると申しとりました。

某日深夜、Mが注意を受け逆切れ、職員に逆ネジを食わせ、夜勤部長も出張ってきました。この部長の対応は見事の一言に尽き、感心したもんです。Mの主張を抑えるのではなく、聞き取り、その矛盾を数語指摘、黙らせてしまいました。

そして近房者に騒がせた説明をきっちりしてくれました。この対処に、さすがの私もほれぼれしたもんです。この部長は他棟の正担で、大拘の処遇困難者を多く引き受け、上手な処遇をする担当だということも、のちのち聞き及びましたが、K・Sという収容者はどこの棟でも弱い者いじめをしたり、掃夫をいじめたり、誰からも嫌われる乱暴者だったとのこと。その後京都刑受刑、出所当日に官舎に殴り込み、逮捕されたような男です。

そのK・Sを面倒見ていたのが、この部長。しかし、いくら指導するもいじめが止まず持て余していた部長は、帽子を脱ぎ房内に入り談判。K・Sの非を指摘したので、しょう、この日から虎が猫のようにおとなしくなった由。

平成十九（２００７）年ごろ、不祥事が多発した大阪拘置所でしたが、私がいた当時と比べ信じられませんでした。

大拘には、人としても尊敬できる職員は多くおりました。大拘移監翌日、採血の際に医務専門官とトラブルを起こしたことを記しましたが、のちのちこの専門官は外部病院にＭＲＩ検査、耳鼻科にも各二回同行してくれ、私は大刑医療でＭＲＩ検査をと主張すると、「川口君、大刑医療はやめとけ、僕が責任持って専門病院に検査に連れて行く」と言ったので、許したのです。当時の大刑医療刑務所は、書類上で相当操作されており、死人が出ても原因が……だったとか……。

大阪拘置所ではひところ、夜勤職員が就眠中何人もが金縛りに遭ったり、不思議な現象が起こっていたため、祈禱師に祓わせたところ、ピタリとやんだ由。このあと出没していた霊も鎮まったものの、空房の電灯が点いたり消えたりが続いたそうです。大阪拘置所は旧房ですし、食器孔は自分で上下開閉するもので（房間が狭い）、少し手の長い者なら隣房の電灯スイッチに届くのです。この点いたり消えたりが連日続くので、夜勤者は本当に脅えたとのこと。これも大拘の旧聞ですが、嫌いな夜勤者を深夜狙いすまし驚かせた者がおります。

房前に来ると、急に報知器を強く押し出すのだとか。これは予想以上に心理的打撃を与えます。私もひよどり山荘夏の深夜、投薬をもらうのに報知器を出さず（出すとパタンというので隣房者の迷惑となる）食器孔にあごを乗せ、巡回して来るのを待っておりますと、急に数メートル飛び去って驚いた担当がおりました。

脅す意図がなかったゆえ、このリアクションに私のほうが驚き、笑ってしまいました。話が逸れましたが、実は空房の電灯をつけたり消したりしたのは、鳩に帽子を張り付け飛ばした者が犯人です。本人から聞き、大笑いしたもんです。

平成元（１９８９）年末、本件十五年上告棄却、二年三月六日宮城刑務所移送。幸いなことに、夜間、昼夜間の違いはあるにせよ今日に至るまで、一貫して独居生活が続いとります。新入教育を終え、三月二十九日十三工場配役→出所まで処遇上の独居生活と覚悟しとりましたので、望外の喜びでした（のちのち知ることですが、一和会のヒットマンTは八年近く処遇上から配役されました）。

大阪拘置所に迎えに来て移送してくれたK専門官は、トレンチコートの似合う渋いタイプの男で、十三工場は清潔で暖かい工場だと教えてくれたが、真にそのとおりでした。

配役当時の十三工場は表具訓練工場、印刷に関連したパソコン部と、我々の原稿入力校正部門の三職部門の併設工場だったが、途中から表具訓練工場は移転し、我々の業者も不況で撤退。代わりに自衛隊員の作業服を主に縫製する「官」資本の縫製工場と印刷関連のパソコン部門との作業工場となるのだが、第十、十一、十二、十三工場が入る建物は、築十年少々、比較的新しく厳冬でも六度以下になることなく、殆ど十五度近い暖かさだった。

宮城刑の他工場は、古い建物ゆえに天井が高く、寒く、霜焼け被害に幹部も苦慮し、くつ下、メリヤス上下は二枚重ね着用可だったようです。

配役された三月二十九日という日は、仙台の観測史上最も早いとされる桜の開花日でもありました。幸先の良い工場スタートでした。工場の入り口には天然記念物指定の「臥竜梅《がりようばい》」が満開に近かった。桜花以上の多くの花を咲かせ、かすかに甘い香りが鼻に届き、印象深い梅花となりました。

入梅のころには、数粒の実を実らせたが、翌年からは結実せず、樹勢が衰えたのでしょう。この「臥竜梅」は「かりん」の台木に伊達政宗が韓国から持ち帰った梅を、接ぎ木したものらしい。冬から春への移ろいを梅花で実感できるゆえか、獄道たちは感慨深く開花を待ち望んだのかもしれません。

臥竜梅とバトンタッチのように毎年宮城刑内の桜が咲き始めます。臥竜梅は咲き初めから散るまで約四十日。桜は約二週間。

配役直後の四月六日、観桜会という教育行事が催されました。運動時間の三十分を利用し、桜の木の下にブルーシートを敷き、演歌のカラオケをBGMに、だんご三本（みたらし、こしあん、ごまあん）、パックジュースで車座になり、口福と眼福という楽しい催しでした。

のちに親友となる岡は、熊本刑務所も務めており、そこでも観桜会はあったと申しとりました。私の知る限りでは、短期刑務所には観桜会のような教育行事はありません。宮城刑初めての観桜会、車座になり周りの会話に耳を傾けると、「わしは二十四回目だ」「わしが二十六回目だ」というもので、新入の私には驚きでした。当然この人たちは無期刑です。

『そして、死刑は執行された』（恒友出版）の著者、合田士郎は、無期刑ながら十三年六カ月で仮釈された人です。二十年前は新入教育でも十五〜十六年くらいで仮釈されると教示された、と車座の無期たちが申しとりました。この人たちは、遺族との和解も終えているのにも関わらず、仮釈されとりませんでした。おそらく平成二十一（２００９）年現在の無期四千六百名以上から推察しても年間二名くらいしか仮釈されていないことからも、三十年経っても仮釈は難しいでしょう。

のちのち判明するのですが、わが十三工場の人員が三十五人として、被害死者が三十七人という工場でした。LB刑務所（注2）は全国に熊本刑・徳島刑・岐阜刑・宮城刑・旭川刑務所を含めて五刑務所あります。全員が八年以上の長期受刑者ということではありません。地元の短期刑確定者も下獄しております。宮城刑では十工場の印刷、二工場の木工、わが十三工場が殆ど長期者の工場とも、例外は一、二名です。これ以外の宮城刑工場では短期刑も混成で炊場では長期受刑者は配役されておりませんでした。

芭蕉の句に、

さまざまなこと想い出す桜かな

というのがあります。今でも桜花を見上げることに、宮城刑の観桜会の楽しかったことから星霜流転を思ったりします。

宮城刑は東北管区のメディカルセンターも兼ねた刑務所で、医療設備は相当整っていたと思います。宮城刑で処置できない患者は八王子医療に送ったり、外部病院で手術を行ったり、社会並みの医療が受けられたはずです。私も毎年定期的にラムゼイ・ハント症の後遺症を耳鼻科医、眼科医が社会から通ってきて診察、心電図、エコー、胃カメラ検査は新妻医務部長が直接検査してくれました。胃内視鏡カメラの検査は午前中に行われ、午前中いっぱい横臥させられました。ひよどり山荘では肝生検の折は、麻酔が覚めると帰させられたのですから、えらい違いです。初めての内視鏡検査で隣に横臥していたのが、オウム真理教のHということをのちに知るのです。当時は禁止とは申せ、交談も可だったのです。

新妻医務部長は、大学病院で助手から宮城刑医務部長に就かれた人で、助手時代から患者には好評だったらしく、私から見ても医師としての良心と信念を有する人でした。京都刑受刑の折、結核の診察があり、胸に聴診器の先をちゃんと当てるのです。聴く側すら両耳に入れず「異常なし」と診察した医者とはえらい違いです。別段、誇張でも笑い話でもなく、実際にあったシーンです。

宮城刑の工場回診は週一回で工場巡回准看護師が巡回し、おそらくどこの刑務所でも一緒でしょうが、特別診察（特診）というのがあり、工場で仮に「風邪でしんどい」と申告し、特診を願い出れば、当日ドクターの診察が受けられ、ドクターがすべて指示を出してくれます。血液検査も即、採血でした。

某日、嗅覚がなくなり（一週間で嗅覚は戻ったものの）申告したところ、十日ほどで宮城刑の救急車で外部病院にMRI検査に出向きました。あまりの迅速な対応に驚いたもんです。結果的に頭部に異常なしということで、胸をなで下ろしましたが、懲役にとってはありがたいことです。左翼の「M」「K」氏たちは無期で、宮城刑（の医務）だからこそ存命できていると申せるやもしれません。

本人たちもその旨を公表しております。

私はもう一度宮城刑から出ておりますが、平成十六（２００４）年再審に関わる法廷立ち会いのため、札幌刑務所に飛行機で出向いとります。北海道という地は台風が上陸しない地だそうですが、この年は過去に例がない台風が北海道を襲い、空の便が乱れ、宮城刑に帰るのが十日近く延びました。

この折、一階の独居から二階へ転房。二階の正担当の顔がゆがんで見えたので問うたところ、ベル麻痺の後遺症（顔面麻痺）で復元しないとの由。私もラムゼイ・ハントを患っとりますから〝同病相憐れむ〟ではありませんが、波長が合い、宮城刑では購入できない歯ブラシ、半袖シャツ、運動ぐつ、くつ下など買えるだけ買って帰りました。

宮城刑では旧式タイプの「ズイキ」というメーカーの歯ブラシで、月一本しか買えず、このズイキの歯ブラシは二週間も使うと茹でダコの足のようになり、歯ぐきを傷つけ往生していたので、五十本買い込んだ歯ブラシは大変重宝しました。私の入所当時、歯ブラシは協会売店（刑務所内の売店）で買ったもの以外は、娑婆の歯ブラシさえも差し入れできませんでしたし、二ヵ月に一本しか買えなかったのです。それを入所直後交渉し一ヵ月となり、のちのち娑婆の歯ブラシも差し入れ可となったのです。

ちなみに府中刑は、本、切手、現金くらいが差し入れ可で宮城刑のようにタオル、ハンカチ、歯ブラシ、筆記用具用具、石けん箱など不許可です（協会売店品のみ差し入れ可）。

一階では不許可だったのに、二階の正担は「任せてお け」と一言。肝の据わった正担当でした。ほんの数日間触れ合っただけなのに、こんなに粋な刑務官もいるのです。

ちなみに殆どの刑務所で、官給されるチリ紙「官チリ」は臭い匂いのネズミ色ですが、札幌刑務所のは純白で、下手な私物品よりも良質なチリ紙でした。

　札幌刑の運動は、棟と棟の間の庭を三十〜四十人近くが一緒に出て運動をするというものでした。府中の独居も月一〜二回、三〜四人の集団運動を実施しておりますが、札幌方式なら時間もたっぷり一時間可で簡便なのに、前例踏襲の役人には、散髪代を払ったり、帽子をかぶる頭しか持たないのでしょう……。

　札幌刑ではなんと申しても、茹でただけのトウモロコシが絶品美味、ほかに味付けもせずシンプルなのに甘く、カルチャーショックを受けたほどです。農場で収穫されたものをボイルするだけだそうですが、本当にうまく、驚きました。枝豆も大量に出て、「駅前の自転車」（捨てたものじゃない）でした。

　どのような出来事も過ぎ去れば、ただの思い出にすぎませんが、あの折の台風は、大人の手で二抱えもあるほどの幹周りのポプラを倒しました。私はその光景を二階独居から目前で見たのです。自由な社会にあって目前で観る、遭遇することも稀なのに、身動きならぬ環境であのシーンをつぶさに観察できるとは、何が幸いするやら分かりません。

　この台風上陸は、北海道大学のポプラ並木を倒したり、相当の倒木被害などを出したようで、台風というだけであのときのシーンを想起するほどです。倒木翌日にはクレーンが入り短く寸断処理されましたが、実に早い対処でした。

　この札幌刑公判立ち会いで、元配下は真実を証言し、弁護団は色めき立ったのですが、再審地裁は見向きもしませんでした。

　木といえば、宮城刑も建て替え中で大人三人近くで抱えるほどの幹周りのある樹齢百二十〜百三十年という御神木のようなイチョウが切り捨てられました。イチョウという木は抗菌作用があり、まな板の好材です。懲役間では「大きなまな板がたくさん取れるで」「高く売れるで」と話題となったのですが、一銭にもならんチップ処分と聞きがっかりしたもんです。

「そのうちに御神木の祟《たた》りがあるで」と言い合っていたら、有能な専門官が海釣りで死亡。海中に転落した友を救出するために自分が溺死してしまった由。収容者が一ヵ月のうちに突然連続して三人死亡（原因不明）。ほかにも不祥事発覚などが立て続けに起こったのです。西南戦争の政治犯収容当時から植えられていたイチョウの御神木を安易に切り捨てた祟りの代償は安くありませんでした。

（注1）ＰＦＩ（Private Finance Initiative）刑務所＝法務省と民間企業が官民協働で運営している刑務所。

（注2）ＬＢ刑務所＝主に再入者で執行刑期が八年以上の者を収容する刑務所。

忙中閑

不祥事のラインは二本あり、一本は八王子医療刑務所から転任したO職員と獄同Tとが同級生。もう一本は一階正担当A。関西出身の獄同に廃棄雑誌を好意で見せたことを脅され、ずるずると引きずり込まれ、酒、タバコ、菓子、不正発信など、果ては携帯電話の所有へと広がったのです。

平成十七（２００５）年月刊誌『創』五月号で、宮城刑の不祥事が掲載されましたが、月刊誌は発売までに少なくとも一ヵ月前には入稿されとりますから、四月の発覚以前に入稿されていた筈です。これは養護工場の出所者が置きみやげとして密告。マスコミにも伝えたのです。

前年秋、八工場（金属溶接工場）の懲役たちが、領置物が合わないと申告、全員入独。なおも不服申告する者たちに懲罰が科せられ、のちに他刑へ移送したりしましたが、この件で八工正担は正担当から外されたりで、不満はくすぶっておりました。この連中が出所後もマスコミに連絡、発覚にはこのような前兆があったのです。

昼夜間独居処遇者は幹部面接出願するも、当時の独居担当の若い統括は無視、A正担当も不祥事が広がる前に、ある程度のことは報告していたようです。

私は平成十七（２００５）年に取り調べ入独、結果不問で工場復帰するのですが、この入独中に面接願出しとりましたが、工場統括より「入独中面接願出していたな？」と問われるまで、願出していたことすら忘れ去っとりました。この面接を独居統括より実施する、と告げられ独居統括と面接。第一声が「あの面接願出は川口から取り下げる旨申し出たから……」と告げられたので、私は間髪入れず、「取りやめ申し出たなら、わしの署名押印されとるだろう？　願箋を見せろ」と迫ると、頬を震わせ沈黙。私はこのリアクションに、とっさに益ない責めは賢明ならずと、思考転換。当時、独居にはしょうゆ、ソースが設備されておらず、しょうゆ、ソースの件を幹部会議に諮《はか》ってくれる旨申し向け、あなたに決裁権のないことも知っていると搦《から》め手も設け、提案することだけを約してもらい引き退ったのです。その後、しょうゆ、ソースは房内に設備されるようになりました。

あの不祥事は間違いなく幹部の弱腰と無能による失態が広げたものでしょう。あれほど広がる前に、ある程度の事態を把握していたのだから、処遇困難者を転房隔離すれば済んでいた筈です。

私は一階のA正担当から早い時点でT、O、N、Yたちにこれ以上困らせないでほしい旨を頼まれ、また、私に依頼したことを、私の工場の桜井正担当に告げないでほしい旨も懇願され了解したので、桜井正担に告げませんでしたが、桜井正担ならあれほど広がることなく解決していたと思います。我々には是非は別として、信義則というものを守らねばなりません。A担当と先に約したがために破るわけにいかんかったのです。二間半の四枚障子（あちら立てばこちら立たず）というやつで、桜井正担に不義理したように思うて省みとります。

T、O、N、Yたちに、これ以上A担当に無理を言わぬ旨了解を得るも、残念ながら以降も続き広がってしまったのです。

A担当は発覚後管区の調べに、私への依頼も供述しており、私は幹部から管区へ上げる報告書作りの聴取を受けた折「ノーブレス・オブリュージュ」（高位に伴う責任）、仏教語で「止持作犯」（してはならぬことをするのも罪だが、しなければならないことをしないのはもっと罪だ）という主旨、幹部の責任大。現場職員を懲戒するなら、それ以上の処分を幹部が負えと、書いてくれねば応じない、と断って聴取に応じたのですが、幹部は職員（A）が受刑者（私）に頼った事実は官として大変に恥ずかしいことだ、と嘆いておりました。

A正担は脅され始めた当初から精神科に通院するなどし、困っていたのです。このことなども看過した幹部の責任はA担当以上に重い。

私が暴行を受けた者の「養父」へ出した不正手紙は、通称名で六名が記されており、官も本人を把握しておりましたが、手紙を所持検挙されたHを含め誰一人受罰しておりません。

私は現場職員とやり合ったことは数回（二回）ですが、道理の通じぬ「役人」とは何度も丁々発止してきました。

宮城刑の運動場側独居は、地震で倒壊後に急造されたそうで、私の隣房までの奥から三部屋は年中地面からの湿気で壁のペンキも常にはげる状態だったので、除湿器が設置されておりました。私の部屋も湿気が多く、ぞうきんを定位置につるしても何日も乾かず、土曜、日曜に拭き掃除など完璧にする私は入所以来、掃除のたびに職員に申し出て許可を得、鉄格子に干しておりました。

某日も若い職員の許可を得、干しておりましたら、三十分も経たぬうちに許可を下した職員が「定位置に戻せ」と指示してきた。「入所以来許可されているし、先ほどあなたの許可を得たばかりでないか？」と問うと、もじもじ、ちらちらと横を向くので、（誰かいるのか？）と思う間もなく、若い職員に「ばか者、連行ベルだ、連行せよ」と怒る始末、若い職員は真っ青、脅えておりました。

約二十人近くが集まって叫ぶがごとく駆けつけ、処遇本部へ連行され、当直長にことの経緯を説明。若い職員からも事情聴取したのか、私の説明通りだったので結果的に〝不問〟で帰房しましたが、この説明のなかで、

「言葉があって言葉が通じないのがこの世の地獄」
「言葉があって言葉が通じるのがこの世」
「言葉がなくとも通じるのがこの世の極楽」
「宮城刑を言葉の通じない地獄にするのか？」
と、問うてやりました。

このとき、隠れて若い職員に指示を与えていたのがO主任で、この時分から因縁があったのかもしれません。

不正連絡の科で二十五日間の懲罰に付されます。宮城刑では受罰中房内照明をすべて切るのですが、晴天日なら明るく、私のラムゼイ・ハント症の後遺症に支障はないのですが、降雨、曇天日だと暗くなり絶不調に陥るのです。症状としては、不整脈、吐き気、頭痛、脱力感、鼻血などが急に襲います。その都度申告すると、当直長、区長、係長、担当たちは点灯してくれましたが、O警備主任には点灯を現認不許可とされました。

「受罰中の心得」という指導冊子には〝二十八条三項、軽屏禁罰執行中は始業時から終業時までは原則として晴天時は居房の電灯を消灯する。ただし、雨や雪の場合、あるいは曇天により室内が暗くなったときは点灯するので承知しておくこと〟と、明記されているにもかかわらず、点灯不許可として苦痛を与え続けたのです。

明らかに、訴訟遂行依頼した不正手紙の意趣返しでしかありません。独居担当のA主任とも連携した虐待でした。区長や当直長、係長が点灯許可を出すも、A主任は取り消し、消灯をし続けたのです。

往診にて申告、新妻医務部長は困惑の態。「医務といえども処遇に介入できない」と言うので、「ならどうすれば体調を戻せるのだ？」と詰めると、「懲罰の執行停止で入院するしかない」とアドバイスを受け入院したのです。普通なら入院中でも、読書、発信なども許可されるのですが、一週間の執行停止入院中いっさいの私物は届きませんでした。病舎担当も「例のないことだ、一体どうなっとるのだ？」と不思議がっておりました。

病舎連行の前に、独居担当に私物確認で届けてくださいと了解を得て入院したのに関わらず――。これは独居A主任が故意に届けさせなかったようです。OとAは他刑からの新任で、もともとの宮城刑の職員にこんな汚いことをする者はおりません。OとAは汚い「役人」でした。

受罰中、心和ませてくれ笑ったのは、食事時間になると裏窓に猫の親子が現れるのですが、この猫の親子を見ておりましたら、独居統括は私を黙って観察していたのでしょう、視線が合い「食べものを与えたらあかんで」とそれは温もりのある視線でした。

某日、O警備主任が私を観察しており、視線を絡め数十秒対峙――。なんとO警備主任は急に走り出し、裏側に回って猫の親子をバタバタと追い回したのには笑いました。よく考えるとO警備主任と私とは一言も直接言葉を交わしておりません。

親子猫は、監視カメラ近くの城跡枯れ井戸で産まれ、この井戸をねぐらとしているのですが、なんとO警備主任はこのねぐら入り口に石を詰めてふさぎ、生き埋めにしようとしたのです。さすがにこの件には私も抗議、石を取り除いてもらいました。

独居側ではトンビが電柱で羽を休め、餌を放り投げると空中でダイビングキャッチしよります。一朝一夕でなれるものでなく、LB刑務所ならではの無聊の引き継ぎなのでしょう。

入梅時には三十センチもあろうかと思われるミミズが地面にはい出し、トンビは地上に降りてこのミミズを食うのですが、数メートル先の野性的なトンビの顔に圧倒、驚いたもんです。

運動場の小池には一メートル以上の鯉や錦鯉が飼われとりますが、トンビは鯉をも獲っとりました。運動場側溝にはミミズが発生し、このミミズを鯉に与えるのです。楽しいひとときでもありました。

夕方になると、独居の裏側には雀たちが何十羽も一斉に並んで窓のほうを向いて餌の降って来るのを待っており、心和む姿でした。

　一部の独居側には立派な松が植えられており、晴天ですと「松笠」は目立ちませんが雨が近いと少し目立ち始め、降雨だと閉じ。下手な天気予報より確かやもしれません。

　自然からは多くのことを学ぶもんですが、それは物、自然、何ごとにおいてもそうでしょう、見方次第だと思います。

　ひよどり山荘受刑被告時代、「忙中閑」という言葉を知り、″ルビンの杯″のように、見方を「相手の立場に立って考える」ように転換できました（ルビンの杯とは、白と黒で描かれた図地反転の図形で、黒い背景に注目すると二人の顔のシルエットが見え、白地に注目すると杯のシルエットに見えるという図）。

　「忙中閑」とは、

忙裏　山　我ヲ看ル
閑中　我　山ヲ看ル
相似レド　相似ルニ非ズ
忙ハ全テ閑ニ及バズ

　他人の立場になって考える、という発想は世界中の宗教、道徳の根本を説くものでしょう。

　三十五歳で逮捕、若かった私は娑婆でただただ突っ走ることしか知らず、相手にも立場のあることに気付きませんでした。相手の立場に立って考えることを学び、共犯とされる元配下のことも許せるようになり、荒廃する心に平安を取り戻せました。人を恨むことは何の解決も生まないということも知りました。

　パスカル著『パンセ』のパスカルの賭というページにおいて、「神は在るか、無いか」というくだりがあり、「無い」と答えた者は、その時点で神への概念が止まる、といった内容だったと記憶しておりますが、何ごとも諦めず、求め続けることがことを成すのでしょう。

　ダライ・ラマは、「敵は己の師であり、とてもありがたい存在」「人生の苦しい時期は有益な経験を経て内面を強くする最高の機会」と述べとります。私は「ライバルは最大の教師」という言葉が好きで、これなくして男の大成はないと思うとります。

「途窮未禱神（みちきわまれどいまだ神に祈らず）」は、幸徳秋水が詠んだ漢詩の一節。どんなに苦境であっても自分から祈り、救いを求めることはありませんから、幸徳秋水に同感です。苦境は受動的では打開できません。

　戦後のアメリカの研究結果として、「恋する者の息はピンク」「殺人直後の者の息は黄色に近しく」「悲嘆中の者の息はブルー」になると、安岡正篤がその著書『先哲講座』に書いとります。この息をマイナス二〇〇度の液体窒素で冷凍すると固体となり、世界一の猛毒は、殺人直後の黄色い息が、モルモットに注射すると即死すると書かれとりました。この例は安藤昇さんも週刊誌の連載に書いとりましたから、記憶深いのです。

　人の発する「気」「息」は周りに影響するはずです。「エニアグラム」を日本で最初に紹介したシスターでもある鈴木秀子さんは「人の祈りは通じる」と、月刊誌『致知』に書いとりました。

　アメリカの研究で、程度が同じ病人を「A」「B」のグループに分け、早く治りますようにと祈ったAグループは、治りが早かったという内容でした。

　サムシング・グレートとは「人知を超えた偉大な存在」という意味ですが、私はこのような存在があるように思います。ラムゼイ・ハント症で死線をさまよったとき、キリスト教関係者から治癒の祈り寄せ書きをいただきましたが、力を得たことは確かです。

　以降、自分のことで頼ることはありませんが、他者のことでは祈願することはあります。

「病は気から」と申しますが、気を強く持つことで身体の故障である「病」も治るのが早くなると思います。「無病息災」と「一病息災」とでは「一病息災」のほうが長命という結果が出とります。

貝原益軒は『養生訓』に、楽しみを失わざるは養生の根本なり、と書いとります。これを食べたら良いとかあれを食べたら良いとかいうのではなく、楽しみを失わない心、どんな立場、環境に置かれても楽しむ心を持つということです。

仏教に「随所に主《しゅ》と作《な》れば立処《たちどころ》皆真なり（自分の置かれている環境で精いっぱい努めるなら、自然と楽しみも感じて真の生き甲斐も生まれる）」とありますが、ものごとは展望の自切は禁物。どのような逆境であっても、最悪を想定し、覚悟すれば怖いものなどありません。

一休禅師は、「この道を行けばどうなるものか危ぶむなかれ。危ぶめば道はなし。踏み出せばその一足が道となる。迷わず行けよ、行けば分かるさ」と遺しとります。


私はひよどり山荘生活以前に何度か下獄しとりますが、ひよどり山荘受刑被告時代に、初めて面接したり、改善要望することを知ったのです。それ以前は本当に無知でした。ひよどりでの初めての面接では「役所のしくみ」や「理詰めの話し方」に疎く、役人に丸め込まれ悔しく還房を重ねたもんです。しかしあまりの悔しさに、面接の際には事前に想定問答を重ね、輾転反側《てんてんはんそく》寝ずに考え、これなら理屈は通ると思った事柄を願出するようにしました。

この世に絶対というものはなく、生まれてきて死にゆくことだけが絶対だと。あとはすべて相対的なことに一喜一憂し左右されるだけのことです。フランスの諺に、「理屈と把手はどちらにも付く」は、日本で言うなら「盗人にも三分の理」。

絶対権力関係下に誤謬なし、てなことはありません。処遇改善のためには扉を叩き続ける以外に扉は開きません。途轍もなく重い扉であっても――。

戦前の法学部でも古代ギリシャ時代の「プロタゴラスの両面の真理」を学んだ、と元法務大臣の瀬戸山先生も著書に書いとりました。

プロタゴラスは裁判に勝つための弁論術を教えており、授業料を払わない学生を裁判に訴えた。

学生は、「裁判に勝つ技術は教わらなかった」と反論。対してプロタゴラスは、「もし私が負けたら、学生よ、君は裁判に勝つ技術を身に付けるのだから、授業料を払う義務がある。もし、私が勝てば判決に従って金を払え」。

対し学生は、「もし私が勝ったら判決通り金を払う必要はない。もし負けたら、裁判に勝つ技術を教わらなかったことになるだろうから、金を払う必要はない」という内容が、プロタゴラスの説く真理は二面性を持つというものです。

私は権力を背景とした正義なんてものは、必ずしも正しいとは限らんと思うとります。

私は宮城刑の我々の十三工場縫製作業が素人集団にも関わらず、二年間で全国一のレベルに輝いたことからも、「ものごとは何をやるかではなく、誰がやるかで決まる」と確信するところです。

刑務官には現場職員と幹部職員とに大別されます。刑務官にもピンからキリまでおり、現場で懲役と接し、経験を積み、正担当を経て専門官になったような職員は大半が味のある人が多く、この手の仕事のできる刑務官を「職人」、一方的に役所の論理を押しつける幹部や職員を「役人」と区別しております。

幹部職員にも紳士的でほれぼれする人物もおります。ひよどり山荘では「役人」が殆どでした。さすがに大拘、宮城刑、府中刑の幹部は対応が上手です。「公務員は行政の内容で評価されるのではなく、説得の仕方、作法、心構えなどによって評価される」（ヘーゲル）とありますが、真にその通りでしょう。

我々の十三工場が就業二年で日本一と評価されたのは、一にも二にも工場の船頭、桜井正担当の能力、指導力によるところが大で、その意味では「職人」刑務官でした。三に、爾汝《じじょ》の交わりとする佐賀県の岡の存在でしょう。

岡は一人で嫌われごとを言い続け、各パーツ品の出来にだめ出しを出し続け、「自分が買いたいと思う品に仕上げよ」と言い続けとりました。この獄同、岡からは学ぶものが多くありました。私が入独の折も、相当強引にかばってくれました。

このような「人の和」「人の輪」がうまくかみ合ったゆえに、ソフトボール大会優勝、運動会連覇など、所内の対抗戦の殆どの旗、カップ、盾を工場に飾れたのだと思います。

宮城刑では、運動会と並んでソフトボール大会も盛り上がるのですが、大会優勝の胴上げでは、迷惑と喜びがない交ぜの表情ながら、桜井正担当は実に嬉しそうでもありました。ちなみに、運動会優勝工が選手宣誓をするのですが、この宣誓を私にと役回りがあり、処遇に申告するも二年連続不許可とされました。何でも現役ヤクザには作業指導工や宣誓も就けない由。処遇もそのことを私に伝えてくれれば、こちらから辞退したものを……。

官の資本三千万円以上を投資、ミシン、電動のこぎり、裁断機、自動アイロン、アイロン、自動サイクルマシーンなど、すべて新品。我々も二百時間以上の講習を受けての（当時の児圭一雄所長から終了証をもらった）スタートでした。

私の持てるものすべてを傾注して仕事をした最も充実した獄道生活でもありました。夢の中でも仕事のアイデアが浮かぶことも少なくなく、私は自動サイクルマシーン（一人で二台）が主な持ち場で、これに裁断工を兼ねておりました。一カ月のうち、裁断とマシンを合わせても十日も要せず、残りの日々を製品検品、袋詰めなども兼ねとりました。

裁断工は、如何に効率よく原反（丸く巻いた生地）をロスなく裁断するかが見せどころで、毎回型を置いて採寸するのでは時間の無駄ゆえ、有効採寸型をパソコン入力して誰でも即、裁断工になれるように考案したことは自慢できます。印刷関連パソコン部の班長の協力があったればこそです。

工場には元海兵隊員、陸上自衛隊員、一部上場薬品会社員、警察官だったという者までおりましたから、それなりにエリート工場だったのです。

メカ音痴の私がワープロ工場に配役され、当初は花粉症も例年になくブレイクし、慣れぬ操作に往生しました。若い人は覚えも手先も器用ですが、五十歳近い私は、不器用も合わせ操作入力できるまで一年を要したでしょうか。

私のパソコンの師匠は、人質を取り立てこもり、逮捕に来た刑事を射殺してしまい、若くして無期下獄となったNでした。中学もろくに終えていないNですが、何をやらせても感心するほど器用な男で、パソコン工場立ち上げのときも、皆さんまったくの素人だったのに業者が一日だけ操作指導、この一日で覚えきったという器用ぶりだったそうで、独自であれだけの操作をよく覚えたものだと、今でも感心致します。

岡は熊本刑、宮城刑とLB二回目、さすがに獄道の船頭も板に付いとりました。岡出所後は恐らく無期のMがよき船頭ぶりを発揮していることでしょう。「岡はわしが知る担当の中でも、ナンバーワン」と桜井正担当を評価しましたが、私も同感でした。

桜井正担当は朝夕の訓示で「何ごとも自分たちのためにやれ」という主旨の訓示をしましたが、この言葉も心に響くものでした。古株専門官たちは、「桜井君は拝命から抜けた人材だった」と、高く評価しとりました。職務的には厳格な仕事ぶりながら信頼に足る男、正担当でした。

処遇改善闘争の日々

私は腰痛で入病と思っておりましたがさせてもらえず、自分の部屋にて入独横臥。食事がのどを三週間通りませんでした。平成十六（２００４）年の夏のことだったでしょうか――。あまりの空腹から軽い麻痺を起こし、職員に発見され、この折、大拘に迎えに来てくれたK専門官が入病を促してくれて、従いました。

この折もほかの職員が、車いすに乗る私に「頭から頭巾をかぶってくれ」と言い、理由を問うと、「川口と知って騒ぎに……」と言われたので断りました。通常拒食者は拘束ベッドで鼻から流動食を強制されたりするのですが、私も告げられ「やれるものならやってみろ。吐き出すことくらいは知っている」と断りましたら、強制はされませんでした。処遇の専門官は「四十年近く職にあるが、頭の狂った者でも一週間以上拒食した者は知らん」と申しとりました。

絶食の数日間は計ったように毎日、一キログラム体重減、五〇〇グラムから三〇〇グラムと続き、五〇キロラムムくらいまで体重減少も、工場復帰後、いつのまにか体重も回復しとりました。工場復帰即、運動場をランニング致しましたが、何の支障もありませんでした。むしろ内臓が活性されていたように感じます。

不食の折、向かいの雑居棟からNが毎日点検後、私に合図を送り続けてくれました。私の房からも雑居部屋が見通せました。Nは途中から半紙を張り合わせ垂れ幕にしてメッセージを墨書してとにかく工場復帰、身体を案じ獄同の心を伝えてくれました。これなど、安部譲二の小説『塀の中の懲りない面々』ではありませんが、映画のワンシーンになる特異なシーンのようでした。

カタギなのに細心の注意を配らせ、大胆な行動もするN。不食も二週間辺りから身体に力が入りません。三十分以上立つことは大儀なのですが、リスクを犯し思いを伝えてくれるNたちに応じねばと、私も座るに座れずふらつきながらも、我慢比べのようで往生したことが懐かしい。

入病当日の血圧は一八〇以上で、ドクターからは「次は命の保証はできない」と告げられ、甘いアンプルを飲むよう指示され従いました。翌日夕方、新妻医務部長面接を頂き、処遇改善を伝え、翌日工場復帰したのです。

私は宮城刑の処遇にマスク使用許可を求め続けましたが不許可。処遇統括は何度来ても処遇で許可することはないと申し渡され、「医務なら可か?」と問うと、処遇より可能性があるのではとのサジェスチョンを得、目標を医務部長に定めて面接。医務部長自身も花粉症ということもあり、必要との意見を得ました。そして万一、医務部長に迷惑が及んではと慮り、医務部長の意見を処遇に述べてよいか確認すると、医者としての信念を曲げるつもりはない、と力強く応じてくれたので、許可されたものと思います。

「つめ切り」に関しても何度も処遇面接しましたが、アルコール消毒しているので問題なし、と退けられ続けましたが、某日つめ切りを借りると、なんと「血と肉片」とが付着しており、その場で職員に見せ、処遇にありのままを報告してくれる旨を伝え、渡したのです。これで消毒が適正でなかったことが証明されたのであります。

病舎から不食で工場復帰の前日夕、新妻医務部長の面接を受け、①つめ切り個人貸与、②マスク使用許可、③

バリカン交換、理髪の見直し、④水虫対策として五本指くつ下許可など検討提案。最終決定は所長が下すことだが、必要だと思うので部長会議には諮ると明言してくれ、やっと食事がのどを通るようになりました。こんなことが目的で食事がのどを通らなかったのではありませんが、病舎でその目的を果たしたので通り始めたのでは……と。

宮城刑の理髪が改善される前は、信じられないことに、休日に廊下に新聞紙を広げバリカンを並べ、ひげそりも使い回しだったのです。バリカンの刃切れは悪く、理髪夫の無期囚は、「十年前から新しい刃を買ってくれと言い続けるも実現しないのだ」と嘆いとりました。冬期は冷たい水道水で洗髪していたので、他施設で高齢者が倒れた例を面接で伝え、万一の折は官に責任が……と。

以降、洗髪ごとに湯に変わりました。改善後の理髪は工場で行われるようになり、入浴日に理髪を行えば節水にもなるという提案がそのまま通りました。新刃はセラミック製でプラスチックのアタッチメントがかぶせられるもので、これで肝炎感染のリスクは解消されました。なによりも切れ味が鋭く、刃が髪を噛んで痛い思いや血まみれになることもなくなりました。

私がなぜひげそり、バリカン、つめ切り、針に拘泥するのかと申しますと、ひよどり山荘でのC型肝炎感染で苦痛を味わい、感染の恐ろしさを実体験しているからです。あの実体験がなければ、現在でも能天気だったでしょう。ことが個人のことなら我慢もしますが、獄同全員に関わるゆえ、突進してしまうのです。

ひよどり山荘時代、バリカンだけの理髪からはさみも使用されるようになったことは既述しました。この折、理髪に関することを調べると、営業を旨とする折は使用タオルなど個々で換えなければならないとか、その都度換えねばならないという衛生面での法があり、この資料を官に示したところ、官の理髪は無料で営業に当たらないと反論されましたが、理髪夫は賞与金といえども得ているのではないか？　百歩譲っても衛生法に沿うことがベストだろうと突っ込んだのですが、はさみだけが改善されました。

　宮城刑での改善項目はすべて改善され、医務部長の意見が採られたのでしょう。

　宮城刑は塀外に杉などが林立しており、無風の時季ともなりますと、花粉が澱んで煙るのです。まるでタバコの煙が沈んで漂うような感じです。マスク使用が出る以前は職員にもマスクを使用させておらず、運動立ち会いの警備隊員は、目も鼻もぐちゃぐちゃにしており、マスク許可となり、誰よりも職員が喜んだやも知れません。花粉の飛散時季は、工場から舎房に帰り、机上を指で擦すると花粉でざらざら状態でした。マスク使用許可で、花粉症の苦痛は半減以上の効果でした。

　このマスクでさえ、不祥事後不許可となったことがあります。要は所長が医療にも介入するということです。平川忠輝所長が代わって、また再許可となりましたが、少なくとも処遇と医療は区別。病気になったらちゃんとした病院に入院するのがベストだと切実に思います。マスク使用も、大拘でのラムゼイ・ハント症発症という実体験がなければ、私をこうも駆り立てることはなかったでしょう。

　宮城刑では所内の不服を巡閲官面接という制度で聴取してくれる制度が毎年あるのですが、例年ですと十件あるかないかの数に、ある年は百数十件に増大しました（新法後の監査官面接、管区役人が聴取してくれるが改善する気など感じられない。新法後は特に）。

　各工場から同主旨で、誰が音頭を取ったのか知りませんが……。この折、私も半袖シャツが年一回しか買えず、変色、損傷がひどくとも特別購入すら認められなかったことから聴取してもらいましたが、回答は「必要ない」でした。ですが、実質的には改善され、購入スパンが一年から六カ月に短縮されました。

　この巡閲官への百数十枚の願出は、マスク、バリカン、五本指くつ下、つめ切り許可を促す力となったことを信じて疑いません。このような官への要望願出は聴取して終わりというものではなく、すべて書類に綴り処理せねばならず、官にとっては膨大な仕事量になってしまうのです。許可したほうが楽だし、双方に益あることなのですが、それでも役所というところは前例踏襲、新規改善をしないところなのです。

現在の「類」、新法前の「級」での集会菓子は、獄道者にとっては楽しみの一つであります。私が入所当時の、少なくとも平均体重以下に痩せん程度に食べさせてほしいと言うとりますが、先の長い者にとっては切実な訴えです。食い倒れの関西で府中のような副食が続くと暴動起こるで、と突っ込みたくなります。

宮城刑時代の同囚に、金丸信邸にカチ込み十三年受刑の右翼N氏がおりました。若手なのに実に上手に務め上げた男でした。雑居生活ながら書道筆を握らん日は一日とてなかった由で、宮城刑では教育で図南書道というのを入れていたのです。書道は派によって天地人とか師範、成家とかが最高位に当たるのですが、N氏は図南書道の最高位・成家を得て出所しました。長期の宮城刑でも稀な例だと正担当が訓示で誉めとりました。

出所前、宮城刑の食に関し改善の余地あることを伝えたところ、努力しますと約し、以降改善されていきました。なんせホームページで、日々宮城刑の食事は悪い悪いと流されたとか聞き及んどります。

私は二〇〇九年十月で三類になって丸二年となります。美達大和《みたつやまと》（無期懲役囚、文筆家）氏の旭川刑務所は集会菓子代が三百五十円とありましたが、宮城刑や熊本刑は五百円でした。当初は宮城刑も三百五十円で、ドリンクも菓子も一方的で選択できませんでしたが、面接を重ね五百円になりました。そして冬季なら熱々のドリンクで、例えばコーヒーとかホットレモンとか選択できるように改善してもらえました。映画を見ながら五百円分を食べると、昼食が入らんくらい満足でした。

府中は常に二百円から二百五十円くらい、しかも厳冬でもガンガンに冷えたパックドリンク、同じ特製パンの菓子パンが二十一回も続いたのです。少なくとも、報奨金といえども自分の金で買うのだからドリンクくらい選択させよと申し立てるも、希望の開陳で退けよりますので、元高検検事だった弁護人にほかのいろいろな件と併せ提訴することに致しました。

私は逮捕前から身長一七〇センチですから、平均体重とされる六三〜六四キロを維持して、宮城刑時代は主食を残飯としてウエイトコントロールしていたのですが、府中入所三年で五二キロにまで痩せ、現在、医療補助食品、エンシュア・リキッド（バナナ味二五〇ミリリットル二五〇キロカロリー）を毎夕一缶飲んどります。

刑務所に旨いものを食べに来たのではありませんから、本来なら食品に文句は付けませんが、可能な限りの諸検査をしてもらい身体的に一切悪い箇所がないのに痩せ続けているおり、そしてエンシュア効果で現在五五キロ台に回復しとりますから、間違いなくカロリー不足で痩せ続けていたのです。

府中には独居処遇者が七百人内外おり、この七百人は全員C食です。横臥や懲罰で作業しない者もC食、私など紙袋を作らせれば府中のエースか（?）というほどに量産する者でもC食。養護班出役者なんて私の五分の一くらいの仕事量でもB食。これは法の不備ですし、後輩獄道のためにも提訴と思うとります。

美達氏の「痩せん程度に食べたい」の願いは、私にはビンビン響きました。本来、同じカロリーを摂っても基礎代謝が異なるゆえ、肥痩に差が生じます。加齢とともに基礎代謝も低下するのですが、私の知る限り皆さん痩せとります。府中は短期刑とされとりますが、長期や無期囚もおります。大半が外人らしいですが……。殆ど短期ゆえに二年くらいで出入りします。この者たちは未決で太って入所、帰る頃には痩せて出る。これは平均体重以上に太って入所するので当然ですが、少なくとも三年以上の受刑者は皆さん（炊場夫以外）平均体重以下に痩せとります。

府中は本以外は一切、社会から差し入れ不許可です。協会売店で差し入れ可の品でも、ハブラシ一本とか制限されとります。宮城刑では筆記具、タオル、ハンカチなどは岐阜刑とほとんど共通品で、また、娑婆品が可でした。二〇〇五年の官報にマスク可と公示されたのですが、いまだ府中では不許可です。なのに、面接者、受刑者の双方にマスク着用させとります。

私は前記ラムゼイ・ハント症で死線をさまよったゆえに、免疫力が低下することを回避せねばならんので、血液検査なども終え、マスク使用許可を申告、当所の医務最高責任者の医務部長が許可したのですが、翌日には同じ医務部長から不許可を告知され、いまだマスクを着用できません。医療用としても不許可なのです。明らかに処遇介入で、医務部長に医師法違反を避けるために告知させたのです。

この件も後輩獄道のためにも踏ん張らねばなりません。マスク不許可にしてホカロンが許可なのです。領置金のない者は温もることもできんのか？　刑務所でホカロンなんて許可していること自体がおかしい。領置金のある者にはありがたいだろうが……。

二週間間隔の洗濯では、工場出役者と公平を欠きます。この件も「希望の開陳にすぎない」ですから、法廷で烏《う》鷺《ろ》を決せねばなりません。

我々独居者の夏物の舎房着は上着裾をズボン内に入れなければなりませんが、出役者は外に出すのです。同じ刑務所で処遇内容が異なります。何よりも我々独居者は旧来のネズミ色服ですが、出役者は明るい緑色で夏着は涼しそうですし、紐ズボンではありません。

姫路少刑時代、隣房者がこの紐を首に巻き、ズボン部分を縛り、足で何時間も要し自死致しました。朝礼で処遇部長が残念な結果と公表したほどです。こんなズボンをいまだ、しかも独居で使用させないほうがリスクマネジメントの上からも避けるべきなのに……。独居者の夏着は、少なくとも毎週洗濯をすることが公平でしょう。紙袋作業といえども、冬期でも汗ばむのです。仕事量で違うのでしょうが……。

府中刑の窓裏でも、ドブネズミやクマネズミを観察できたのですが、二〇〇八年秋、どこから迷い込んできたのか、十キロ近いモザイク柄の大猫を観るようになり、食い尽くされた模様。クマネズミは爪と尾を利用して鉄格子にも登ってきよります。コートが黒光りしたネズミです。

雀やクマネズミはヒヨドリの糞が乾くと、その中の種子を食べます。大柄猫は食べものがない府中刑内で、その後激痩せし始めとりますが、野生に目覚めキジバトやカモを捕食するところも見ました。独居という不自由な獄中では、実に刺激的な一瞬でした。

カラスの奴は左右の足を交互に歩行、ポンピングといってピョンピョン跳ね歩くこともする実に賢い鳥です。ネズミを食う場面や口に咬んでいる光景も見とります。昔は刑内にいた子猫を襲い食べたこともあるそうです。医務近くには小鳥も飼われとります。カモも餌を与え飼われとります。春になると十羽くらいでカルガモ親子が散歩し、裏窓からも見えましたが、猫出没からは見かけません。カルガモ親子の散歩は心和めてくれたのに……。

某日、カルガモの夫婦連れが私の裏窓で襲われたのですが、残る一羽は逃げるでなく、猫に反撃の姿勢を示し約半日鳴き続け、夫か嫁か分かりませんが探し続けており、その夫婦愛には感動したもんです。カモがタンポポの綿種子ごと食べるのも見ました。

キジバト、カワラヒワ、雀もタンポポの種子は食べますが、カワラヒワ、雀は背の届かないタンポポの茎を足で押さえ食べることもできます。キジバトと違い学習能力があるようです。キジバトとネズミが遭遇すると羽根を広げ威嚇したりもしとります。大柄猫はカモを捕らえて一週間近く姿を見せませんでした。大きなカモだから一週間を要して食べたのでしょう。さすがに猫の腹は膨れとりましたが、またガリガリに痩せとります。昨今は、近くで観るのはカラスだけです。猫がいるとカラスが鳴き叫び騒がしいので分かるのです。猫にちょっかいをするのです。

仮設塀、プレハブが撤去されるまではプレハブの樋《とい》が雀、キジバト、尾長、シジュウガラ、カラス、セキレイ、カワラビハ、ツグミ、ムクドリ、ヒヨドリたちの水呑み場だったのです。落ち葉が樋に詰まり水溜まりとなったからです。ゆえに房内バードウオッチングも楽しめたのです。恐らく猫はこの冬を越せないでしょう。ボンクラなキジバトばかりではありませんし、冬にカモはおりませんから……。

宮城刑は汚水が溝を流れますから、ネズミが減ることもなく、よく猫が自慢げにネズミを口に胸を張り歩いていたもんですが、府中はネズミ自体が本当に痩せとりました。炊場の残飯処理は完璧に近いので、餌になるようなものは限られているからでしょう。だからヒヨトリの糞まで口にしていたのです。猫も最終的にカラスの口に入るのでしょうね。

『日本思想大系42　石門心学』（岩波書店）を読みました。古本屋で仕入れてもらったのですが、漢文の難解本で、学ぶこと多い書でもありました。文中の語、牽牛花（朝顔）とは何の花かと漢和辞典で調べる道中で牽攣乖隔《けんれんかいかく》という言葉も知った。「心は互いに引かれ合いながら、身は遠く離れていること」という意味で、現境に合うことから覚えました。候文、漢文も相当程度読み熟《こな》せるようにもなったと思います。

心学とは、心を磨く学問というような意味で、神・仏・儒教の良いところを学んで磨種《ときぐさ》する、ということでしょう。石田梅岩の思想を月刊誌『致知』で知り、興味を覚え仕入れてもらったのだが、商才に富んだ例え話もありました。
「書中・鳩翁道話」に京の花見の頃、一里半の道中で芸子、遊女、娘御皆さん「出もの腫れものところ嫌わず」の通り便所を使う。これに目をつけた男が「貸し雪隠一度三文」の看板を立てたところ大流行の由。当時、人糞や尿は肥やしに利用、ゆえに一石三鳥の収入となった。

　ここまでなら面白くもない話だが、「貸し雪隠一度三文」の主をかちおとす（蹴落とす）ライバルが現れた。このかちおとし屋の雪隠は木材など厳選「一度八文」と看板した。常識で考えると「三文」と「八文」では明白なれど、この「八文」雪隠に客は流入したというのです。
「八文」の嫁は、亭主は文殊菩薩（知恵者）の再来かと感心。この話には裏があり、八文亭主は三文雪隠に朝から晩まで入店して出てこなかったゆえ、客は八文に入らざるを得なかった。

　この裏話を読み、藤村昌之著『シノギの鉄人』を想起した。藤村先生現役時代、新大阪地方のホテトルで独占的に儲けた由。何件もある流行っているホテトルマンションを調べ上げ、客がマンションに入る前になんのかんのと説き、自店に客を引き入れたという。藤村先生も、『シノギの鉄人』を書く前に鳩翁道話（三之上）を読んでいたのか……。

「高塀の中の養生訓」に、親分面をしたかったら呼吸を長くすること。人間は自分より呼吸の長い者には威圧を感じ、短い者には優越を覚える、と。二十年間無敗の桜井章一雀鬼も「人より長い息をすること」とも書いとります。

　戦中の例では、銃剣練習で上官にコテンパンにやられ、呼吸の乱れた折に突きを打ち込むことを実践。勝てるようになり憎い上官に一矢報いた。骨《こつ》は冬場、白い息が止まって吸い始めると突きを打ち込んだ、と。武道を嗜《たしな》む人なら御存知でしょうが、身体は息を吐いているときは殴られてもダメージが少なく、吸っているときはダメージが大きいということを。

一箪《いったん》の食《し》、一瓢《いっぴょう》の飲《いん》

私は宮城刑時代、二年ほど臨済禅に出席しておりました。月一回、約一時間。希望者が多く、何年も待ち出席できたのです。知人と顔と合わせられるのも楽しみでした。

呼吸の「呼」とは息を吐くことで、「吸」は文字通り。この繰り返しが呼吸。禅の調息法とは、まず吐ききって吸う。この「呼《は》」く息を細く可能な限り長くで、心身共に落ち着くことは体験済みです。二年間で、「一回の呼吸を一分間」というリズムを修得できました。最初は結跏《けっか》趺坐《ふざ》という姿勢もただ窮屈なだけでしたが、馴れると案外リラックスできたもんです。脳波が安定し、自律神経の調整が良好になるので座禅は心身に良いといわれるのです。残念ながら見性（悟りや無の境地）したことはありませんが……。

私は、人間とは死ぬまで見性など得られぬと思います。邪念、妄想、執着、悩みなどは付いて回り断ち切れるものではありませんが、そのことに気付いて少しでも改める努力こそが禅の一方の神髄ではないでしょうか。

ちなみに、不正連絡受罰中、西田幾多郎の〝絶対矛盾の自己同一〟とは何かを考えましたが、いまだ解答を得とりません。が、管見しながら「生と死が矛盾で、一体に同居している」と思い到っております。

これとは別に確信できたのは、相対的自己ではなく絶対的自己の確立という意識で、懲罰で座り始めると廊下側の様子（人の通ることなどに意識が向いてしまう）に気を取られることが多かったものですが、こうなると相対的なものに左右されるゆえ、相対的なものに左右されず、絶対的に自分の時間三昧に没入することで時間経過が違うことを自覚しました。これを相対的自己ではなく絶対的自己の確立と自分なりに呼んでいる。

人は自分が苦悩しているとき、自分より苦境にある者を知ることで相手に対する同情が生じ、自分の苦悩など相手に比べると軽いと救われた気持ちになるもんで、しかし相対的に救われる相手がいないときは救われないことになることになる。ゆえに、絶対的自己とは、自己で苦悩を克服、強い人間になることが大切というような思いに至った。

塩谷信男氏は百歳近いドクターだが、若き頃、結核を調息法で克服した人で、呼吸の「呼」は細いストローで息を長く吐く感じ、と申しとります。長じて何回かのエージシュート（年齢以下のゴルフスコアで回ること）も成しているドクターでもあります。

我流で写経を始めた当初、筆の持ち方も何もかも初体験。二～三年くらいは写経して終える頃には全身が凝り固まり苦痛でしたが、筆先に付ける墨汁の適量や呼吸のコツのようなものを体得して苦痛からも解放され、達成感から浄化された気分を味わえるようになりました。我流ながら体験的に呼吸で身体の凝りが解放されることも覚えたのでしょう。

元横綱・貴乃花親方は「限界を知る者が限界を越えられる」と発言しとりました。至言です。

写経を始めた動機は欲深い字の上達。人より上手な字を書けるようにとの虚栄心（人より優れていると思われたいこと）でしょう。幾ら続けても上達しない、と思うことは二年近く写経し、何十何百回と思い感じることもありましたが、そのときこそ「壁を乗り越えるときだ」と転換継続してきました。「継続は力なり」ではありませんが、我流なりに続けることによって「継続は具現される」と信じて疑いません。この手のことは、完成ということはないでしょうが、完成にチャレンジすることが向学心だと思い、続けとります。

今回の獄道で、入所以来セルフケアに努めていることは、入浴の出浴時、頭から冷水を浴びること。朝・昼・夜、鼻の穴左右に水を通すこと。目覚めと共に五〇〇ミリリットルくらいの茶か水分を摂ること、一日二リットル以上の水分を摂ることを心掛けとります。結石の私ですから（九ミリの結石を数個いまだ蔵している）水分摂取とシャドー縄跳びが効いているのか、小康を得とります。

昼夜独居が長期になりますと、足の衰えは否めず腰にも及びます。ゆえに努めて腰痛予防のため背筋、腹筋を鍛えとります。筋肉が強化されると骨も強くなる。骨は刺激を与えると強くなる面があり、縄跳びは結石降下、骨強化、筋強化と一石三鳥の効果があります。身体の随意筋は意識して鍛練可能ですが、内臓の不随筋だけは自由に鍛練できないのです。

肺は意識して呼吸の調整が可能。肺の動きに連動して胸、腹、背中、腰など六十からある内臓（呼吸筋）が伸縮して鍛えられ、自律神経に影響を与え内臓全体をも強化される。こんなことからも座禅の腹式呼吸は身体に良いとされるのです。

悲嘆や泣くときの息は吸うとります。身体に良いとされる、笑ったり歌ったりしているときは、殆ど呼いております。意識して呼吸することは、どの道にもプラスになるはずです。

宮城刑出役当時は、A食を配当されるほどの立ち仕事でしたから、出役しているだけでそれなりに運動にもなっておりました。府中刑入所で昼夜間独居ゆえに絶対的に運動量不足とカロリー、野菜不足から便状が変わったのでしょう。そのためエンシュア・リキッド補給と前後して、美達大和氏の二〇〇〇〜四〇〇〇回まではできませんが、拳腕立て伏せを氏の半分量など約二十五分跳び走り、クールダウン五分で鍛練しとります。

人間の筋力、体力は七十歳くらいまでなら、鍛えれば二十歳代を維持可能だそうで、心肺機能は一定の負荷を与えることでさらに強化されると申します。

廃用性萎縮ではありませんが、運動不足で心肺の退化を防ぐ意味からも運動に努めとります。

拳で腕立て伏せをすることは、最初百回くらいが限界でしたが、日々ブレイクスルーに努め一度に六百回くらい可能です。ほかの鍛練もせねばならず、二十五分間はアッという間に過ぎ、三十分の運動時間は恨めしくてなりません。昼夜間独居者は少なくとも一時間の運動時間に増やしてほしいもんです。

府中刑には、処遇上の独居生活者が多くおりますが（出役拒否者も多い。私のように出役を待望する者もいるというのに贅沢なことです）中には運動にも出ない人も少なくありません。工場で反則なり事故を起こし、取り調べ入独の人たちで房内で箒を使う音を聞いたことは稀です。入所三年少々ですが、箒の音をさせ掃除していたのは数人でしょう。宮城刑でも年末に総転房するのですが、さすがに長期刑だけに大半が掃除は行き届いとりました。

集団生活で大切なことは、他人迷惑にならないマナーを身につけることに尽きます。掃除は自分のためにも、また新しく入房する人のためにこそ清潔にして引き渡したいものです。

これを執筆している十月十六日は入所初めてバナナが出、府中で出る食品で一番美味いと感じました。三年ぶりのバナナでした。大量に仕入れれば、一本二十円くらいでしょう。

府中刑では「爪切り」の個人貸与に改善をと何度か所長苦情申し立て、刑事施設視察委員会面接でも訴えておりますが、苦情申し立ては「希望の開陳に過ぎない」で斥けられ、委員会面接も効を奏しません。官としては、アルコール消毒すれば「水虫」は感染しないと思っているのでしょう。

私が訴えるのは肝炎ウイルスなのです。爪だけを切るなら問題ありませんが、故意に霜焼けの血を抜く人もおるでしょうし、うっかり肉を切ってしまう人もおります。

肝炎予防には「高圧蒸気滅菌（摂氏百二十一℃で三十分）」、もしくはグリタラール（ステリハイド）で消毒。と行刑改革会議委員に法務省官僚が応答しております。

府中刑では現状、アルコールに二〜三度漬け、拭き、そのまま使い回されております。面接で訴え、官は保健所に問い合わせ、保健所は現状で問題なしと回答しましたが、これは「水虫」を問い合わせたもので、肝炎と併せ問い合わせたものではありません。万一併せて問い合わせた保健所の回答が問題なしなら、保健所の回答が間違っております。爪切り個人貸与は、どの角度からもベストでしょう。

岡山刑務所内の拘置人に面会に行った二人が刑務官とトラブルを起こし、一人死亡。もう一人は救急車で搬送中に甦生、という事件が起こりました。この件で被害に遭った側が刑務所に事情確認に出向き、処遇首席から高圧的な対応を受けゴタゴタが尾を引き右翼街宣という展開になり、結果的には管区で祭壇を組み弔い、示談金六千万円だったかで和解に至ったことがありました。

この交渉を担当されたのが現三代目侠道会・池澤望会長で、大阪拘置所に面会いただいた折、池澤会長から、「我々も済んでしまったこと（死んでしまった者がいること）は仕方ないし、官を相手にゴタゴタするつもりもなかったが、処遇首席の対応が高圧的であり、説明が甦生者と食い違うことから糾弾せねば」と思うようになった——と、ゴタゴタが尾を引いた経験を暴露してくれました。

和解の経緯は、当時の渡部岡山刑務所長、池澤会長双方に取材された坂本敏夫先生からも大阪拘置所に面会いただいた折、「互いに武士だったたから、あの和解が成立した」とも聞き及んどりました。何人かの刑務所幹部は渡部元所長を、「あんな人はもう出ないのでは」と激賞するほど、人間的にも立派な人だったと聞き及びました。

結果的に圧死に関与した刑務官たちは罰金刑、渡部所長が辞すという責任を取り、部下を救った。処遇主席は官に誤謬なし、官の論理の説明だけでなく相手の立場に立ち対応さえしていれば、その場で和解とまではいかずともゴタゴタに発展することはなかったでしょう。惜しい刑務所長を失ったもんです。

人と人との間にトラブルはつきもので、どう処理解決するかがその人の力量。トラブルなんて互いの歩み寄りがなければ和解に至りません。器量でなく試験で肩書だけを得、地位にある者が多く見受けられますが、この岡山刑務所の前例を刑務官に学習してほしく敢えてペンを執りました。

説明は知識さえあれば誰でもできますが、相手を説得、納得させるには重ねた体験、その人の器量がものを言います。

宮城刑では毎年、有名歌手、俳優歌手の慰問がありました。その後この慰問が池澤会長関係者の心尽くしだったということを知り、嬉しさで心の高ぶりを覚えたもんです。

ほかにもカタギの友人の心尽くしの慰問のあったこともものちのち聞き知りました。逮捕十五年を経、なお、私を忘れることもなく示してくれた友情、男冥利に尽きました。

大阪拘置所では百舌鳥《モズ》が雀を獲えるのも観ました。百舌鳥は雀の倍くらいの体格なのに雀を咥え運ぶのですから相当な飛翔力。

宮城刑では、トンビが鳩くらいの白い鳥を電柱で骨をバリバリ折りながら食べるシーンも観ております。この鳥をトンビは塀際の斜面で掴んでいたのですが、忍び寄った猫に脅され奪われそうになったのに、いつの間にか電柱でバリバリと音を立てながら食べていたのです。

この電柱ではムクドリが営巣、晩春から約二ヵ月、巣立つまで楽しみでした。カラスはこのムクドリの雛を狙うと、ムクドリの親たちはギャアギャアと騒がしくなるので分かるのです。見下ろす瓦屋根では雀が営巣、雀を狙って忍び足で歩く猫。春から十月近くにまで鳴き続けるウグイス。一面を銀世界にしてしまう冬。畳四枚の独居の不自由であっても四季折々を観察できたものです。

冤罪にもかかわらず懲役二十年という判決（その後無罪釈放）を下された故・波谷守之《はだにもりゆき》御大は上告審に向け、上申書を執筆提出、これはさながら自叙伝でありました。故・原田香留夫《かるお》弁護士は御大の弁護団の一人であり、八海《やかい》事件（映画『真昼の暗黒』のＤＶＤが出ている）の滞った水に新たなる酸素を吹き込むに似た雪冤の動機付けになった『真実　八海裁判記』を発表しております。そんな原田弁護士から私への裁判参考資料として御大の上申書を差し入れていただき読みましたが、「獄中に在っては、出たいと思ったとき、己に負ける」といった言が殊のほか印象に残っております。

美達大和氏は現役無期囚で、刑務所が「終の住処」と諦観して記しとりますが、この意識改革で社会への執着が吹っ切れたのだと思います。

得は迷い損は悟りと申しますが、正に一見、損と思われる獄中で悟り切れたのでしょう。

教育者の故・森信三氏は、「本当の聖人とは、女も悪も全て知った人間が聖人になれる」と書いとります。真の修羅場をくぐり人間の清濁を併せ呑むことができるからこそ、人を救う道を説くことができるのやもしれません。

森田健介さんは著書『極道の正論』（洋泉社）に「痛いというのは事実で、辛いというのは心境。心境は心の持ちようひとつで楽しくも辛くもなる」ということを書いております。

高杉晋作の辞世句に、①おもしろきことなき世をおもしろく、②住みなすものは心なりけりとありますが、高杉は①で息《こと》切れ、②の下の句を野村望東尼《もとに》が足したのだそうです。すべてのものごとに心の持ちよう一つで変わる、と言い切れるでしょう。

好むと好まざるに拘らず、誰の人生にも幾つもの試練に直面し、ただ耐えることによって克服できるものもあれば、積極的に解決策を見つけなければならないときもあります。大きく行き詰まれば、大きければ大きいほど、道も大きく開けるもんです。

　苦しんで喜ぶか
苦しまず喜ばず無味に安ずるか
激しく苦しんで強く喜ぶか

人々三様ですが、激しく苦しんで、強く喜べる者にこそ大きく道も開けると存じます。

山より大きい猪はいない。この世に起こったことはすべてこの世で解決できるもの。要は捨身の覚悟さえすれば恐れるものなどありません。

現在獄中に在る人も、「己を鍛える試練の場」と諦観することです。「諦める」の語源は「あきらかに、きわめる」で、ものごとを明らかにして人間にはできないこと、どうしようもないこともあるのだと、理性的に確認できると諦められるもんで、諦観できて自己改革に行き着くのです。

絶対権力関係下の不自由な獄中環境は如何ともし難く、寝ているときだけが自由。ほかの動作はすべて制限を受ける、辛く思うか楽しむくらいの心を持つかはすべて心次第です。

一箪の食、一瓢の飲（人は貧しくとも苦しいと思うような環境でも立派な人物はそれを楽しむ）です。三十五歳で逮捕、五十六歳となり、老眼こそ否めませんが、実感としては老計の歳などと考えること及びもしません。二回の死線も克服し「身心」いや「心身」共、逮捕当時と逆転しただけで殆ど変わっておりません。

「人生七掛け」とすれば（五十六歳×〇・七）、四十歳獄中にあってなお、ポジティブな心を有し筆を置くことと致します。

追記

どうしてもお伝えしたいことがあり、あらためてこちらに書かせていただきます。

私は現在、小西一家・落合勇治総長の面会に赴いております。

落合さんは検察官の恣意から起訴され、平成二十九（二〇一七）年八月現在無期懲役に対し上告中です。これは「大阪地検特捜部主任検事証拠改ざん事件」に関わり逮捕された検事の流れを汲む他の検事が出世欲に為した起訴事案です「この「落合事件」については『刑事司法を考える　第一巻　供述をめぐる問題』（岩波書店）に言及があります」。私の事件と通底する権力側の虚偽・横暴に怒りを覚え、雪冤に少しでも尽力出来れば！との思いからです。

落合さんも過去二回長期刑を服役しました……然し、二回とも裁判で闘ったことはないと言います。なぜなら自分が犯したことが事実である以上、争う必要はないからです。今回に関しては身に覚えがないからこそ、彼は闘っています。そしてご家族は、落合さんがたとえ死んでも引き続き争うと言っています。

私自身の二十二年間に及ぶ獄中生活の原因となった事件も、「落合事件」同様「でっち上げ」でした。それは捜査官が、被害者救済金を被害者の母親に支給する為に初動の調書を作り直し、被害者の一人を一般人の学生に仕立てたものでした。他からも複数この手の情報を得たからこそ私は係争し続けた、ということは本書にも書いたとおりです。

人は、物事を途中で止めたり、懲りたりすることもあるでしょう。大阪弁で「もうこりた」と言ったりしますが、私は懲りることなく「自利、利他」と仏語にもあるように、「忘《もう》己利他《こりた》（自利＝己ではなく）」の精神で「落合事件」に尽力する覚悟です。

二〇一七年八月　川口和秀

止持
作犯

あとがき

神戸拘置所在拘中、『実話時代』に森田健介さんが「健坤一擲《けんこんいってき》」というタイトルで連載してました。その森田さんから面会や手紙を頂き、返信したりと交流しておりました。そんな私の返信を『実話時代』の酒井信夫さんが読み、何でか?・?・?・「拘置所から何でもいいから森羅万象を書いてくれないだろうか?・」と何度も要請されたのです。私は「恥や頭、さらに、へんずりなら何度も掻いたことはあるが文字を書いたことはない。」と断ること数度。然し、徐々にチャレンジしてみるかとの思いが募り、連載が始まったのです。

　神戸拘置所と大阪拘置所と場所は変われど約二年続き、無実にも関わらず裁判で有罪確定ということで拘置所から宮城刑務所に行くことになり、十年ほど中断。その後、宮城刑務所受刑から府中刑務所に移送され、出所一年ほど前から再び投稿依頼があり、府中刑務所編の連載が始まったのです。受刑して知ったことですが、受刑中であっても投稿可だったのです。

身体も自由になり、七年（2017年、現在）が経ちます。この連載時の文末には「ヤクザ」を捩って「厄坐」（災難が居座り続けるの意味）と書いてました。現在は「厄挫」（災難が根負けし、去ったとの意味）と書いています。

私の日常について参考までにお伝えします。

不健康なときは気力も下降気味で思考もネガティブになりがちです。獄中で二度の死線をさ迷うことにより心身の健康の大切さを実感しました。故に気力とともに体力の保持にも可能な限り獄中内でも運動時間は筋力保持に努めたのです。

一七〇センチの私が五十一キログラム台まで体重が落ちたことから、出所後は起床と共に黒ゴマをドロドロになるまで咀嚼、そしてコーヒーを一杯。肘《ひじ》を足先で支え約五分。背筋二百回、拳腕立て百回、頭でブリッジ、柔軟体操で計約三十分。身体を慣らせ八千歩から一万歩、歩くこと約一時間。帰宅し一日一回の食事、ご飯一杯、五種類の副菜、ヨーグルトにビルベリーをスプーン一杯、〆にコーヒー。食後、写経を一枚が殆どの日課です。

東海テレビの『ヤクザと憲法』に出るきっかけは、作家の宮崎学先生から「ヤクザの現状を取材したい旨、東海テレビから打診あり、川口さん、どうですか？」と問われことから。丁度、問われる数ヶ月前、NHKの『決断』というドキュメンタリー番組に協力した折、NHKには念を押し、お願いしたことが在りました。それはヤクザの子供と判明したため、幼稚園児の通園拒否の現実が全国で三例在るので資料とともに提供。親がヤクザで在っても、その子供には罪は一切ありません。その差別ともいえる事実を放映してもらう旨、頼んだにも関わらず、放映されずに失望したからです。だから東海テレビにはその事実を入れ、伝えて貰えるなら、どんな場面でも「素」で撮ってもよいと承諾したのです。

私の座右の銘は〝止持作犯〟です。これは「してはならないことをするのも罪だが、しなければならないことをしないのはもっと罪だ。」との意。善悪の二元論でこの言葉の意味を捉えることと、絶対の真理を求めこの言葉を捉えることでは自ずと行動は変わってきます。『ヤクザと憲法』に出ることを決意した理由は私なりのその言葉の具体的な行動実践だったのです。

余談ながら本書を出版したTAO LAB BOOKSからは「神の詩《うた》 バガヴァッド・ギーター」というインドの聖典神話が出版されています。そこに書かれている内容とこの〝止持作犯〟の意味はまるで同じと受け止めました。一読をお奨めします。

私は〝和〟という響きも好きです。「グレー」という色はときには忌み嫌われますが、私が刑期を終え、娑婆に戻るときに着たものは銀鼠色の作務衣でした。生きていると「白黒」決着をつけねばならぬことも在りますが、「おもい愛」「ゆるし愛」「みとめ愛」の実現には「白黒」の間にある様々な「グレー」も必要では？ そんな想いも込め、この本の装丁を「鼠色」としました。それも「明るい輝くような鼠色」に。

厄挫　川口和秀

解説　ひとつの日本精神

精神学という、人間精神の成長を探求するひとつの学の体系をこの世に伝える役目を与えられた人間として、川口和秀という男のたましいのデータを読むと、面白いことがわかる。ここで記すことは、人間世界での話ではなく、精神界における、川口和秀という人間の存在目的だと理解していただきたい。

この本の出版にあわせるかのように、新選組の局長であった近藤勇の首を、さらされていた京都の三条河原から、会津にその愛刀と共に運んで葬ったある人物の行動が、あきらかになった。その人物とは、松平容保が、京都守護職としてはたらいていた時に、会津藩のご用を務めたひとりの男、上坂仙吉（こうさかせんきち）またの名を、会津小鉄として知られる侠客である。

この上坂仙吉は、現在の暴対法で指定暴力団とされている京都の会津小鉄会とは、縁はないのだが、その名には、後世の侠客を目指す者たちには、男のなかの男というオーラがあるのだ。

同じように、オーラのある名でいうと山口組三代目の田岡一雄がいる。筆者は一時期、神戸という街に住んだが、その神戸で、戦後の闇市を知る世代の人間から、田岡一雄の悪口を聞いたことがない。敗戦後の日本で、戦前はサーベルを持っていた日本の警官が、事実上丸腰で、一般の国民すら守れなかった時期に、戦勝国側についたつもりで、武装し、闇市を牛耳っていた半島出身者や大陸出身者の、いわゆる第三国人といわれた暴力集団に対抗して、日本人を守ったという事実は消せるものではないからだ。

もちろん、こうした一般庶民というか、社会の底辺で、日本精神を支えていたのは、江戸時代から続いてきた、街道の親分衆が、事実上、社会の治安を守る公的な役目も担ったという特殊な歴史が投影されている。その意味では、自分たちは男のなかの男としての何かをするために生きているので、とりあえず、今日の生活のために稼ぐことを、「しのぎ」というのは、正しい自覚なのだ。

田岡三代目のもとで、山口組は拡大し、その過程では、大阪で半島出身者がつくった柳川組などもその傘下に収めていく。結果として、在日も同和もみな現在の指定暴力団に吸収され、アンダーグラウンドにおける、日本文化を守るというコントロール力を失ってしまった。

経済ヤクザの時代となり、もう、侠客など出ないといわれて久しいのだが、その時代の二十二年間を、罪なき罪で刑務所の塀の中で過した男がいた。それが、川口和秀である。中学もまともに出ていない男が、拘置所と刑務所で書き綴ったものが本書なのだが、これを読めば、はっきりとたましいの成長の過程が見えてくる。

精神界の説明によれば、あのまま、人の世で生きていれば、死んでいた……、ということになるのだが、これからの時代のために生かされている人材なのだ。

六代目山口組の分裂騒動やそれに続く、神戸山口組の分裂騒動で、はっきりしているのは、任侠団体とは何のためにあるのかを、すでに誰もわからなくなっているという現実だ。

そこで、たとえば一般人が映画で見たことがあるであろう、盃ごとの場面を思い出していただきたい。あれは、日本の神様方の前で約束をする儀式なのだ。日本精神を理解しない人間に、その文化を継承することはできない。

たぶん、これからの日本は、幕末と同じような大変動の時代を迎えることになるが、そのタイミングではたらくように用意されたというのが、私に知らされている川口和秀のたましいの秘密だ。

ただ、小中学校の教師ができなかった、人間としての、あるいは、男としての、教育を川口和秀に授けたのは、その親分であり、ヤクザといわれる現場の世界であったことは、忘れてはならない。偏差値ではない。人間の教育は、現場にしかないのだ。

この書は、その意味で、次の世代の日本を担う若者たちにひとつの重要なメッセージを送っている。

自分が不当だと思うことに対しては、戦い続けろ、と。

精神学協会・会長　積　哲夫

精神学とは

精神を学とする知のフロンティアを探求すること、また、この宇宙には、はじめから終りまでを貫く、光の道すじがあることを学ぶ知の領域です。

三層から成る「精神世界」とは

「物質世界」と同様に、「精神世界」とは実在する場であると同時に、人間の意識活動の影響を受けて変化する場でもあります。

人間が知る以上に、これまで精神世界の構造は何度も大きな変動を経てきました。ここでは現在の精神世界の構造を簡単にお伝えしましょう。「精神世界」は光の層、中間層、闇の層の三層を成しています。残念ながら地球とその大気圏の中にいるわたしたち人間はどっぷりと闇の層につかっています。下の図でもっとも暗く描かれている層です。その上の中間層も人間の欲望が充満する層で、本質的に闇のエネルギーの領域です。闇のエネルギーの影響を受けず、健全な精神活動を営むには、意識がさらに上の光の層にあることが必要です。ところがこの光の層に到達するには、人間が自身の浄化と上昇を意識的に行うことが不可欠なのです。人間が、精神世界の構造とそのエネルギーを把握し、その意識と身体から闇を分離し、光の層へと上昇することを希求する存在であるということを、意識化するのです。

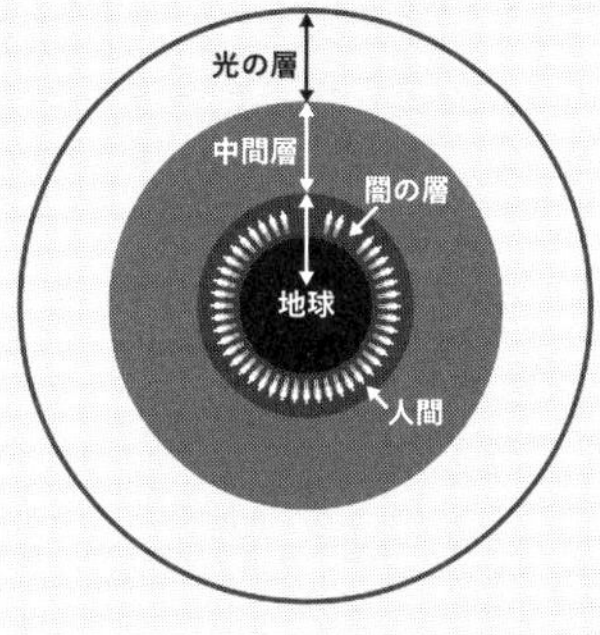

積哲夫が主宰する「精神学協会」とは

精神学協会は、聖書をテーマとする人間の歴史の次の知を求める人間に「光の道すじ」を示し、新しい世界を創造するための学びの場です。その基礎となる「最終知識」の著者が積哲夫です。その書を読めば、人間のたましいには、人生のプログラムがあることがわかるはずです。興味のある方は精神学の扉をたたいてみてください。

本書の著者印税はすべて下記のNPO法人「日本青少年更生社」活動資金、並びに「こうせい通信新聞」の発行経費として寄付いたします。

さらに詳しい活動内容等はそれぞれのホームページをご参照ください。

また活動趣旨に共鳴していただけましたら、ぜひ、ご支援ご協力よろしくお願いいたします。

特定非営利活動法人　日本青少年更生社

問題のある青少年および前科前歴のある者の更生支援
生活に困窮している社会的弱者や日本在住外国人の救済支援
少林寺拳法を通じて、青少年の育成
北朝鮮による、日本人拉致被害者救出の署名活動
全寮制で生活基盤（衣食住）と仕事の提供自立支援

代表理事　西山俊一
〒765-0022　香川県善通寺市稲木町447-4（本局）
TEL&FAX: 0877-63-4300
WEB: https://www.nihon-seishounen.jp

こうせい通信新聞

平成28（2016）年11月に創刊した非行と犯罪から立ち直ろうとする人たちを支援する情報紙（季刊・発行部数4000部）。

発行元は作家（元刑務官）の坂本敏夫が平成24（2012）年に設立した特定非営利活動法人こうせい舎。

出所後、帰る先もなく、仕事にも就けず、再び罪を犯す人たちは毎年、およそ1万人。この再犯者を一人でも減らそうと、社会と塀の中をつなぐ趣旨で編集・発行が続けられている。

印刷、発送等に必要な資金は、こうせい舎役員の拠出金、読者会員の年会費、個人・法人の支援会員の寄付によっている。

こうせい通信新聞編集部
〒190-0023　東京都立川市柴崎町3-14-21-205
TEL&FAX: 042-595-6718
WEB: http://www.koseisya.com

川口和秀　かわぐち・かずひで

昭和二十八（１９５３）年七月二十四日、大阪府堺市生まれ。大阪西成武闘派独立系の二代目東組副組長、二代目清勇会会長である。十五才の時にこの家業へ、二十三歳という若さで二代目襲名。平成元（１９８９）年、暴走した一組員が起こした事件をきっかけに共謀共同正犯に仕立て上げられ逮捕。二十二年間の獄中生活を送る。冤罪という不条理に直面しながらも支援者とともに獄中で同人誌『獄同塾通信』を発行、話題となる。出所後も真実を求めて法廷闘争を続けながら、映画『ヤクザと憲法』（東海テレビ制作）や書籍『闘いいまだ終わらず　現代浪華遊侠伝・川口和秀』（山平重樹著・幻冬舎）など独自の表現を続ける。巧まざるユーモアのセンスと弱者への温かいまなざしで地元でも愛されている現代の侠客。

ホーリー・アウトロー①

獄中閑《ごくちゅうかん》　我《われ》、木石《ぼくせき》にあらず

二〇一七年十一月三日　初版第二刷発行

著者　川口和秀

発行者　白澤秀樹

発行所　TAO Lab LLC

［本　社］〒四一三―〇〇四一　静岡県熱海市青葉町七―二〇

［編集室］〒四一三―〇二三五　静岡県伊東市大室高原八―四五一

電話・ファックス〇五五七―二七―二三七三

http://taolab.com/books/

お問合わせ books@taolab.com

装丁、本文組版　倉茂透

印刷・製本　シナノ印刷株式会社

定価二五〇〇円＋税

ISBN978-4-903916-02-6

Printed in Japan　乱丁・落丁はお取り替えいたします。

第二部での未収録の一篇が掲載された『実話時代』平成十（１９９８）年一月号（連載第九回）を持っている方がいらっしゃいましたら、編集部までご連絡いただけたら幸いです。

「ホーリー・アウトロー」シリーズとは

聖なる者と俗なる者、善と悪、苦と楽、絶望と希望、そして生と死。この世を覆う二元論的な世界からの逸脱から始まるリアル・精神世界への誘い。

このシリーズは「叛骨（父性）」と「思いやり（母性）」の実践録です。二元論に囚われることなく、オリジナリティー溢れる生き様を通して常識でもなく、非常識でもない超常識＝真理を探求し続けている人々の記録です。彼らの生き様の共通項である「愛」と「勇気」と「正義」を参考に、貴方なりのスタイルを確立してください。

「憎むことは苦しみ続けることでもあり、心が腐るばかりです」

川口和秀（本書より）

「人を裁くな。そうすれば、あなたがたも裁かれることがない。人を罪人だと決めるな。そうすれば、あなたがたも罪人だと決められることがない。赦しなさい。そうすれば、あなたがたも赦される。与えなさい。そうすれば、あなたがたにも与えられる。押し入れ、揺すり入れ、あふれるほどに量りをよくして、ふところに入れてもらえる。あなたがたは自分の量る秤で量り返されるからである」

新約聖書　ルカによる福音書六章三七節〜三八節

ホーリー・アウトロー第二弾は『WALK ACROSS』
アーサー・ホーランド＝言葉　河合豊彦＝写真
二〇一七年十二月二十五日発売予定！

摩訶般若波羅蜜多心経
観自在菩薩行深般若波羅蜜多時照見五
蘊皆空度一切苦厄舎利子色不異空空不
異色色即是空空即是色受想行識亦復如
是舎利子是諸法空相不生不滅不垢不浄
不増不減是故空中無色無受想行識無眼
耳鼻舌身意無色声香味触法無眼界乃至
無意識界無無明亦無無明尽乃至無老死
亦無老死尽無苦集滅道無智亦無得以無所得